荠菜三月三

蒿香遍地

乙亥立冬 [illegible]题

何频

著·绘

黄山书社

何 频

本名赵和平。河南修武人，散文随笔作家、专栏作家和文化学者。出版有《羞人的藏书票》《只有梅花是知己》《文人的闲话》《茶事一年间》等多部作品。其中《看草》和《杂花生树：寻访古代草木圣贤》，先后获评2008年度和2012年度“中国最美的书”。

目录

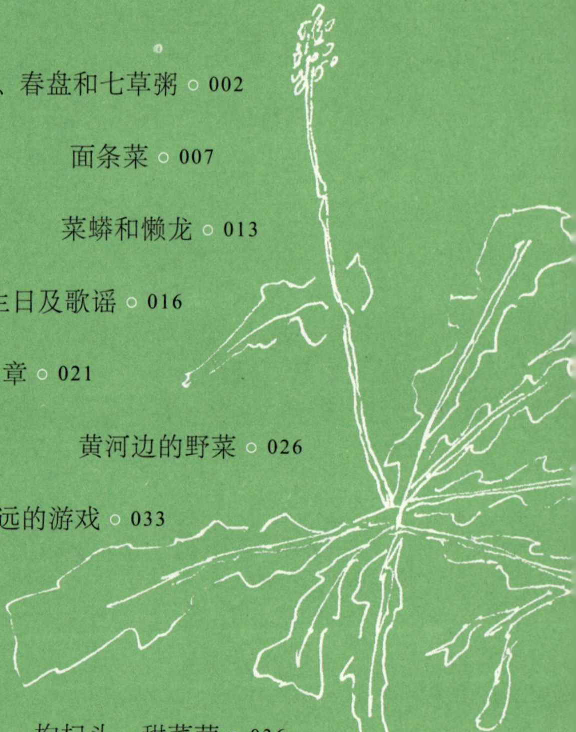

枸杞头

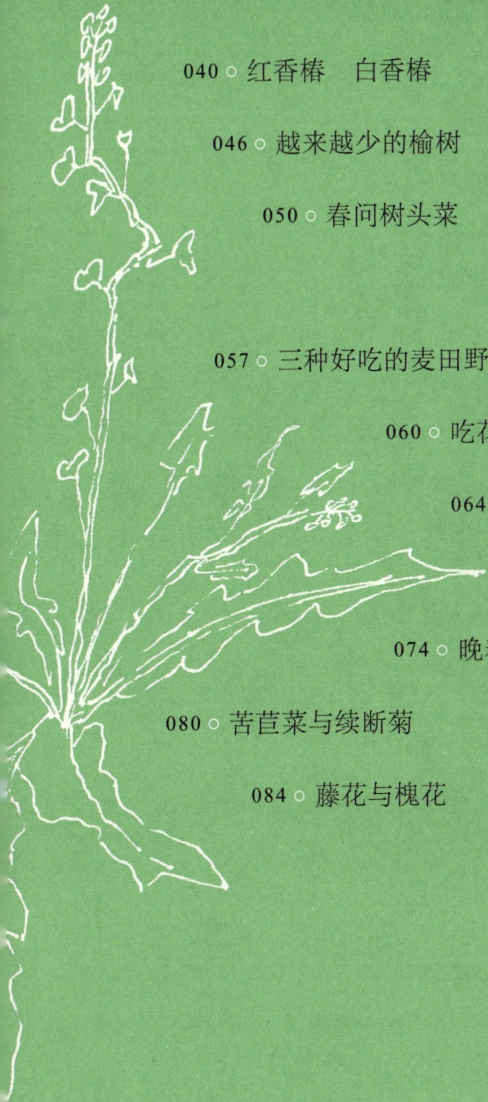

甘菜芽

蒜面

香菜

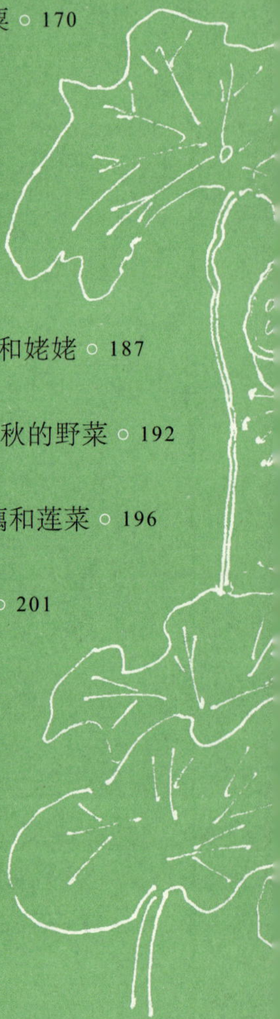

甜芦粟

芥疙

酸黄菜

枸杞头

咬春、春盘和七草粥。

我觉得自己读日本人的文字还算仔细，之前却一直没有弄清楚所谓“人日吃七种菜”，或曰“春之七草”的内涵。原以为吧，它和我国的潮汕地区、闽南等地一样，根据不同的风物物产，如潮汕土著人擅用芥菜、芥蓝、韭菜、春菜、芹菜、蒜；客家人喜用芹菜、蒜、葱、芫荽、韭菜加鱼和肉等；台湾与闽南，则用菠菜、芹菜、葱、蒜、芥菜、荠菜、白菜等。大体来说，芹菜与葱兆聪明，蒜苗兆着精于算计，芥菜令人长寿……然而，直到去年读了柳宗民氏的《杂草记》，其开卷第一篇写荠菜且详细解说七种菜——

“芹、荠、母子草、繁缕、佛之座、菘、萝卜，是为七草”。

这是我们耳熟能详的和歌“春之七草”。

日本每年一月七日有喝七草粥的习惯。所谓七草粥，就是将这七种草切碎煮成的粥。这七草在秋天发芽，身披绿叶越过寒冬，是坚韧品格的象征。在一年之始喝下七草粥，寄寓着人们希望这一整年无病无灾的心愿。且不论有无道理，想想新年头几天人人吃得肚腹滚圆，在第七天吃些养胃的粥也是合情合理的。

日本本州是典型的岛国气候，主产稻米之外，有四季常青的香樟，有橘有茶，即便是冬天也青草不断。看梅赏樱的早春时节，那里地栽的水仙花如野花，开着洋萱草一样金黄色的花朵。我曾经在名古屋的岐阜和靠近东京的山梨两地，接连住宿两个晚上，利用难得的机会，一个人早上在日本农村野跑，努力辨认地上的野草——蒲公英、荠菜、艾蒿、青蒿、枸杞、商陆、卷耳与繁缕等。日本新干线两边，山区和丘陵地带村镇稠密，不亚于乘着京沪高铁穿行于宁镇道上所见。但是，他们的村子无论大小，街道和房屋并非整齐划一，朝向不尽相同，而好比一连片被彼此摊开的麻将牌。莫非仿的兰溪八卦村的创意？院子和院子并不一定对门，显得错落有致。村路、田塍与院落的墙根，杂草青草很旺盛的。

彼邦老教授兴膳宏在《汉语日历》中说：“6 世纪的《荆楚岁时记》记曰：‘正月七日为人日，以七种菜为羹。’

似为七草粥的起源。”这个说法在日本学界流行早了，他们早早把中国古俗引入，后来却因为改元，没有阴历而只用公历,农历春节的正月初七,相应变化为阳历的1月7日。因为岛国气候，这“春之七草”自然不难弄到。母子草，就是鼠麴草；佛之座，又曰田平子的，汉语的大名即稻槎菜也。对照日常生活，黄河两岸过春节的时候，荠菜和繁缕等不难找，而鼠麴草与稻槎菜很稀罕，尤其是稻槎菜，它在今日《河南农田杂草志》里，生长的北线，仅到淮河流域的驻马店一带。吴状元的《植物名实图考》已经有了记载，豫南的固始人自古喜欢吃下湿地里生长的野菜稻槎菜，它是典型的稻作农业地带的出产。

中原地区过春节，我们人日吃“七宝羹”的风习貌似淡出了。其原因，是它和立春而“咬春”，吃“春盘”“五辛盘”的风俗挨得太近。由于闰月，立春的日子不固定，有时早，有时晚，往往有时候，人日那一天正逢打春。远的不说，我记得2009年春节就是如此。

五辛盘，又名春盘和菜盘。有人说起源于唐代，实则更早。《说郛三种》里有唐人《四时宝镜》，其中记载：“东晋李鄂，立春日命以芦菔、芹芽为春盘相馈贶。立春日食芦菔、春饼、生菜，号春盘。”看看，它与《荆楚岁时记》记载的“正月七日为人日，以七种菜为羹”几乎同时出现。而翻检我手边的旧书《古今岁时杂咏》，的确杜甫与苏轼等人，提及春盘和五辛盘最频密。有趣的是，我与写“轻罗小扇扑流萤”的罗隐远隔千古而同“一根筋”，正好，他也有《京中正月七日立春》："一二三四五六七，万物生芽是今日。远天归雁拂云飞，近水游鱼迸冰出。"而老杜咏《立春》："春日春盘细生菜，忽忆两京梅发时。盘出高门行白玉，菜传纤手送春丝……" 坡仙更放达，他老人家一吟："春盘得青韭，腊酒寄黄柑。"（《立春日》）再吟："辛盘得青韭，腊酒是黄柑。"（《立春日小集呈李端叔》）更是名句万古传。我迷信名家，又不全是，而我觉得说春盘故事最厉害的一首诗，则要数乾隆一朝之《上书房消寒诗录》里，文人叶国观的《咬春诗》说得声色俱全——

> 暖律潜催腊底春，登筵生菜记芳辰。灵根属土含冰脆，细缕堆盘切玉匀。佐酒暗香生匕梜，加餐清响动牙唇。帝城节物乡园味，取次关心白发新。

这风俗一直鲜活地延续到现在，其中也包含了"春之七草"的含义。我们倒是不拘泥于菜或野菜的品种，而更加通达圆润，因地制宜。生辣与辛辣之外，要害是两样东西少不得，一是生菜，一是萝卜。生菜的名堂古来就多！《膳夫经手录》，唐代的作家曾说："苜蓿、勃公英皆可为生菜。"南宋《梦粱录》则将芥菜、生菜与莴苣并列。明清以降，生菜品种更丰富了。李时珍曰："白苣、苦苣、莴苣俱不可煮烹，通可曰生菜。"但是萝卜的味道和隐喻生猛——举与我相近的地方志的例子说吧，豫北《辉县志》曰："杂切生菜，曰春盘。裹以薄饼食之，曰咬春。"郑州前身《郑县志》说："举酒则切粉皮，杂以七种生菜，供之筵间。"《燕京岁时记》曰："是日富家多食春饼，妇女等多买萝卜而食之。"好萝卜大小萝卜，或"心里美"萝卜、"愣头青"萝卜，个个嘎嘣脆，北方民间有称萝卜乃"子孙萝卜"，立春之日迎春，生吃萝卜不仅预防与提前解除春困，而且，难得那萝卜状似男根，依交感巫术道理，此举有益已婚妇女生育宝贝儿子。

◦选自2018年2月4日《文汇报·笔会》

面条菜○

关于“人日食七种菜”的风俗，与日本人柳宗民氏《杂草记》里的“七草粥”相对应。今年春节，碰巧我就看到了一本彩图版单讲潮州风俗的书，闽南和潮州地区客家人多，不少中华古俗，在那里典型犹存。当地人过春节，正月初七这一天，也要吃“七样羹”即“七样菜”的。其中一幅照片，反映揭西县棉湖占镇的菜市上，邑人挑担入市，正在买卖交易鲜嫩的“七样菜”，它由芹菜、葱、蒜、芫荽、大菜（芥菜）、韭菜、百合七样时蔬构成——芹菜寓意勤快，葱象征聪明，蒜隐喻算计，芫荽表示有机缘，大菜讨口彩是发大财，韭菜代表长长久久，百合是百事如意，一同寄托了百姓对新年的愿景。显然，这里边无野菜，也没有荠菜和白萝卜。但这也足以证明，人日特制的“七宝羹”或“七样菜”，青菜和野菜的成分是因地制宜的。我由是而怀疑，甚至《杂草记》里的“七草粥”或“七草荠”，在日本各地的品种也并不完全统一。

郑州地区以及我的老家南太行一带，“人日食七种菜”的风习已模糊了，变相存在于“咬春”吃春盘的过程中。农历春节，由于闰月的原因，往往立春和人日挨得紧，错不开，有时候直接重叠在一日之间。北方和中原地区四季分明，挨过寒冷的冬天，人们盼春、迎春的心情急切，包括“打春牛”和“咬春”的仪式十分隆重。民国年间的《郑县志》，记载打春这天，家家咬春要吃“春盘”——杂切粉皮和七种菜。其中，脆生生的大萝卜必不可少，萝卜美称“子孙萝卜”，外形上且隐喻男根，尤其是结过婚的女性生吃白萝卜，是“咬春”的重要内容。

以上所说，只是过门和跳加官，我本文的重点是要申明，野菜的地域性采食和利用很古怪，也算标准的“无厘头”。社会发展到现在，今非昔比，分明告别了荒年和救荒，再不是“剜到篮里都是菜”了，所以，“可以吃”和“我好吃”大相径庭。

冬天和早春时节，民间寻春和食春的活动绵延不断，无异于快乐的游戏。克隆一下热播的《舌尖上的中国》，我姑且称此时为“第一季”，河南人这时吃什么野菜？因为“百里不同俗”，野菜的食用与方言一样，各有特色并很出奇。即使是河南一省，豫南信阳人种稻食鱼，这时吃火锅吃素水饺，多用荠菜和稻槎菜；而黄河两岸主产小麦，

面条棵·媳妇头

包括郑州人在内，大家则贪吃面条菜和白蒿。尤其面条菜，乃名副其实的“春来第一菜”，人们偏好这一口。石竹科的麦田杂草面条菜，它有许多小名，代表了各地人对它的喜爱与偏爱，《河南野菜野果》列名有——米瓦罐、面条菜、面条棵、广皮菜、麦石榴、油瓶菜、瓢咀、羊蹄棵等，象形的多。就这也不全面，所谓“功不在禹下”的韩文公韩愈，他的老家古河阳孟州，与我的老家修武县同归焦作市管辖，修武也争说自己是韩愈故里。孟州人把花喜鹊呼为“喳喳”，面条菜起名为“媳妇头”——类似妇女发髻上的某种簪花。和孟州一脉相连的温县、沁阳与博爱地界，又把荠菜叫“木锨花”。这都是地方志里有案可稽的。

面条菜和冬小麦相伴而生。《河南农田杂草志》记它的幼苗可以凌寒越冬，是主要的麦田杂草之一：“据豫北麦田调查，平均每平方米有3株，最多样方28株……油菜田最多每平方米22株。”真够稠密的！腊月里霜雪严寒轮番侵袭，冷冻太厉害了，麦苗和面条菜一并冻枯而僵死，打春则蠢蠢欲动，次第返青。春节到清明节之间，河南有两个著名的庙会，豫北浚县的大伾山庙会，从正月初一到二月二；接着，二月二至三月三，是淮阳太昊陵庙会，奶奶庙与人祖庙，均以求子灵验而四方出名。紧接着三月三新郑祭黄帝，再把洛阳牡丹花会看了，一个春天转眼就过去了。面条菜与麦苗同时起莛、开花、结籽，它的胭脂红小花很精巧，果实比芥菜籽还小，满满包在小罐子形状带条纹的外皮里，嫩籽细白也可野食。曾经大年初一去大伾山赶庙会，雪地远行，中午在浚县县城边打尖，小饭店一味地黄丸主营炒面，厨子挽一把新轧的机器面条，铺陈着下到滚烫的热油锅里汆一下，然后将面条用铛子爆炒，下足了调料再焖一会儿出锅，另外，配一大盘葱姜红辣椒爆炒碧绿的面条棵。噫！二者搭配，真是别开生面的人间美味。而今年打春早，早在春节前，腊月廿八那天，我和刘运来等好友一块去开封朱仙镇采风，运来主创《笺谱日历》，平时很注意吸取民间工艺的营养，他与年画店里的木刻师傅很熟。中午在街头饭店，点了鱼和卤兔肉，现成蒸好的面条菜，用蒜汁调一大盘，结果面条菜最先被吃完。因为偏爱，所以面条菜在河南，如同马兰头在江南，已经有大棚种植了。

吴状元在其《植物名实图考》卷之六，极深情而风情地明文记录家乡的稻槎菜——

稻槎菜生稻田中，以获稻而生，故名。似蒲公英叶，又似花芥菜叶，铺地繁密，春时抽小莛，丌花如蒲公英而小，无蕊，乡人茹之。

雩娄农曰：江湖间多野蔬，而地卑湿蕰孽生蛆，又虺蜴所径宾，故挑菜者有戒心焉。稻槎菜生于稻之腐余，其性当与谷精草比。吾乡人喜食之。《救荒本草》所列皆山野中物，采录亦弗及。每忆其黄花绿茎，绣塍铺陇，觉千村打稻之声，犹在耳畔。

面条菜和稻槎菜，一同出现在《河南农田杂草志》里，但是，《河南野菜野果》里至今还没有稻槎菜。而古书《救荒本草》里既没有稻槎菜，也没有面条菜，诚然一双漏网之鱼。面条菜在豫北、豫东和郑州、洛阳地带广受欢迎，在鲁西南菏泽一带也流行，可是，在陕西、河北、安徽，很少听说野菜里有面条菜。

◦选自2018年2月28日《南方都市报·大家》

菜蟒和懒龙

二月二“龙抬头”，与廿四节气的惊蛰不离左右。这一刻农历正月过了，早春始入仲春的门槛一点点，江南正是赏梅的好光景。大河两岸，中原有辛夷和小桃争相开花，“春眠不觉晓，处处闻啼鸟”的大幕就拉开了。惊蛰这天，老北京曾经流行要吃“懒龙”——就是把发面擀成摊大饼的形状，抹上葱花肉馅儿卷起来蒸。蒸熟了之后暄腾腾的发胖，像是一条胳膊粗的大面龙，然后再切成一块块的肉卷子，你一块，我一块，一家人尽情享受那面龙独特的香醇。据说此刻将“懒龙”吃过了，便可以防止春困和春懒，让人精精神神地忙活起来。

天下吃食的花样，常常也异曲同工。和北京人吃“懒龙”好有一比，河南人开春要吃“菜蟒”——不用肉馅，用春野菜或青菜、菠菜加点嫩韭菜，有的再掺点粉条，拿香油与五香粉调和了，蒸成长长的大花卷曰菜蟒。

蒸馍与烙饼（也叫烙馍）的功夫，全靠下手折腾与翻腾，手到擒来，都是北方人的拿手好戏。春节蒸年馍，年馍里的枣花，又曰灶花者，有大有小，有各种各样的小动物形状，还有敬神的灶花也似面龙；大馍，家乡人叫“人口馍”，按人头数，一人两个。除夕中午大团圆，吃烩菜时每人吃一个，到十五灯节再吃一个，年就算过完了。大馍里面，与除夕晚上和初一早上吃的饺子一样，当家的奶奶会分别悄悄包入一枚铜钱或分币，有幸吃到的人就是今年最有福气的人。而正月十五，当年还有蒸棉花灯的，用杂面捏成窝窝状，似灯盏，小儿女可以用线拴着挑起来打灯。旧年的北方人，一年到头盼过年，年来了，除了庭院深深的大户人家或“宫里头”，舍得采买“洞子货”的韭黄与嫩黄瓜尝鲜，一般人家，平头老百姓靠的是冬储菜里家常的白菜萝卜。那时候冬天长，冬天冷，烧了长长一个冬天的暖炕和煤火，或者就着火坑烤柴火，老老少少，眉眼都熏黄熏黑了。好不容易熬过数九寒天，立春要“咬春”，或元日吃“五辛盘”，人日吃“七种菜”或“七宝羹”等，贪的是那一口时令转换而接地气的青气和春气——春草发芽的气息。《帝京岁时纪胜》有“二月菠薐”一目，菠菜又名菠薐：“二月，菠薐于风帐下过冬，经春则为鲜赤根菜，老而碧叶尖细，则为火焰赤根菜。同金钩虾米以面包合，烙而食之，乃仲春之时品也。”河南人至今二月二吃菜蟒，更时兴吃菜馍。菜蟒是上笼蒸的，菜馍则用鏊子或平底锅烙，烙成比北京烤鸭卷着吃的面饼大者是其一，曰摊馍；还有两张皮夹着蔬菜烙的，叫塌菜馍。将韭菜、菠菜、小青菜，加点绿豆芽，打鸡蛋和了塌菜馍吃。从迎春、玉兰开花，柳发芽，杨花落地，一步步，从大棚青菜到露天蔬菜，还四处撒欢挖野菜，够树头菜，般般样样地吃菜馍。眼看着百花盛开，姹紫嫣红，春天的大热闹就光临了。“二月里来好春光，家家户户种田忙。”农家的春耕春种也开始了。

北京人有意思。皇城根下的老北京为了怀旧，政府至今还定时供应冬储菜，市民有的则按时购买冬储菜。胡同里的老年人，有人还坚持要用蜂窝煤烧煤球炉，不为取暖为“坐水”，图着用热水方便，且慢悠悠地，听那水开了的大茶壶冒着热气，壶盖的扑嗒声与壶嘴发出的悠长的哨子声。就蔬菜和水果供应而言，一年四季，如今哪里还分南北？就这，直到 2015 年冬天来临前，《北京晚报》和北京电视台即时报道，从当年的 10 月份起，还照样定点开始卖冬储菜，主要是当家的大白菜和大葱。郑州已经不兴这了！ 20 世纪 80 年代，我大学毕业，刚在郑州立了小门户过日子，住在筒子楼里，冬天凭票买冬储菜，四邻也无不在楼下的空地上，边边角角处挖个坑，用土埋红白萝卜，上面铺放大白菜，加一条草苫子防冻，或者把白菜挨个放在避风的背阴地。成捆的大葱，蒸菜包肉包子或包饺子的必备，也要下土埋起来，埋大半截儿。去年冬天，我家第一次不买成袋的大白菜和整捆的大葱了，春节临近，菜摊上买了一个二斤重的青头大萝卜，年过去了也没有顾得上吃它。

◦选自 2016 年 3 月 22 日《天津日报·满庭芳》

荠菜的生日及歌谣。

荠菜好啊！小小荠菜，“春在溪头荠菜花”的荠菜，又名地菜和地米菜等亲切而随意的荠菜，历来被人们视为新生春野菜里最活泼的代表。“谁谓荼苦，其甘如荠。”江南地区春节敬神，敬财神，敬玉皇，敬天妃妈祖，全离不了荠菜，都要用美味荠菜包馄饨上供。春来民间踏青，尤其是女子和小儿女，一地里撒欢寻野菜挑菜，发现并挑到荠菜是首选的目标。顾禄的《清嘉录》记吴越风俗，有《野菜花·眼亮糕》一节，说荠菜掌故最全——“荠菜花，俗呼‘野菜花’。因谚有‘三月三，蚂蚁上灶山’之语，三日，人家皆以野菜花置灶陉上，以厌虫蚁。侵晨，村童叫卖不绝。或妇女簪髻上，以祈清目，俗号‘眼亮花’。或以隔年糕油煎食之，云能明目，谓之‘眼亮糕’。”

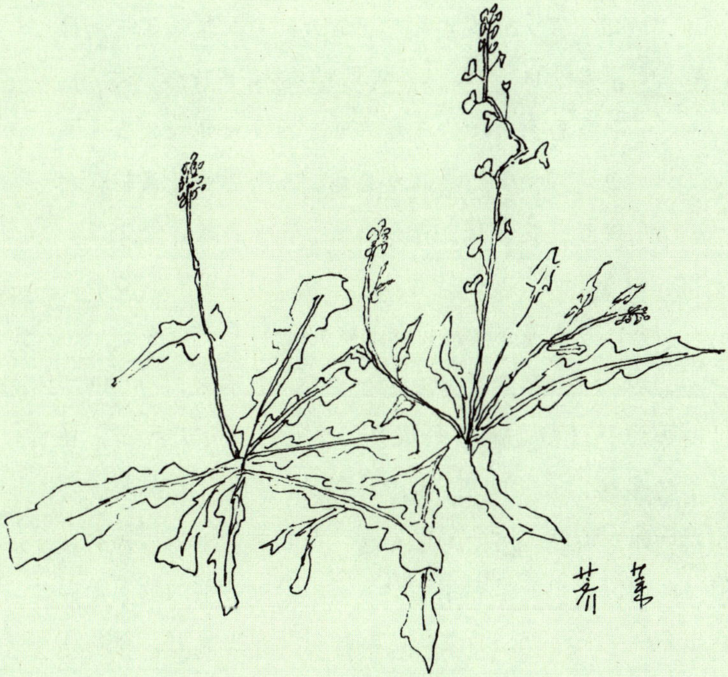

荠菜

案：苏东坡《物类相感志·总论》："三月三日，收荠菜花置灯檠上，则飞蛾蚊虫不投。"吴曼云《江乡节物词》小序云："杭俗，上巳日，置荠菜花于灶上，可驱虫蚁。"诗云："一枝春向灶觚探。"田汝成《西湖游览志》："三月三日，男女皆戴荠菜花。谚云：'三春戴荠花，桃李羞繁华。'"江、震《志》亦并载此俗。又《崑新合志》云："三月三日，各乡村舁神朝岳帝，曰'野菜会'。北乡更盛。儿女皆簪野菜花。或以野菜花抹灶，可驱虫蚁。"吴自牧《梦粱录》谓清明"以柳条插门，名曰'明眼'"。与吾乡三日戴荠花之俗，取意略同。

华夏节日多，过节多重叠。"三月三日天气新，长安水边多丽人。"农历三月初三，宫中和士大夫禊祓宴饮，玩曲水流觞。这一天也是女儿节和王母娘娘蟠桃会，但民间传说此日又是荠菜生日。各地吟唱荠菜的歌谣花样百出——"三月三，荠菜花儿赛牡丹""三月三，荠菜花儿赛灵丹""三春头戴荠菜花，金子银子一把抓""荠花赛牡丹，种稻又养蚕"……国人的草木崇拜复杂——有大树崇拜，为自家男丁认各种古树为干爹；有花神庙，供奉十二月花神；所谓正月初七人日，初八谷生日，"九豆十麻"，等等，但在野菜里把荠菜奉为神灵，独此一例。可见这小小荠菜灵验不凡。

荠菜也有生日，是民间草木崇拜的一个有趣的特例，想来在文化渊源里，它得益于几种传统。第一个要说的，是药食同源、护生养生的传统。《诗经》和《食疗本草》对荠菜的记载最有代表性。唐人孟诜的《食疗本草》说，食用荠菜，可“补五脏不足”；而荠菜子为药，“入治眼方中用”。另外一个传统，是荒政与救荒的传统。周王的《救荒本草》说荠菜救饥：“采子，用水调搅，良久成块，或作烧饼，或煮粥食，味甚粘滑。叶炸作菜食，或煮作羹，皆可。”孟诜是武则天时代的朝廷大臣，河南汝州人；周王封藩于开封，在王府里辟植物园，遍采河南各地的可食用野菜作为标本，用于观察试验。两个人在其传世之书里都记录荠菜，遇到灾荒年，荠菜是百姓救命的恩物。最后，要归功于国人的浪漫传统——“三月三，蚂蚁上灶山”。关于荠菜的想象与赞美，完全不输于李白的“燕山雪花大如席”。

周作人《故乡的野菜》中说：“荠菜马兰头，姊姊嫁在后门头。”邓云乡接着说：“荠菜、马兰头，娶了娘子生丫头。”而古城襄阳人的声口是：“地米菜，包饺子，奶奶吃了绊跤子……”国人对荠菜的亲近和亲密，是对土地亲近与感恩的变相。小小荠菜，荒年是救命的，丰年是美味的。因为它味道好，因为它出生早，还因为它灵秀乖巧，故而人们希望它多产多生，岁岁复生。传说唐明皇的首席大宦官高力士被流放到贵州时，看到西南一带的荠菜很多，却少有人采来食用，便吟诗云：“京师论斤卖，此地无人采。贵贱虽有殊，气味终不改。”表面说荠菜，其实喻自己。1982年春天，好心情的俞平伯提笔作《壬戌两月日记》——

> 4月4日，清明节头一天，农历三月十一记：写给马士良，复润民书。室温20度。复许白凤书，见示一词颇隽，附抄于后：小重山，春盘偶忆。破晓村娃街巷兜，吭吭声调转，似歈讴。（村娃叫卖别有一调“吭吭荠菜马兰头，吭吭”。吭字都带着拖音。自注）吭吭荠菜马兰头，满篮新绿出田畴。春草亦珍馐，生香餐秀色，味长留。买来清洗水锅头，撩（按：俗作捞）一把，切细拌麻油。

总之，关于荠菜的神话与歌谣，我一时还真是说不完。

。选自2017年5月9日《天津日报·满庭芳》

食蒿三章

春雨潇潇里，大地上密密麻麻的野菜春野菜，绿蛾子飞动与爬行一般，对我们显然是鲜活的诱惑。野菜不但秀色可餐，诗意十足，也同我们内心蕴含的传统观念密切相关。仔细说来，国人迎春食野菜，提纲挈领从食蒿开始，而且以食蒿为正宗——白蒿、清明蒿和野艾蒿，这固定的食蒿三部曲，埋伏着一种宗教般的本草情感。

春天吃野菜，中原人最重视早春吃白蒿了，相比之下，那比它还早的面条棵、荠菜等，都要礼让它，有道是“正月茵陈二月蒿”。说是正月，可往往因为闰月的原因，例如今年，正月也是挺靠后的。我倒是觉得，应该用早春凌寒而开花的望春玉兰为标志，阳历 2 月底或 3 月初，它是一岁吃蒿的消息树。“二月二日新雨晴，草芽菜甲一时生。”这时连绵绿草，仿佛春水漫漶大地，而菌子一样白蒿的嫩苗，非碧绿，乃灰白色的，丝丝缕缕紧贴漫坡和高岗地出生。挖白蒿不比别的，需要格外用心才有收获。这两年，城市市容管理严格，小摊和流动摊贩消失了，沿街叫卖白蒿的郊区人不见了，可茵陈白蒿还是有的，左邻右舍那卖菜的小铺，转一下手，都还要争卖茵陈白蒿。我记得2003年茵陈的价格，两元一斤，比鸡蛋略贵。而今年最早的茵陈白蒿，开口就要十二元一斤，是鸡蛋的四倍了。直到春分前后，杂花生树，地草深密，白蒿变大变绿了，才落到五六元一斤，但仍然比鸡蛋贵。

吃茵陈白蒿，首先可祛除湿热，平肝利胆，是春来养生的第一灵草，但今人和前人食用方法多有不同。按《食疗本草》的方法，唐代人切碎了用醋调着吃。而清朝的贵族与雅士，则擅饮茵陈酒。文人曰茵陈有除旧布新之义，每年除夕饮茵陈酒，传说是老北京的第一佳酿。现在，河南开发有茵陈饮料。但是，论春来换胃口，贯通肠胃，我们吃白蒿，一直是拌面蒸着吃，大碗吃，吃它个肚饱痛快。夜宿之后，排便通畅，一年的肠胃血脉也畅通了。年轻人还要加料水调，放咸盐和香油，这也可以。有的太离谱，加上肉丝一块吃，明珠暗投怪心疼人的。上年纪的人和知味者，认着那蒸白蒿的原味吃，什么调料也不加，贪的就是这一口土地与草蒿混合的味道，满满春气息。天人合一，才是吃茵陈白蒿的最高境界。

春分之后，春风骀荡，天气平稳回暖，玉兰开到最盛时——紫玉兰、黄玉兰、红玉兰、二乔玉兰混合着竞相开放。淮河长江流域，从豫南直到鄂东与江西，不仅紫藤、玉兰、泡桐竞相开放，还有满山如火如荼的映山红。江淮之间，有米有麦，历来百姓米面共食。大别山区的新县人，这时上坟祭祖，要将白蒿还有鼠麴草或野艾蒿，混合拌在米面二粉里蒸，叫蒿子馍馍或蒿子粑粑，上供给先人吃，自己也吃。遵从古训，清明吃蒿子粑粑，当地人说可以把鬼气带走。大别山远接幕阜山，由豫南而鄂东。农历的二月十八到三月三，鄂东大冶人要过“土主会”即菩萨节，大家奋力抬着菩萨游行，搞接力赛，同时村里比赛堆粑山。“印子粑”讲究“一白二清三酥”——以籼稻为主，掺入适量的糯米，这些米都是最好的米芯子，用碓臼舂成粉，取“粑模”印成粑粑。绿粑特地加艾草、鼠麴草，各种图案，有花鸟虫鱼与龙凤猪羊，一并堆成高高的红绿粑山祈福。清明时节的婺源，不仅是踏青看油菜花的胜地，烂漫的紫云英也开满了备耕的层层梯田，野菜有马兰头、蕨菜和鱼腥草，鱼腥草也叫红竹茶，而当地人独不食此鱼腥草。这时，年轻的媳妇，虽然收敛了做姑娘时候的几分俏皮，但是更有了见过世面的风情与妖娆，她们带头提着竹篮子，在绿满坡陂的地面上，专门找别名叫清明草的鼠麴草。接着家家淘洗鼠麴草，要和了米粉做清明粑，又名黄草粑的。当地人说，吃了清明粑，大人小孩才一岁平安。周王在《救荒本草》里列举十余种可食之蒿，其中他所记的花蒿，注家皆以为就是鼠麴草。《河南野菜野果》记它的别名，叫引火草和清明菜，但豫人的吃法略有不同。

清明之后春老了，先花后叶的玉兰花也过季了。春夏之间，常青的玉兰树，广玉兰与白兰花接着开花。人在旅途再出发，从赣南继续向南，过了古梅关来到五岭之南的粤东地区，闽粤四季常青，但人们同样遵循四季轮回的规则。常青的树木此时才交替换叶完毕，潮州西湖边的白兰花树，叶腋里新开了一层层白玉色或象牙黄的花，精巧的小花仿佛牙雕似的。西南人叫它缅桂花，广东人直接叫它白玉兰。已经是准备过端午了，潮州的大街小巷与路口，整齐排放着类似铁皮柜模样的柜台，白天用于青菜与草药交易，当地人不叫药材叫青草药。夏天来了，五月古称恶月，传说的瘟疫将要流行，人们食艾食青草药养生护生。客家人居多的潮州人说，每年端午来临，地上的青草绿草，只要是风可以吹动的，都是可以食用、养生的。果然，我看见公园里来来往往，从山上下来的中年人与老年人，人人手持一把青草，有的是艾草，有的是与艾草相近的青蒿与乱蒿，这在我看来是不能吃的，可他们带回家，做当地最有名的艾粿，还有用艾草煮粽子的。艾草入药和入馔，孟诜在《食疗本草》里说：干艾叶或浓煎艾叶，都可以治疗金疮、崩中与霍乱，能止胎漏。“春初采，为干饼子，入生姜煎服，止泻痢。三月三日，可采作煎，甚治冷。若患冷气，取熟艾面裹作馄饨，可大如弹子许。”可是，北方和中原人目前直接食艾草者不多，吃艾的风习流传保留在南方了。

“呦呦鹿鸣，食野之蒿。”一岁大地锦绣，国人食蒿的仪式一以贯之，从中原地区拌面蒸白蒿，到南方人制作蒿子粑粑，再到岭南食艾粿艾粽，不同地域，名字不同，吃蒿的口味相同而一脉相承。

◦选自2018年3月31日《人民日报·大地》

黄河边的野菜。

以手机的“今日头条”为代表，网络资讯的确比纸媒的副刊、花边来得迅速。各门户网站为博取点击率，不惜搞信息轰炸，有时叠床架屋，慌不择路常出错乱。3月底，新华社通过报纸发布图片《驶入春天的列车》：“3月28日，一列火车在北京居庸关附近山花中穿行。”我延续老习惯，随手将它剪下来，夹到案头的《北京野生花卉》小册里。而头两天的网络消息，包括已经被个别纸媒转载刊出了的，则被炒作为北京郊区踏青寻春的“拍客逼停了穿花行驶的列车”。

一窝蜂闹噱头，抢出风头，争夺“低头族”的，网上还比赛各地的花景和野菜。关于春来挑菜吃野菜，有说三五种的，有说七八种的，有的干脆链接一个春天的野菜

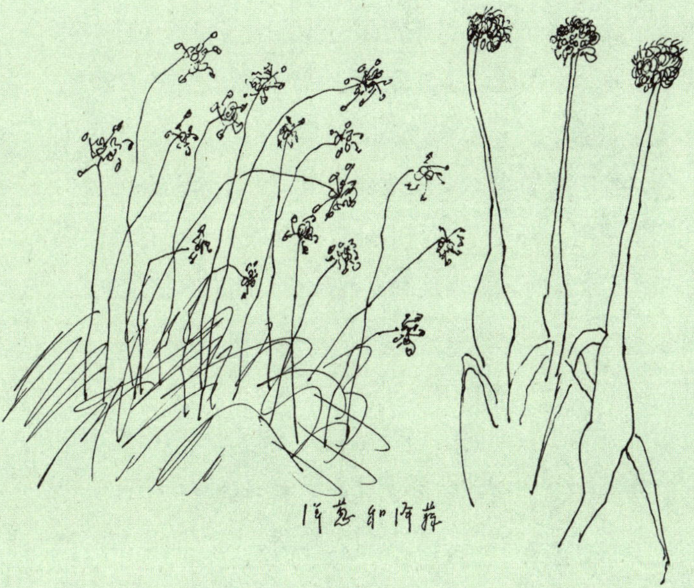
洋葱和洋蒜

二十种或四十种，不分地域和南北，眉毛胡子一把抓，阴差阳错，张冠李戴，恨不得来一个普及版的《野菜大全》。“韩信将兵，多多益善”就是了。

但野菜与各地的小吃和方言一样，却是十里不同俗，各有各的滋味与意味。所以，周作人当年《故乡的野菜》开头之后，后来人皆作同题作文。叶灵凤写《江南的野菜》，臧克家写《家乡菜味》，陈荒煤写《乡情与乡味》……而汪曾祺谈吃，也总不忘冠名《故乡的野菜》《故乡的食物》，或者《昆明的吃食》《宋朝人的吃喝》，等等。一方风土的特色，其中所蕴含的文化地理界限，大作家把握准当，使人印象深刻，一目了然。不是曾经流行那一句有名的误读：“越是地方的，就越是世界的”吗？野菜的吃口也是，它颇有个性，最足以代表一地的土宜和民风。郑州在中原，从远古的殷商第一帝成汤建立亳都开始，其地理位置略似北京依山而居，东南朝阳，背靠着大河北邙与西南嵩山。北郊的邙岭之上，桃花峪风景区矗立着“黄河中下游分界碑”，黄河“地上河”经花园口过郑州，河之北说黄河流域不错，但河之南，索须河与贾鲁河蜿蜒合流，向东南源源汇入了淮河流域。故而，这一带的风土与出产，南北兼具，平坦的沙土地与丘陵黄土和白墡土混合交织，错综复杂。表现在开春吃野菜上，由麦田杂草类野菜和落叶树的树头菜两部分构成。其中，最特别、最有代表性的是那貌不惊人的面条棵或叫面条菜，石竹科又名米瓦罐的。这种早春的野菜，除了河南一些地方和郑州地区，只有在黄河流经的鲁西南菏泽一带也吃得开，别处则名不见经传。不客气地讲，周王的《救荒本草》和王西楼的《野菜谱》，这两部明代的古书里都没有。

刻下，一年一度暮春的白花季还没有消失，金银花、凤尾丝兰、七叶娑罗和小叶女贞正繁华，绿树葱茏下的蔷薇和月季花连环盛开。老话又说：“楝花开，吃碾转。”转眼夏天就要来了。我把今年春节到五一之间，在郑州所吃的春野菜，大部分是从小市和菜市里买来的，包括闻见的四周郊区出产的野菜品种，按顺序记录如下，以存风俗：

3月2日　正月廿四，大晴暖。茵陈十元，面条棵和荠荠菜各四元一斤。茵陈灰白色，细细的且杂乱，面条棵碧绿玲珑，粗糙的荠荠菜带小花还紫褐未褪。夜晚，家里把买来的茵陈与面条棵，合起来上笼蒸过，食之腴软清香。我特地交代妻子不要把择去的茵陈苗带老根扔掉，等晾干了，用纸包起来，若女儿回来度假，泼水给她喝，以祛一季的湿热。同时，在朋友圈发图片，并上传旧文《白蒿和面条棵》。

3月16日　二月初八，晴而有霾。西南郊樱桃沟，樱桃花已经开老了，中午在“紫藤阁”农家院吃蒸白蒿和藿香炒鸡蛋。农家饭这时也用超市里的鸡蛋。东家说，柴鸡蛋一元五角一个，客人都嫌贵。这一刻，此地还应当有泽蒜和水芹菜的，但是今天食客多，主家忙不过来。

3月22日　二月十四，多云。黄昏下班后，和朋友到东区“信阳人家”小聚，喝土鸡汤，吃荠菜水饺。信阳人不叫饺子或扁食，直接叫水饺，水读“随”的音。荠菜之美，在于菜根，野荠菜的菜根有咬劲，带土膏之气最有味。而今天家门口的小店卖野菜，嫩榆钱十元，白蒿还是十元，蒲公英曰黄花苗十三元。

3月25日　二月十七，零星雨而倒春寒。今晚家里蒸榆钱吃，榆钱洗净拌好面与玉米面两掺而上笼蒸了，略蒸一会儿即可，淡吃不用蒜汁调和，糯软而嫩甜。独自连吃两碗。今天榆钱降价了，七元一斤。

3月27日　二月十九，晴暖好春光。离清明节还有一周，但市区的梨花则多已开败。今天西俗复活节又逢周日，夜食汤面，用好挂面随锅下肥嫩春菠菜。妻子从南窗下，将移栽而洇开的泽蒜采一握，青茸茸嫩苗炒鸡蛋，配着吃面。

3月31日　二月廿三，晴好。黄委会老主任王化云旧居的老院子，铺地红牡丹大开，花团锦簇，招蜂引蝶。城管治理越来越严格，街头难遇零星卖菜人，野菜就没有过去遇见得多。单位附近的菜场里，有油嫩紫红的香椿头，二十五元一斤。机灵的摊主，报二元五角一两。构棒也应市了，但至今未见卖柳絮的。路上行初见阴凉，迎面杨柳飞絮点点。

4月4日　清明节。我家藤花开一周了，十五六岁的老藤，粗过牛腿似古藤，今岁花开盛于往年。藤花迎风送香，沁人心脾，我们不舍得吃，但挡不住墙里墙外四邻馋花摘花。人家当着我们的面，小心翼翼将瓔珞似的藤花串最下面打头的一些捋了去，拌面蒸了又送一点过来给我吃，可惜油盐放重了，可恶还有花椒。原味和本味多好啊！此刻，街头也屡见卖藤花的，人们普遍叫葛花而非藤萝花。

4月21日　喝新茶，尝过新樱桃和蒜薹之后，今天又吃蒸洋槐花，也是热心的邻居送过来的。五十岁以上的人，即使已经是城市人了，有的还保留几分珍贵的旧感情，自家获得好吃的东西或时鲜蔬果，要分送四邻品尝。眼前，花坛与花盆里逸生的灰灰菜正肥嫩，但这东西太多，不择地而生，倒不主贵了，人们爱吃不吃的。微信圈里，朋友在河边采苦菜吃苦菜。苦苣菜和苦荬菜，土名又叫扎扎菜和曲曲芽的，不少人尤其贪这一口。

五一前后，扫帚苗、野苋菜和猪毛菜也将陆续登场。野生马齿菜还没有，有的只是大棚里的马齿菜，要么人工种植，要么是花房里逸生的。马齿菜自然出苗在5月半之后，届时布谷鸟就该回来了。

重要的事情说三遍。我再重复排列一下——茵陈、面条棵、藿香、荠菜、榆钱、泽蒜、香椿头、构棒、葛花、柳絮儿、槐花、苦菜、扫帚苗……不客气地说，这就是当下郑州人吃的和要吃的春野菜。除此之外，例如杨树叶、枸杞头、刺儿菜、水萝卜棵等，和大名是酸模的牛舌头，又叫野菠菜的，也有人吃，那是郑州野菜的非主流了。至于那江南人爱吃的马兰头，西南地区很流行的鱼腥草，还有蕨菜和艾蒿等，都不在本地人尝鲜的事实之列。与“荠菜马兰头，姊姊嫁在后门头”的浙东童谣相对应，豪放的河南人，童谣唱的是：

荠荠菜，包扁食，/俺给奶奶俺俩吃。/奶奶一跺脚，/俺吃一大锅。/奶奶一瞪眼，/俺吃一大碗。

二月二，挑荠菜，/荠菜烙饼筋拽拽，/不吃不吃两三块。

◦选自2016年5月16日《河南日报·中原风》

挑菜是女子永远的游戏。

春天的野菜，大多数是冬性杂草。你看嘛！它们和小麦同生死，共轮回，那刺蓟、面条棵和荠菜、猫眼草，很明显就是代表。

清明节还没有到，但窝曲了一冬天的小麦就急着翻身了。中原地带，农家形容地头的麦苗："清明前后淹老鸹。"这时，尚带了寒意的风一阵阵刮过来，麦苗扑簌簌抖动着，映眼似波动的绸面。县城边的小路上过来个骑车送小儿的女子，她忽然在我的面前猛地停下来，原来是发现了河沟边一片连一片的荠菜花。

荠菜在深秋蔓生发苗，土地上冻前，有的就要开头一遍花。霜打雪压，使其枯死或变深紫老褐，冬至阳气动，地气上升中荠复生，似蛹变蛾，扇一扇翅膀就又绿了！清人高士奇说："荠虽野草而有佳味，采取宜在寒食前。"那女子果然是个解人儿，从车座上抱下孩子，就地捡了根树枝折断了，便在松软的田埂上剜起荠菜来。她不说荠菜，叫"木锨花"。看她灵巧地翻动双手，一边挑菜，一边逮蝴蝶似的拣菜，忘情地进行着自己的游戏。

现在的女子，既不做女红不绣花，也不纳鞋底和鞋垫，甚至连毛衣也不会织了，春天到郊外挖一次野菜，算是对传统的补偿。留心看看，无论南北，春去春又回，普天下的女子似乎特别钟情于挖野菜。日本也有荠菜是开春的七草之一之说。那《俳句大辞典》还说，在女人里边，没有采过紫云英的恐未必有吧！

食荠菜救饥和尝鲜，都没有离开吃字。但荠菜和游戏的关联，由来已久。南宋《武林旧事》记"二月二·挑菜"：

> 宫中排办挑菜御宴。先是，内苑预备朱绿花斛，下以罗帛作小卷，书品目于上，系于红丝，上植生菜、荠花诸品。俟宴酬乐作，自中殿以次，各以金篦挑之，后妃、皇子、贵主、婕妤及都知等，皆有赏无罚。以次每斛十号，五红字为赏，五黑字为罚：上赏则成号真珠、玉杯、金器、北珠、篦环、珠翠、领抹，次亦铤银、酒器、冠镯、翠花、段帛、龙涎、御扇、笔墨、官窑、定器之类；罚则舞唱、吟诗、念佛、饮冷水、吃生姜之类，用此以资戏笑。王宫贵邸亦多效之。

今人李小龙、赵锐注书中“挑菜”：“唐代风俗，农历二月初二曲江拾菜，士民游观其间，称为挑菜节。至宋，此节日则演变为一种游戏。”

看女子和荠菜在风和日丽中互动，听小鸟在头上呖呖歌唱，真的是赏心乐事。不亦快哉！

。选自2010年4月13日《天津日报·满庭芳》

枸杞头 甜菜芽。

我写过《早绿有杞》的小文字。文章太小，只能突出一点而不及其余。

一岁春来，落叶树最先绿者，上有柳下有杞。“六九七九，抬头看柳。”我觉得柳树落叶最迟，生叶最早，植物中最勤敏，应该大肆歌颂。但和柳一同先绿者还有树下的枸杞。或许是灌木披藤，伏地而得地气的原因，杞和柳一起生出新绿，但它常常比柳树脱叶还晚许多。基本上冬至前后，黄河两岸都冻实了，野地沟坎上乱七八糟的干茅草中，枸杞的冻叶间，晶莹的杞果还红艳艳挂着。

《救荒本草》下卷“木部”有枸杞，说：“叶及实皆可食。”杞果，即枸杞子的作用不用说了，周定王说枸杞：

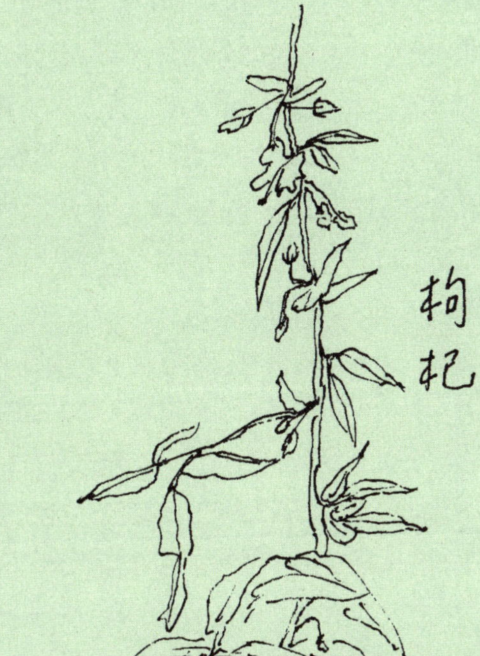
枸杞

“一名枸檵，一名苦杞，俗呼为甜菜子，根名地骨。生常山平泽，今处处有之。其茎干高三五尺，上有小刺。春生苗，叶如石榴叶而软薄，茎叶间开小红紫花，随便结实……采叶煠熟，水淘净，油盐调食，作羹食，皆可。”早春的野菜，大致可分为三类，平畴上的荠菜和面条棵是其一，山区的蕨苗等又是一类，再就是平地和山区都有的树头菜，如柳絮、香椿芽和枸杞头了。同是树头菜，柳絮嫩而微苦，枸杞头叫甜菜子，口感微甜软滑。但北方人性刚，春野菜里偏好食苦涩点的柳絮，反过来，南方人最爱吃枸杞头。汪曾祺悠悠地说：“春天的早晨，尤其是下了一场小雨之后，就可听到叫卖枸杞头的声音。卖枸杞头的多是附郭近村的女孩子，声音很脆，极能传远：‘卖枸杞头来！’枸杞头放在一个竹篮子里，一种长圆形的竹篮，叫作元宝篮子。枸杞头带着雨水，女孩子的声音也带着雨水。枸杞头不值什么钱，也从不用秤约，给几个钱，她们就能把整篮子倒给你。女孩子也不把这当作正经买卖，卖一点钱，够打一瓶梳头油就行了。”（《故乡的野菜》）枸杞头放到小摊上和蔬菜一起卖，刻下在上海和苏州都看得见。但是，黄河以北也有人吃，却很少见贩卖枸杞头的。

可枸杞生长范围极广，全国到处都有。我在广州番禺的海鲜城里，看见有芥蓝、莲藕，还有枸杞头，名字和北方都一样。枸杞还有个特点，它初夏开花结果了，盛夏大暑天会落叶，到秋凉时再生一茬儿，接着开花结果。于是，枸杞头一年就不止可以吃一遍。

我还是没说到。20世纪80年代出版的“台湾自然观察图鉴”丛书，是口袋书，便于携带。其中有《野菜》系列，作者郑元春先生，一连编了三册似乎还不肯放手，是照片和文字相对应的，使人一目了然。他在第二册序言里竟然也说“救荒”——

> 本人著作一系列《野菜》的唯一目的，是提供同胞们救荒和登山时必需的求生知识，在正确的认知和利用下，熟读本书不仅不会破坏自然，更可和自然保育的行动相辅相成。因之，本书中不避讳地将若干种蕴藏量稀少的求生可食植物列入，希望不致遭到责难和物议。

显然的，此“救荒”非彼“救荒”，不是救饥而是救急，而且意识到生态文明。“荒”可曰“慌”。郑氏《野菜》与时俱进，可看作《救荒本草》的现代翻版。

这里面也有枸杞——“食用部：新芽、茎叶及果实。料理法：一、新芽及嫩叶洗净后可炒食或煮肉丝汤、蛋花汤等，滋味鲜美；二、熟果可生食，也可晒干后炖排骨汤等饮用；三、茎叶晒干可泡茶。采集地：全岛平野。采集时间：春秋两季。”

宝岛有枸杞，不仅吃法和大陆一模一样，说法和周王记枸杞也大致不差。

◦选自2010年4月13日《天津日报·满庭芳》

红香椿 白香椿。

今年清明节在农历二月里，4 月 5 日是戊戌年的二月二十。按说二月清明春来早，但郑州春节过后忽冷忽热，天气像打摆子似的，3 月以来竟出现“两度入春”的罕见记录。冬季供暖准时于 3 月 15 日结束，可 3 月中旬的“倒春寒”，整整持续了一周时间，豫北南太行和豫南大别山两头下雪，信阳大山里正要回青的茶叶被冻红褐了。然而，3 月下旬又高温频频，30℃以上的天气接连出现，顿时杂花生树，百花一股脑儿集中开放，春天要吃的树头菜——柳絮、榆钱、构棒和香椿头，清明之前，郑州的菜市上都有了。

野菜包括山野菜和树头菜，开春的树芽嫩树叶，很多都是北方人旧年度春荒的采食之物。固然生活今非昔比，

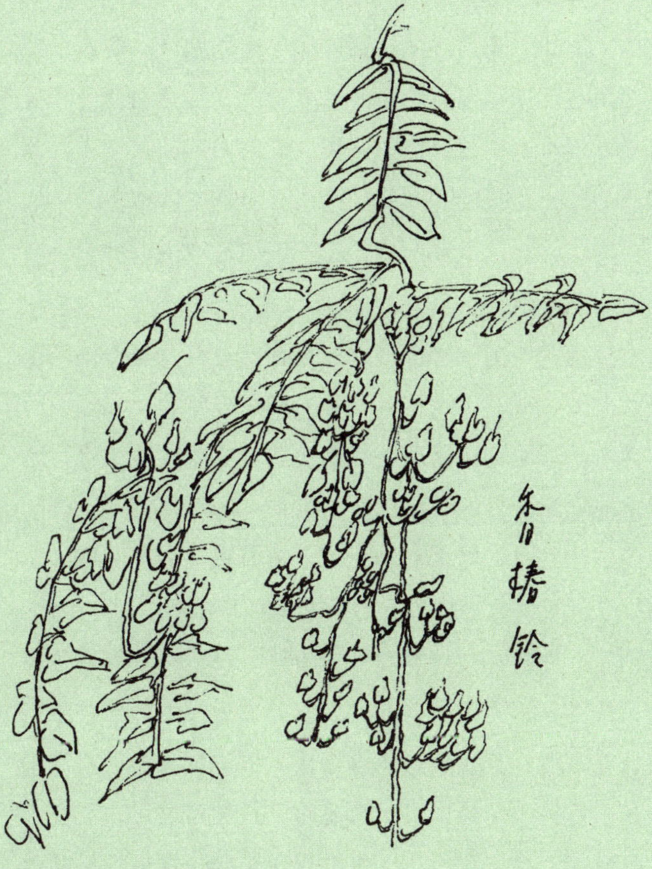
香椿铃

但人们的味觉记忆隔代遗传还很发达，城市人尤其夸张，开春挖野菜吃野菜很时尚，堪比行为艺术。这两年，我一直在思索并认定野菜食用的地域性特点，不是任何野菜都要吃的，例如，白蒿、茵陈蒿偏重于中原地带；藜蒿、茼蒿、艾蒿在江南和南方吃得开；苜蓿菜，则是西北老百姓的最爱。但也有例外，比如香椿，无问西东，天下人春来吃香椿头是打通关的。即使到西南，应季吃香椿也和中原地区一样。反之，云南人要吃芭蕉树的花、棕榈树的花米，这在别处不通行。

香椿是典型的“山家清供”，素吃香椿，是香椿入馔的一大亮点。或许干香椿如蕨菜一样可以荤食，我却没有见过肉丝炒香椿芽或新鲜香椿炖肉的。而香椿炒鸡蛋，这最家常的吃法，在各地香椿吃食里要挂头牌，也最能体现、发挥出香椿香嫩的特色和本色来。接着说香椿拌豆腐，这一例小菜就不怎么通俗了，用得上“萝卜白菜，各有所爱”的老话了。它与小葱拌豆腐并行不悖，香椿拌豆腐也是开胃而下饭的，因为中原与北方人以面食为主，每天少不了馒头，吃香椿拌豆腐意在多食馒头。再说腌香椿，河南人最擅长腌香椿。鲜嫩的香椿头吃过了，尝鲜之后，那变大的香椿叶或者是二茬香椿，主要用于腌制。夏天到来的时候，人的胃口不好，喝粥吃甜面叶，则用腌香椿开胃醒神。以上是河南人的家常吃法，但是，老北京吃香椿的花样就多了——香椿拌面，香椿浇头打卤面。另外有香椿豆儿、香椿花生——香椿煮大豆，惯常叫黄豆的，把好黄豆先用温水浸泡，使豆粒涨出嘴儿来，另把红香椿头切成末，加咸盐一块煮。好了，这一客下酒小菜，香椿豆儿是老北京的最爱。但香椿花生制作复杂些，先把香椿尖儿加盐捂着，待香椿出味儿之后，用其汤水发花生米，再加上有花椒大料的料包一块煮，花生煮面了，重新放到腌出味的香椿末里拌拌，这样就可以下酒吃了。香椿花生，比香椿豆儿高一个档次——格高！此外，北方人包括河南，特别变态地吃香椿，曰香椿蛋者——用鸡蛋壳捂在未发芽的树梢上，让香椿头憋着长成一疙瘩再吃……这不说了吧。

不仅吃食香椿的地域广大，而且，香椿雅俗共赏，上到朝廷和皇亲国戚、贵族，下到读书人和平头百姓，应季吃新鲜，天下人都贪这一口。与《红楼梦》五十三回里，贾珍审看乌进孝进京交租的单子一样，孔府档案里记载了一则“香椿芽差事”的掌故。赵荣光撰著的《〈衍圣公府档案〉食事研究》里，有一则孔府当年催办应季的香椿芽之文书，事在明万历十八年（1590）的三月二十日——

为公务事：今差本役前往泰安州买办香椿芽，着落佃户张永安、庙户王守礼即同去役，查照旧规，拣择头查（茬）肥嫩真正香椿芽共三百斤，送府应用。不许将别样假芽一概搪塞凑数，取罪未便。五庄每庄六十斤。

这孔府的管家厉害，不仅嘴刁，且眼观六路、明察秋毫，连市场上用别的树芽冒充香椿头作弊的手法都一清二楚的。同时，这也说明了嫩香椿馋人的魅力。

人们说香椿头，多形容红而肥嫩的那种，可绿芽香椿也不少见，我们叫它白香椿。这很有意思的，明明是绿香椿，与红香椿也对应，可偏偏叫它白香椿。类似的还有萝卜，青头萝卜不是象牙白萝卜，有的青萝卜长得棒槌似的尺把长，几乎一身绿，但只管叫它白萝卜。行家说，香椿树分两种，菜椿与香椿，而菜椿就是白香椿，其香味不足，油性也不及红香椿。话说回来，红香椿经过光合作用，叶子大了也是绿色的。而紫红的香椿头或香椿芽，经开水一焯，摇身一变也是碧绿的。我是吃惯了白香椿的，倒是觉得白香椿口感也不差，老家人每每把当季嫩绿的香椿头，和此时出产的笨蒜薹一起送到郑州来，蒜薹炒肉吃蒸炉面，和香椿炒鸡蛋吃大米饭，都挺好的。如果用玻璃杯再泡一杯明前的毛尖茶，我的天，作为一个只会看书的人，那还说什么呢！

香椿树是楝科植物。臭椿也叫樗树，则是苦木科。香椿臭椿，一双古老的姊妹树，前人分不清树木的属性，多椿樗并说。《救荒本草》说香椿头即椿树芽——

《本草》有椿木、樗木。旧不载所出州土，今处处有之。二木形干，大抵相类。椿木实而叶香，可啖。樗木疏而气臭，膳夫熬去其气，亦可啖。北人呼樗木为山椿，江东人呼为虎目。叶脱处有痕如樗蒲子，又如眼目，故得此名。夏中生荚。樗之有花者无荚，有荚者无花。荚常生臭樗上，未见椿上有荚者。然世俗不辨椿樗之异，故俗名为椿荚，其实樗荚耳。其无花不实，木大端直为椿。有花而荚，木小干多迂矮者为樗……

周王是有名的植物实验家，但是，在椿与樗之辨识上，却多有错误。樗，臭椿树，开花结籽无谎花，所谓“有花者无荚，有荚者无花”的结论是不对的。另外，古人多不识香椿树开花结籽。明代之人，不仅是周王，还有明代的诗人屠本畯在其《野菜笺》里咏香椿曰——

香椿香椿生无花，叶娇枝嫩成杈丫。
不比海上大椿八千岁，岁岁人可采其芽。
香椿香椿慎勿哗，儿童扳摘来点茶，嚼之竟日香齿牙。

香椿臭椿，都是入夏开花。臭椿开花朝上，香椿开花朝下，香椿开花后结籽一串串的叫香椿铃。因为人们贪吃春天的香椿头，不止一遍扳香椿，彻底扼杀了香椿开花的能力，故而香椿花难得一见。而人力不及之处，大香椿和野香椿，于小麦麦黄的时候，5月中下旬香椿开花。颇有意思的是，老北京说食话说到，京西一带的山区人家，旧年要吃核桃油、杏仁油，还有椿油的。椿油并不是香椿果实榨取的油，而是用臭椿树开花后结的籽，学名翅果，形象的叫法，河南南阳人叫椿帘，我老家叫它椿谷谷的，拿它来榨油。而且，老北京说椿油比菜籽油更好吃。

越来越少的榆树。

中午在街头小店里凑合着吃面的时候，老板娘特地关照说："有新蒸的榆钱儿吃不吃？"这还用问！接下来连了两天在此专吃榆钱儿。蒸菜中的榆钱儿，可不似大路货的萝卜与茼蒿，一年四季都吃不断。大榆树开花结籽，二十四节气，只趁春分和清明这紧巴巴的半月间。轻拌了面粉的嫩榆钱儿下笼来犹不失青绿之色，眼看着便极馋人，如果不加蘸汁，草木之花与实带着春气的原味，更是腴软清香。再一日我带了也贪这一口的朋友来尝鲜，料不到却吃了闭门羹——服务员急忙给老板娘打圆场，抱怨说这榆钱儿到处是买不来了！

春来吃野菜的时候，包括树芽和树花，诸如柳絮、香椿头、洋槐花、构棒槌，般般样样，都是怀旧之人的最爱。

榆钱儿是榆树开花后新结的嫩籽，那一串串一层层紧紧抱团的小圆绿片，茸乎乎的，因每一片中央凸的点形似古代的铜钱而得名。榆钱儿和洋槐花都需要上树用镰刀割和钩子拽，为吃食而冒险挺刺激，故而又是有农村生活经历者美妙的回忆之一。春天结榆钱儿可食的榆树是白榆，又叫家榆，不仅是榆钱儿，就是它的嫩叶子，下锅熬玉米粥，金黄煮成碧绿，喝着黏糊又滑溜。家榆一身是宝，木材可制门窗板凳床板，粗皮和树干之间纤维质的白瓤，晾干了磨成粉，和白面掺一起，擀面或压饸饹，口感最筋道。遇到荒年，甚至连那粗褐的表皮，磨碎了当口粮也比一般的充饥物为佳。民国三十二年（1943），“水、旱、蝗、汤”四灾并发，至今老辈人记忆犹新。而我老家的《北洼村志》里录那一通《荒岁碑》真吓煞人：

> 自古荒年之甚，莫甚于光绪三年大旱。东至长垣，西至长安，南至汝州，北至太原，十分之中留二三。吾东交口村原有三百余人，留者六十有余。岭后、大掌、艾曲、东西岸、小南坡、圪料返、洼村、当阳峪大抵皆如是。最可骇者牛大肚河二十余家逃荒回来者仅一人而已，真可悲也！其当时，米麦每斗一千六百文，蜀黍每斗一千二百文，牛羊熟肉每斤三十二文，犁耙锄铁九文，少年女子仅两吊文。家家食榆皮、食蒺藜、食干草、食白干、食骨头、食皮绳，以延生命。

人无门路，不能养生，有之甚至父食子，子食父，山川两社，不下数十家，其余村庄都不知。立石于此，垂戒后民：治家当丰年时，留心荒年……

正是因为联系着吃饭救荒，榆树从我记事起，还是黄河两岸众多杂树里颇突出的品种。20世纪七八十年代，古怀庆府今焦作地界，平原的村庄尤其是沁河大堤上下，农家房前屋后，触目连环皆榆树也！可改革开放以来，农村经济体制首先变更，农民种地焕发了空前的积极性，加上科技推广，温饱早已不成问题，救荒备荒几被遗忘，榆树顿遭世态炎凉。有年头了，年年植树，大家连年栽种的几乎清一色是速生杨，一心念的是致富经。什么乡土特色已无关紧要。再加上中原的气候确切是持续变暖，老榆树爱生虫。每到麦收季节，貌似铁甲的榆树身上烂得遍体鳞伤流红水，一种叫黄蟆的肉虫，一堆又一堆挤在树窟窿里如粪蛆，黄烂烂的太恶心人。此虫长大变飞蛾，还要继续为害树和人，这就越发扫了大家种榆树的兴头。如今，榆树虽然在东北、西北、山西、河北等地长得还好，那里榆树既作城市的行道树，风景区且多植榆为篱，但是在河南一省，榆树分明是日见式微。

人性的功利和实用主义，外加气候变化，是病榆在我们周围日趋没落的根源。试看今日之中州，似乎榆树的命运在劫难逃。但古榆无言，只有牙齿打碎了和泪往肚里咽。春风摇着它嘎吱吱响，我知道它想说什么——数典忘祖的乡亲们呵，河南大学王立群教授在央视摆擂台说《史记》，把楚汉相争和吕后篡权演绎得活灵活现，出神入化，可知否？那汉高祖刘邦返乡唱《大风歌》的时候，还曾修家庙，种社树。刘邦那时钦点的社树即榆树，《说文解字》注名曰“白枌”。

◦选自2010年4月13日《天津日报·满庭芳》

春问树头菜。

春天的野菜——前人曰“草木野菜”，开春天气回暖的时候，如果再得场喜雨，不过一扭脸的工夫，隔天再看，它们便蓁蓁地立体式出现：地头地边生的，树枝上冒的，一窝一簇，纷纷扬扬，翠绿和红紫相间，全都亮闪闪引诱着沐春的馋人急急去尝鲜。那凌空新生的树芽儿就是树头菜呀！人见人爱的香椿头和榆钱不用说了，而大河两岸的百姓喜欢的远不止这几种，且都与中原各地的风土有关。

柳絮儿

柳树一岁先绿。二月春风，鼓荡着垂柳飘飘，将长

杨红柳

长一个冬天的郁闷和寂寥温柔地抛去，在诗人画家眼中是绝好的吟咏题材。可市井众生爱柳、折柳，捋柳絮儿，既是踏青游戏，同时也为了吃春尝鲜。柳芽连着幼小的花穗一起生出来，未飞绵时曰柳絮儿。人们采下来用滚水焯过，清水浸透去涩，再握成一团一团如窝头大小放好，自家吃新鲜，就直接用来凉拌，醋和香油是少不了的；多了也用水桶或篮子提着到市场上叫卖。正月“咬春”吃春盘的风俗当下是日见式微，可二月吃柳絮儿的风习，岁岁年年不变。柳絮儿特指垂柳的芽和嫩穗，旱柳又叫馒头柳的，郑州人曰毛柳，其嫩絮则不可食。柳絮儿和地上的枸杞芽差不多同时生长，但我的乡亲，从来捋柳絮儿尝鲜的多，却很少有人吃枸杞苗。想来北方地干，人们贪那柳絮儿微微苦涩的感觉，具有败火的功效而带来新春的一丝清凉。

大人捋柳絮儿的时候，儿童拿青嫩的柳条，截短了直接当笛子吹，“呜哇——呜哇”的，把少年充沛又过剩的精力拼命吹出来；还取柔软的柳条，编织成侦察兵奇袭作战的隐蔽帽，体现了美的装饰与追求。柳树不择地而生，天生不怕攀折，给农家子弟提供了天然的乐器和道具。

如今，城市的饭店里，将春天的柳絮袋装冷藏了，一年四季供应各方食客。老开封人还喜欢把柳絮儿和粉条、豆腐和在一起，蒸素包子吃。周王的《救荒本草》里，木部独没有柳树，而他同时代的《遵生八笺》，引古书《洛阳记》：“寒食日，妆万花舆，煮杨花粥。”这可能是中原人将柳絮入馔最远的记载。

构棒槌

构树的嫩花穗。构树又名楮树，在华北地区不起眼却常见。古时候，它的树皮是造纸的主要原料，南北都有人工种植构树为经济林的。《齐民要术》说种楮方法：“楮宜涧谷间种之。地欲极良……种三十亩者，岁斫十亩，三年一遍，岁收绢百匹。”后来它莫名其妙地被边缘化了，多于隙地以灌木出现。《北京常见园林植物识别》介绍，构树雌性异株，一种开花后结小圆球似杨梅，夏天变大变红曰红构桃，可以当野果品尝；另一种，和嫩叶一起出生的幼穗，拉长了不过寸许，未开花时似一条条不太肥胖的毛毛虫，有人形象地叫它构棒槌。它也是河南部分地区春天野食的食材，炮制方法和柳絮儿大体相同。

构树虽不受人待见了，但命贱而生命力极强，绿叶子美观。它毛茸茸的叶子有椭圆秀长的，还有一种肥大的花叶，活像剪纸作品，似著名旅游标志“马踏飞燕”的足下飞燕。野构呈灌木状曰构梢，我老家山里人又形象地叫它构扑棱，在荒地和塄堰上连片生长，过去打猪草，如遇到别人未采过的，一扑棱就差不多可以装满一篓头。但在平原地区，人们爱吃构棒槌。我是到郑州工作以后才知道构棒槌是可吃的，有一次在郊区的农家偶尔品尝了一次，觉得味道很不错。它和柳絮儿的吃法不一样，凉拌的少，更多的是和面粉蒸。蒸熟了可以淡吃，也可以用蒜汁浇了吃，或者用葱蒜炒，的确是美味，不少人偏好这一口。郑州的早市上，年年清明之前，郊区人总带来卖。

构树是很古的植物了。《史记》讲殷商故事，曾因宫殿里突然有构树出生，大臣以为不吉。可它至今还顽强地生长着。说起来它和苦楝树一样，在北京和天津以北就很少了，倒是越向南越多，且大树越多。我寻找它远过东南亚，也还没有尽头。

木兰芽

即木栾树的嫩叶。木栾是栾树的一种，又名复叶栾或太行栾，和构树一样，有乔木也有灌木。和今天到处作为城市行道树的黄山栾相比，木栾的叶子薄而秀，有锯齿状的缺刻。它比黄山栾开花早得多，每年端阳节收麦时就开出满头耀眼的黄花。我老家在南太行，清明前后，土塄和窑头边上灌木栾发芽，颜色是紫红的。如采香椿一样，人们采木栾的树头为好菜，滚水焯过，或凉调，或热炒，清香的口感类似于蕨菜，却没有嫩蕨之滑腻。当地一直把它作为时令野蔬，现在又装成罐头备四季之用。南太行像一柄芭蕉扇，绵延在豫晋边界，山上是山西的晋城、泽州和柳树口，山下是河南的济源、焦作和辉县，两地唇齿相依，风土近似。周王说栾树："叶味甜淡，采嫩芽叶煠熟，换水浸淘净，油盐调食。”曾当过山西巡抚的清朝植物学家吴其濬，著《植物名实图考》，经过第一手乡土调查，他说栾树：“按山西亦多有之，俗讹作木兰。”又引《山西通志》曰：“木兰丛生谷岸，叶可染皂。晋人名黑叶子，春初采芽作茹，名木兰芽。”我老家就叫木兰芽。与此相对应，还有酸黄菜一说，即冬天用萝卜缨和白菜帮制作的酸菜。我几次将酸黄菜写到文章里，被编辑一再改成酸菜。十里不同俗，他们没有听说过酸黄菜。可《植物名实图考》忠实记录了“酸黄菜”。土名和方言很重要，可很长时间以来，普通话和规范汉字，逐渐泯灭了地方特色。这同时也说明，方言的保存和使用，需要代表人物。最近，贾平凹的《古炉》问世，用了不少商洛一带的方言，其中有的竟然和南太行地区完全相同。

《古炉》说塄畔，我老家说塄头与塄边，吴状元曰谷岸，甚至贾思勰说种楮宜于涧谷地，同一种意思，指的都是丘陵与浅山区特有的一种地形。“木兰丛生谷岸，叶可染皂。”是的，我还记得小时候，奶奶用木栾的老叶子煮水把新织的粗布染黑。

黑槐树

国槐区别于近代才有的洋槐树，也是我国古老的乡土树种。它又名宫槐和衙槐，代表了它不俗的身份与地位。其中的一种，豫人普遍叫黑槐树的，春叶焯过，或者夏生的现成嫩叶下到面条锅里吃。老家山里人旧年午饭常吃糜羹，与早晚要配咸菜吃的粥不同，糜羹是咸饭，先煮了小米或玉米糁，大滚着放开煮，等干活的劳力中午收工回来了，主妇下入杂面条，再放酸黄菜和粗盐、葱花。酸黄菜是冬春时节的主菜，夏天，酸黄菜吃完了，糜羹里就放黑槐叶。

槐树和槐叶，也是雅俗共赏的。不仅古代宫殿和衙门里植槐，朝廷还应时采好槐叶捣汁和面，做碧绿的细面条，制成宫廷消夏美食曰“冷淘”。《唐六典》：“太官令夏供槐叶冷淘。凡朝会燕飨，九品以上并供其膳食。”所以杜甫有五律说《槐叶冷淘》，明代徐文长的《春兴·之六》也说：“柳色未黄寒食过，槐芽初绿冷淘香。”清明江南吃青团，旧用嫩艾叶和浆麦草榨汁染绿。现在河南人饭店里吃面，有菠菜面红萝卜面，有红有绿，槐叶取汁不时兴了。我老家也久不吃糜羹和黑槐叶了，但每次吃流行的南阳式芝麻叶杂面条，我还总想着老家曾经的黑槐叶下糜羹。

选自2011年4月4日《人民日报·大地》

三种好吃的麦田野菜

今年的春天来得特别早。农历还在蛇年的正月，郑州的气温连续走高，而惊蛰头一天，3 月 4 日，俨然便已经跨入气象意义中的春天了。春暖花开，憋了一个冬天的人们开始到野外踏青，特别是经过了去年冬天沉重的灰霾之后，大家都贪着去野外享受阳光，舒畅地呼吸开春新鲜的空气。春游时戴柳赏花是一定的，另外少不了的当然是还要挖野菜、吃野菜。荠菜和面条棵虽然是中原早春最有名的麦田野菜，可是，春天在麦地里挖野菜，好吃的野菜远不止这两种。

米蒿。古代的《救荒本草》便有记载。这是春来最早，也最容易分辨的一种野菜。作物和庄稼，最初都是从杂草和野草中选择优化而来的，但杂草经过千万年的演化，作为农作物的对立面，为求生存，它们唯有选择生长早一点，以此避免被种田人损害。米蒿也是如此，它虽然与麦苗一起出土生长，但比麦苗勤敏，比麦子提前开花结籽，这是适者生存的自然法则所致。既然是蒿，米蒿的模样很容易区别于麦苗，它细如青蒿，有红根与白根两种，在刚刚苏醒泛绿的麦地里，或者是地边的枯草下，一片片铺地生长，很容易暴露目标。米蒿长高开黄花似油菜，当麦子秀穗的时候，农家就提前为麦子除杂拔米蒿。近年来野菜品种有不断扩大的趋势，本来不吃或者很少吃的米蒿，现在的农家乐和农家饭却很常见。二月二，龙抬头。郑州花园口和开封柳园口，鱼塘边的农家饭，荠菜还没有完全由黄褐变青绿，米蒿正嫩绿，秀色可餐。吃米蒿要趁早，否则，麦苗大一点，农家就提前把它消灭了。蒿多也，蒿之幼叶细如牛毛，蒿名繁多也不易分辨。它与青蒿从小像孪生兄弟，还有把它与古人《野菜谱》所记的抱娘蒿相提并论的，其实不是一种。《野菜谱》说抱娘蒿：“抱娘蒿，结根牢，解不散，如漆胶。”而麦地里的米蒿独根独苗，很容易连棵拔起来。《河南农田杂草志》把米蒿的现代分类确定为十字花科草本植物，它还有米米蒿、播娘蒿和野芥菜三个名字。

田紫草。土名毛妮菜。它和面条棵模样近似，也像孪生兄弟，但它是紫红根。野菜现在也时兴种植，荠菜和蒲公英有人种，还有人工种植面条棵。而面条棵长大开小红花，结籽叫瓶子草。毛妮菜则开细白的花。它和面条棵一样吃法，嫩苗蒸食或下面条锅，根本分不出它们的味道来。我久闻毛妮菜的大名，苦于不识。去年清明在荥阳的环翠峪，山里人家，年轻人都外出了，但老两口守在家里种地，山地梯田里种麦子，旁边有一畦蔬菜和野菜，野菜种的是面条棵。老人家帮我在麦苗里找毛妮菜，我才初次认识了毛妮菜。在麦地挖野菜，留意一下，仔细地区别面条棵和毛妮菜，如下象棋认识马别腿，是很开心的一件事，平添了野趣中的文趣。当下食野之人，挖野菜近乎于行为艺术，不妨特地实践一下。

马康草。又名涩荠菜、大荠菜、水萝卜棵。带荠菜之名，却长得比荠菜毛糙。荠菜是小白花，马康草眨巴着眼睛开小蓝花，而比野芫荽的蓝花略大也更醒目。豫北的山里人也有叫它"砂锅卜采"的，意思是像烂瓦片一样不稀罕。开春的麦地和果园里，樱桃、梨树、桃树开花时，树下杂草纷生一地，它和野苜蓿、紫花地丁同时生长开花，但马康草生长迅速占地大，越大就越显其粗糙。在它还未起莛时，用铲子铲下来，肥厚的嫩苗，可以和荠菜同样方法食用。因为质地粗糙，所以比荠菜过水后重量明显多，也有咬头，包素饺子，或蒸包子，如果掺点豆腐或油渣，那太好吃了。

在通常食用的荠菜与面条棵之外，试试吃一下米蒿、毛妮菜和马康草，能增添我们游春的乐趣。但春天吃野菜，也要先下手为快，因为春光易老，野菜也是说老就老了啊！

选自2013年4月3日《大河报·茶坊》

吃花

冬天像候鸟一样去云南和海南旅游，北方人在那里吃刚采摘下来的鲜枇杷和好木瓜，看远近的山坡上一片连一片的油菜开花、小麦秀穗，大家都有时空颠倒的感觉，觉得甚奇怪。我们在普洱和西双版纳街头的排档上用餐，常常还要吃花——洋紫荆的花和芭蕉的花，等等。拳头大小的芭蕉的花蕾，红紫皮瓷丁丁的，又似一枚枚荷花的花苞，当地人则把它和香蕉、菠萝等水果摆在一起卖，那带汤而味咸的红烧肉里，不是大肉块是细肉丁，芭蕉花煮熟了吃着像金针菜。听对方说花入馔，津津有味，头头是道，说花最补人又养颜。经历这一番异地吃花，觉得刺激且很新鲜，可掉头想一想，朴实的北方人素来也吃花呀！不过祖祖辈辈低调吃花，吃花的名气没人家大，又多和春天的时候吃野菜和树头菜相关联。

南国多为常青树，四季如春，花开不断；北方四季分明，好花集中开放于春天。北方三月，春风始绿树木大地，清明前后的公园里百花争艳。这时候，拘束了一个冬天的人纷纷出来踏青，看花人如潮，大家以各种各样的方式和花交流，包括采花、吃花，于是就有了精致的点心藤萝饼和玫瑰饼。藤萝就是紫藤，牡丹月季之前，老北京的四合院里，藤萝和海棠花最浓，藤萝花似璎珞和流苏一样披挂着垂下来，有紫蓝、紫红和白色三种，远看明艳如霞。而以藤萝架最出名的纪晓岚故居，如今与老字号的晋阳饭庄一体，每年逢开花时要卖藤萝饼，它是首都文人的最爱。雅俗共赏吧，中原也多藤花，农家却多把藤花叫葛花。藤花最盛时，似瀑布和波浪一样，在墙头和屋顶上翻腾，豫东黄河故道里的兰考和虞城人，要拉起架子车，走村串巷地叫卖葛花。而信阳和南阳一带，伏牛山与大别山在此交汇，紫藤不仅是家花和园花，而且临着村镇的山坡上，野生的藤花与红杜鹃缠绕着一起开，出门干活的人，随手把藤花捋下来就太方便了。河南人也好吃蒸菜，春大的白蒿、面条棵、荠菜和榆钱儿，初夏的马齿菜与苋菜、灰灰菜，都可以浇点蒜汁吃蒸菜。这时用一点点面粉拌了吃蒸葛花，花熟了还带着绯紫色，入口比糯软的榆钱儿有咬劲，甜而有余香。

和藤花很像的还有洋槐花。貌似苍老古拙的洋槐树，对季节颇敏感，开花远比国槐早，北方小麦扬花的时候，洋槐开花正热闹。除了花瓣小一点，它的花串和白色的藤花一样，房前屋后都有，比藤花更近人而普遍。不用上树，人们站到高台和房顶上，侧身扳它的树枝，就可以捋槐花生吃，当然蜜蜂嗡嗡叫着，这时也抢着采槐花蜜。洋槐树是固沙防风的优良树种，不怕干旱，城市里也多洋槐花，但闹市中空气污染日益严重，大家就跑到郊区和黄河滩里钩好槐花吃，而黄河滩里年年有槐花节，农家待客做槐花宴，这些年时兴吃干槐花，槐花打汤，做荤素包子或炒鸡蛋。

花美味也！馋嘴人既吃花，也吃花蕾，如构棒槌和柳絮儿。柳树先绿，最初的柳芽是嫩青色，似翡翠，柳絮儿是嫩芽包着幼小的花穗，两叶一粒蕾，像小蛾子。但老人说花蕾短小的絮柳可吃，长长的毛柳不可吃。吃柳絮儿好像是中原人的专利。同是春天吃野菜和树头菜，过去的北方人，在屋里被煤火熏了一冬天，口干舌燥的，那时候也没有反季节蔬菜，所以春来贪吃野菜也为食绿，偏爱苦涩一点的，曰去火。这样的口感和习惯，一代又一代，慢慢就延续了下来。每年春来，与唐诗里折柳送别的意境不同，河南人临路折柳，儿童是玩柳笛，大人则是捋柳絮儿，用水瀹过，凉拌着吃，而开封人还要包柳絮儿包子，味道很别致。构树也叫楮树，上古的时候是造纸的主材料，和葵菜在蔬菜里的地位——汉魏时期曾经是百菜之王一样，原本是唱主角的，可阴差阳错，两个弄着弄着，到明清以降就都给弄丢了，构树变成了不择地而生的野树与灌木。虽然构树被边缘化了，可河南人喜欢吃野构树的嫩花穗，依它的形状，叫构蒲穗又叫构棒槌的，也是拌面蒸或焯了凉拌。

现在吃林林总总的野菜和树头菜，吃的是天然和乐趣，图的是野外的休闲与撒欢儿。过去为充饥，饥不择食，人们连白杨和小叶杨的花穗，核桃花穗和泡桐花，一个挨一个，都吃过。还有那蒲公英和南北通吃的金针菜……这么一算，北方人吃花也很普遍。一方水土养一方人。虽然地域和风俗不同，可大道通天，人的生活式样和细节，有很多类同。说吃的，除了吃花，还有形状相同的烙饼与粑粑，不过前者用面粉，后者用米粉而已。还有住的，北方有胡同大院，南方也多老屋大院。不同风貌的生活，衣食住行的内核是一样的，事关人的生存，是硬道理。

选自2012年5月15日《天津日报·满庭芳》

清化竹笋○

江南的菜花、新茶与春笋，是一岁清明前后的特色和至美，说起来十分诱人。谁料想北方有地也春来产笋？是的，笋出古河内，在今之博爱县境，美名曰“清化竹笋”。

博爱有万亩竹，是黄河以北最大的人工竹林。因为是平畴种植，竹与良田村落分隔比邻，如艺树圃，邑人把竹林叫竹园，人与竹，平添了许多亲切和亲近。清人田雯，当年过此地有感而发：“筠篁丛绿菜花稠，溪上人家架小楼。一路春风清化镇，酒家药圃是怀州。”直到三十年前，当地的许良和磨头一带，得南太行汩汩溢出的丹河水浇灌，竹里人家，每个村口都有几条临着小河的长长的竹园胡同，遮阴蔽日，胡同的发音叫谷洞，园篱上开满了红红白白的野刺玫的花和狗秧花。和南方春笋相比，清化竹笋出产晚，

桃花·竹笋

正当谷雨看牡丹时。与南方挖笋也不同，此地人护竹心切，大家舍不得吃新生的好笋，只择生虫的病笋出来，土话曰“塌笋”。怎么分辨好笋和病笋？早上阳光初照竹林，幽深的园子里，一地紫笋挤破头纷涌出土，有高有低，好笋健康笋昂首如尖矛，带着盈盈露珠；病笋则无，因为有蝇蛆已钻其心，一两日之后即腐朽了。塌即腐也！此地竹子品种以斑竹和甜竹为主，所以清化竹笋多细长，全不类南方山里胖墩墩的毛竹生出的“猫头笋”。乡亲们铲了竹笋，用竹篾或竹箨系成小捆，一束一束送到远处亲戚家或赶集出卖。黄庭坚有《食笋十韵》，他在北宋开封城时，说春天的竹笋“一束酬千金，掉头不肯卖”；而到了南方，却是“竹笋满厨房，如偿食笋债”。我猜他说的开封市场上的竹笋就是清化竹笋。为什么？因为那竹笋束而成捆，正符合清化竹笋的特点。

固然笋瘦但味奇佳。与南方的甜笋和苦笋都不一样，清化竹笋麻而微涩，溢着清香，特有的一股清香。其麻和涩，要用滚水焯过，浸井湃凉水里除却。因其瘦，和南方用滚刀切大块烧“油焖笋”不一样，清化竹笋要用斜刀切成薄片，鸡蛋和大肉炒都好，但鸡蛋最佳。北方人一日不可无面，清化竹笋无论荤素做成打卤捞面，那真要馋死个人！清化竹笋应市的时候，香椿和蒜薹正好也下来了，惠风和畅之时，家家尝新笋品美味，大人剥笋的同时，小儿女将笋尖套在十指上，比着玩白骨精的鬼指甲。

古来有民谣是这么说的：“清化街，五里长，再走五里到许良。”许良和磨头的竹笋要送到清化街来卖，再流转四方；清化乃县城所在，所以叫清化竹笋。身后叶落归根，葬于家乡竹园边的唐代诗人李商隐，曾盛赞清化竹笋金贵：“嫩箨香苞初出林，於陵论价重如金。”但如今处处人稠地窄，水变商品价格不菲，城乡道路越开越宽，膨胀的村落民居似遍地摊开的麻将牌一样，竹园日益被蚕食着。政府也想法要保护竹园，但人多地少的根本矛盾没法解决，竹子作为副业，南方来的竹子远比本地竹子便宜，总不能只为了看风景而保护竹园吧！汉朝就有竹了，北宋时清化竹笋是贡品。时至如今，竹园日益缩小，独特的清化竹笋味道，怕是越来越金贵。

选自2011年4月12日《大河报·河之洲》

薤家的藠头和泽蒜

大凡笔涉草木虫鱼，任你是鲁迅、周作人，或者叶灵凤、吴德铎和邓云乡，等等，惯常的成见，总把这一路的文章和文字判归于博物类名下，在正统方家居高临下的视野中，这把零碎，无非是点知识小品而已。它的宗旨，其实是要努力还原自然或历史真相，客观上起着撬动秩序于细微处的功用，以及纠正世俗偏见的作用，等等，却往往被忽视。清人牟廷相跋同乡郝懿行《蜂衙小记》曰：“昔人云‘《尔雅》注虫鱼，定非磊落人’。余谓磊落人定不能注虫鱼。浩浩落落，不辨牛马，哪有此静中妙悟耶？故愿与天下学静，不愿学磊落。如有解者，示以《蜂衙小记》十五则。”

郝懿行撰著《郝氏遗书》系列，典型的文心雕虫，对素来缺乏实证传统的旧文坛而言，做这门子学问，甘坐冷

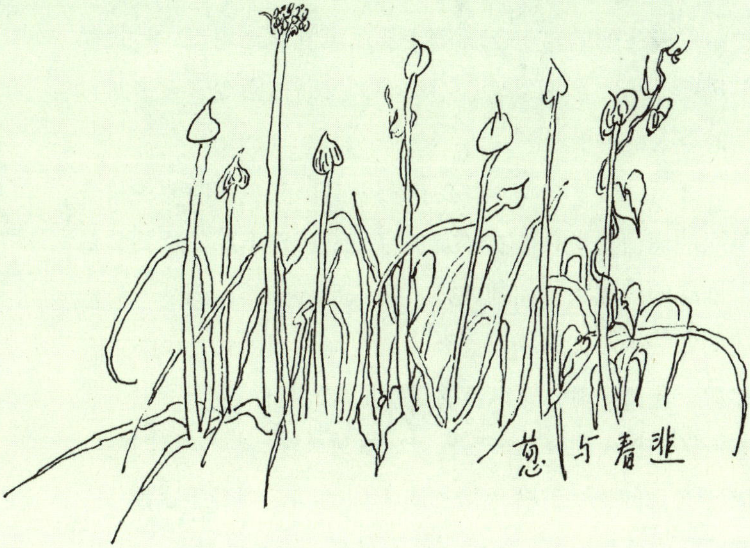
葱与春韭

板凳不说，乃顶着石臼玩杂耍，不仅会累死人，并且出力不讨好。从 1972 年开始，汪曾祺陆续与老友朱德熙通信，也开始闲话草木虫鱼。这时他有的是时间，此处不浪费，彼处也是浪费，索性从闲散的古籍和现实生活的比对中，寻找几种失落的园蔬——也不怕别人烦，他自称是在作“蔬菜笔记”。隔几年时来运转，他发表文章的条件好了，文章走俏了，便重拾“蔬菜笔记”，拿这半成品作文稍事加工，一组别开生面的草木吃食散文就冠冕堂皇登场了，其式样与风格，一点也不猥琐、不黏滞，反而很活泼、很清新，顿时令人刮目相看。

《葵·薤》一文里，他说薤就是藠头。此前他在和朱德熙的通信里说，薤在“我的家乡，叫作小蒜，这其实是不准确的，因为下面的疙瘩不像蒜那样分瓣，倒是一层一层的像一个小洋葱头”。薤由野生而入园，其叶极细且有蜡质，灰白光滑，连早晨的露水也难以挂住。

《尔雅》“释草篇”，以韭、葱、薤、蒜四辛辣开头。周秦时代的先民，各地最初有不同的叫法呼野生之薤——天薤、山薤和野薤，等等。薤的存在是绕不过去了，于是，传说西汉的渤海太守龚遂，曾劝导人们在自己的菜园里多种些薤，既可以吃叶也可以食用其根茎，泽蒜、宅蒜和家芝、菜芝，薤的美名也陆续多了。《齐民要术》中有北方人曾经很认真种植的蔬菜，例如薤、葵、苜蓿、蘘荷、茱萸等。蒜、薤、葱、韭，是贾思勰的排名。

可是，后贾思勰时代，不安分的薤像悟空一样，也不打招呼，便从园蔬和菜畦里逸出，一个跟头重回到天地大江湖里了——北方不复有种植的薤和藠头。直到现在，许多人仍然一辈子也不知道何物是藠头。汪曾祺说：“北京的食品商场偶尔从南方运了藠头来卖，趋之若鹜的都是南方几省的人。北京人则多用不信任的眼光端详半天，然后望望然而去之。”当地人说：“不好吃！——这哪有糖蒜好哇！”20世纪90年代初，《羊的门》写省会城市主干道上的白吃一条街，大吃大喝风行，那时粤菜才进郑州不久，有名的香江大酒店和越秀酒家上菜颇讲究，开胃小碟总有怪味而爽口的罐头藠头。

正因为中原和北方地区不复有藠头出产，就此而言，汪曾祺说塞外和内蒙古野生的小蒜乃薤或薤白即藠头，实则也不全对。藠头分明是薤经过了人工驯化的田园植物，如今还广泛种植于南方地区，尤其是湘赣粤一带。我曾经几次过江西，在九江或南昌的门市部，那里的藠头和茶饼，两大特产很喜欢人。尤其南昌下辖的生米古镇，露天与大棚交织种植的“生米藠头”，现在是当地出口创汇的名优特产。

东南一带似乎也没有藠头出产。果壳网有篇以浙江地区为例，说薤与藠头相区别的文章十分精彩——曰浙江的葱属植物一共九种，葱、韭、蒜、洋葱、薤白、藠头、细叶韭菜、球序韭菜和茖葱。薤和藠头，二者的拉丁文写法不同，即植物身份证有别；二者花也不同，薤白的花莛直上，花色淡粉近白，花期5—6月；藠头花莛是弯的，开花洋红色，花期10—11月；薤白的鳞茎接近圆球形，藠头的鳞茎是卵形或狭卵形。

这个描述，与河南及中原地区野生薤白即泽蒜或小根蒜的情状完全吻合。

整个春天，从早春二月二到四月立夏，黄河两岸的河南人，在这个“春风吹又生”的最美野菜季，尤其是山区人，特别要寻找泽蒜、小根蒜，吃泽蒜和小根蒜。泽蒜炒鸡蛋，是农家乐的招牌菜。我的老家古曰怀川，论地势形胜又形容为牛角川，黄河之水天上来，大河过洛阳以孟津为界，太行山和邙岭在两面交叉形成了一个三角地带，北面的膏腴之地便是怀川。泽蒜冬而不凋，绿得最早而醒目。这厢豫晋交界的太行山、王屋山，怀川人早早就要挖泽蒜。而清明看藤花和连翘花时，中岳嵩山两边，荥阳环翠峪和登封太室山，包括与之交界的巩义人，在郊游的时候要采泽蒜，临路有人卖泽蒜。接着到了谷雨看牡丹时，从郑州到洛阳，一路桐花盛开的邙岭之上，踏青人多有抱着成捆的泽蒜归来，我们叫“一大掐”。

。选自2017年5月18日《南方都市报·大家》

周王 · 泽蒜

泽蒜 又名小蒜。生田野中，今处处有之。生山中者，名葍。苗似韭菜，叶中心撺葶，开淡粉紫花。根似蒜而甚小，味辛，性温，有小毒；又云热，有毒。

救饥 采苗根作羹，或生腌，或煠熟，油盐调，皆可食。

晚春的野菜。

清明节和三月三一过，春天转眼就变深变老了。大田里正起莛的麦苗要迎风秀穗，面条棵拔节开出一枝一杈的小紫红花，荠荠菜提前开花结籽。还有俗话说的：“正月茵陈二月蒿，三月拔下当柴烧。”总之，杨柳飞絮，绿树成荫之时，一年一度早春踏青、寻春吃野菜的欢乐光景远去了。

这时，香椿和构棒等树头菜的尝鲜也结束了，但贪于食野的馋嘴人欲罢不能，不依不饶，又来到户外寻找新生的灰灰菜和扫帚苗。苋菜与马齿菜是再晚一点的，灰灰菜和扫帚苗夹在了荠菜和马齿菜中间。野菜采食三部曲，第一轮是早春的白蒿荠菜面条棵，清明过后是灰灰菜扫帚苗，接下来，初夏就轮到马齿菜和野苋菜了。灰灰菜和扫帚苗

灰：菜·野苋菜

是一对儿，都是藜科藜属的野生杂草。从长相和外形来辨别，灰灰菜大致有三种，常见的两种，一种卵形三角叶，一种条状花叶。比较特别的，还有一种圆叶花边，胭脂红的叶头："叶似灰菜叶而大，微带红色。"这一种灰菜古名曰"舜芒谷"，也叫红落藜。之所以叫它们灰灰菜或灰条菜，与其嫩苗自然生长着沾手的白粉有关系。清明过后，时令的青菜多起来，抽莛的老菠菜贱价大堆卖。但是，有人特别是过来人，偏偏要去地边与隙地寻找肥嫩的灰灰菜，掐一大把或用篮子装回来，不惜手指上沾满锡箔一样的银粉。樱桃与新蒜正好下来，新蒜捣碎拌焯熟的灰灰菜，用醋凉调了吃很适口。野菜的传说与各种传奇混杂着，总有点神神叨叨。古人曾有一说，灰灰菜里红头的红落藜不能吃。而周王则说生长于树下和墙根的灰灰菜不能吃。彼此矛盾，事实上不见得如此。

和灰灰菜结伴出苗的扫帚苗，本草名地肤子。野菜多是群生出苗，荒地和城市隙地，老院子或农村牛羊圈旁边，灰灰菜和扫帚苗一生一大片。野菜和杂草，分麦田杂草和秋田杂草。荠菜与面条棵是典型的麦田杂草，随小麦的播种生长，深秋和早春，两个吃荠荠菜的时令，过季了要等到下一年。但灰灰菜与扫帚苗，它们从晚春出第一茬嫩苗，接着不停地出苗，前赴后继，特别是灰灰菜，直到下霜的时候，地肥有墒的地方，还要继续出苗。我们大院的邻居，隔墙是一群寄生于城市边缘的人，有南阳人、商丘人、周口人、信阳人，也有我的老乡怀庆府人，他们在各自门前开畦种菜，几乎把各种各样的蔬菜种遍。他们有吃不完的青菜，简陋的门头上，隔年的蒜辫子和红辣椒都不用吃，就这，有女子偏偏爱吃乱生于地边的扫帚苗。夏日的黄昏，她一人在门前轻巧地揪一把扫帚苗的绿叶子，自言自语地说，就这蒸一碗自己够吃了。冬至在云南，昆明市区金马碧鸡牌坊街头，有一个类如农家乐的饭店，专卖地方特色吃食。一进门，匠心独具的饭店主人把带籽的灰灰菜苗撒一地板，客人踩在野菜与杂草上，自然的气息扑面而来。灰灰菜籽最厚，籽粒似小米粒，遇到荒年，灰灰菜“籽可磨为面，做烧饼蒸食”。

灰灰菜大名曰藜，自古以来，年复一年很强势地随处生长，自然生长可达一米多高，孤立如小树模样。夏秋之际，它抽穗结籽，其叶子则自上而下变细变小，如果再飞上两只啄食的麻雀，满头籽粒则沉甸甸地起伏摆荡。而它的老茎秆被砍下来，还可以制作诗意与古意十足的手杖和藤杖。试试把“藜杖”或“杖藜”一词，输入维基百科或百度查询，发现从庄子以后使用十分频繁，如杜甫的《暮归》有句：“年过半百不称意，明日看云还杖藜。”苏东坡的《鹧鸪天·林断山明竹隐墙》：“村舍外，古城旁，杖藜徐步转斜阳。”当然，最有名的还要数《千家诗》里志南和尚的那首《绝句》了：“古木阴中系短篷，杖藜扶我过桥东。沾衣欲湿杏花雨，吹面不寒杨柳风。”时至今日，虽然难见到用灰灰菜秆做的日用的手杖了，但千万别把灰灰菜不当回事，因为那小小一根野生灰灰菜秆制成的手杖，文化内涵丰富，既是礼仪的象征，也是文人笑傲江湖的符号。《礼记》曰：“五十杖于家，六十杖于乡。七十杖于国，八十杖于朝。”上古士大夫七十退休曰“致仕”，皇帝或天子则必赐（条）几与（手）杖以示慰劳。说过灰灰菜和藜杖的历史故事，我们回到现实的农具和器具来，这就要说扫帚和扫帚苗。扫帚苗蒙霜老了变紫红，就其老根割下来，束起来可以压成农村平常扫地扫场院的大扫把。还不止农村，一天早上，家门口小街上的环卫工人在集中领工具，土话曰“家伙”的，办事处的人员运来一车，打开了都是用扫帚苗制作的扫帚。在天天塞车四处汽车堵城的当下，我们抱怨现代化过度发达的弊端，却还可以见到工人用传统的扫帚来打扫街道和马路，触景生情，顿时使我生出对于扫帚苗的无比亲切与亲近来。

◎选自2014年4月15日《大河报·茶坊》

周王·后庭花

后庭花　一名雁来红。人家园圃多种之　叶似人苋叶，其叶中心红色，又有黄色相间，亦有通身红色者，亦有紫色者。茎叶间结实比苋实微大其叶，众叶攒聚，状如花朵。其色娇红可爱，故以名之。味甘、微涩，性凉。

救饥　采苗叶煠熟，水浸淘净，油盐调食。晒干，煠食尤佳。

苦苣菜与续断菊

开春的野菜好吃与可爱，如荠菜马兰头等，和人们踏青游戏的主观因素分不开。苦菜苣荬菜迟在清明之后，属于晚春的野菜。《月令七十二候集解》说小满：“一候苦菜秀，二候靡草死，三候麦秋至。”苦菜和早生早死的荠菜繁缕，显然不在一个档期。苣荬菜开花和蒲公英花很近似，可是比蒲公英秀高许多，更显妖娆。一年之中，它的最佳花期和最好看在伏日立秋前后。那年路过微山湖停车看荷花，荷花处于间歇期，接天莲叶无穷碧，花头不及莲蓬多。而徐州人说丛生的芦竹是海苇子。大田里的稻子正开花，粉盈盈细白花挂在低头羞涩的稻穗上，二十岁模样的小伙子跳在水田里撒化肥施追肥，他的女友很缠绵地斜倚着地头的摩托车，擎着一枝一尺多长随手掐起的鲜黄的

苦苣菜·续断菊

苣荬菜花在撒娇。老大不小的我，尽管有“非礼勿视”的说教被干扰，却知道这是别样的一幅《诗经》图画。

说过苣荬菜，接着说苦苣菜。这一双领头的野生苦菜弄明白了，便不会在植物识别的大坑里犯迷糊而不可自拔。论特征，苣荬菜文气秀气，苦苣菜霸气野蛮。苦苣菜开花比苣荬菜要小些，其花苞很有自己的特点——类似面条菜，又名麦瓶草，结籽像微型洋葱头和大蒜头，也像捏好的带褶子的小笼包子与烧麦。头角峥嵘的苦苣菜，裂叶而多刺，别名刺角芽、天精菜。晚春时候和苣荬菜一起出现，不仅夏秋多生，甚至到秋后和初冬也多生，明显比苣荬菜耐寒。郑州北边的黄河滩，苦苣菜毛刺猬一样暗暗躲在初冬的干草丛里，农家乐主人把它抓贼一样挑出来，当场拿咸盐搓揉后加调料待客。但强中更有强中手，至于刺角更粗硬的那种，仿佛苦苣菜的“大哥大”“大姐大”者，名字却叫续断菊了。苣和菊，一字之差，仿佛是不同的两种东西。

日本柳宗民的《杂草记》，没有苣荬菜，独写苦苣菜，他说苦苣菜的别名叫野芥子。《杂草记》图文合著，本身也是科普作家的三品隆司，其植物插画不俗，彩色写真活灵活现的。柳宗民说：“野芥子常在春天开花，所以有了‘春野芥子’这个名字，它的花期其实很长，可以开到秋天，在较为温暖的地区甚至冬天也还开着花。人们总以为它是日本的原生植物，殊不知欧洲才是它的故乡。早在日本人开始记录历史之前，它就从中国来到日本。学者们将这类归化植物称为‘史前归化植物’。”

如同我困惑苦苣菜和续断菊的辨识不易一样，机智的日本人，他们把苦苣菜的姊妹野菜续断菊叫作“鬼野芥子”，只因为它的刺角更硬，模样十分狰狞难看。作者与我们分享他的观察体验说：“不过我最近观察了一下我家农园里的野芥子和鬼野芥子，发现有不少很难辨别，弄得我很是莫名。无论叶片还是刺，形态都介于标准的野芥子与鬼野芥子之间，难以分辨。我查阅了大量资料，才知晓野芥子和鬼野芥子是可以杂交的。它们常生长在一处，又有亲缘关系，会出现杂交品种倒也合情合理。”《郑州黄河湿地野生植物图谱》一书，其中苣荬菜、苦苣菜和续断菊的图片都很清楚。还有一大特点，与苣荬菜比较，粗头乱服的续断菊的主茎是空心的，它的生命力远比苣荬菜强大。冬天的时候，我家大院里，竹园旁边有苦苣菜也有续断菊。一株续断菊被人斩首弄断了头，空心朝天露了出来。虽然下雪但它不怕冷，竟然在主茎四周冲寒生出新的小苗，仿佛蜥蜴和壁虎的尾巴可以自动续接。直到三九严寒，大雪冰封，它才最终塌架了。可是春节一过，硬生生已经枯瘪的续断菊的主茎，俨然又死而复生，新的一株续断菊冉冉生长了起来。这样的续断菊，怪不得日本人称它为鬼野芥子。

◦选自2018年8月29日《成都晚报·专栏》

藤花与槐花

春天扳树头菜尝鲜，华夏各地，各有各的花样与招数。清明前后采香椿头入馔，雅俗共赏，南北一律。可是，在榆钱、香椿和花椒叶次第登场之后，晚春的时候树大树绿了，北方人普遍还要吃洋槐花与紫藤花。古老的紫藤，野生与园艺的都多，牡丹遍地发花之际，高处有桐花与藤花遥相呼应，蔚然组成大块文章。然而，和别处是藤萝、藤花的叫法不同，河南人赏花时叫紫藤花，把藤花入馔的时候，则又把藤花叫葛花，全不顾葛与紫藤本是两种。晚春谷雨来，熏风吹拂中原大地，小麦正秀穗，黄河两岸柳絮和杨花纷起飘荡，载沉载浮。风过而树头和树荫越变越大，满眼新绿如绵，绿幕四合，形成浓绿满坑满谷。记得儿时，农村的小伙伴人人好身手，似当年的杜甫，一日上树三回

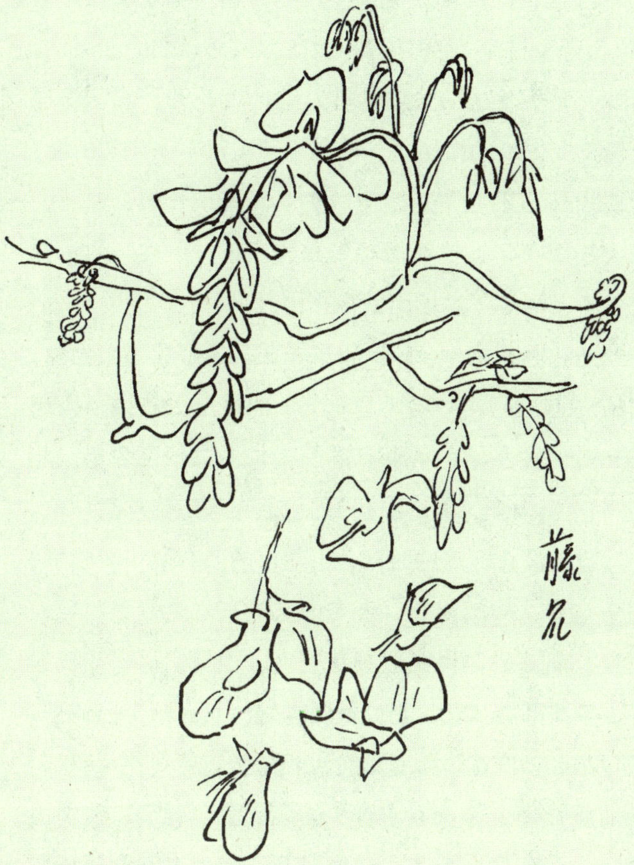
藤花

不止，都要争先恐后地爬高上低，就着树杈捋槐花串。就是平时矜持的大闺女与小媳妇，也相继登高，站在墙头或屋檐上，一齐放肆而尽情地嚼吃又香又甜的洋槐花。现在古村与老村寨日益被蚕食变残，人们却越发喜爱和怀念老村，城市流行乡村游。谷雨和五一前后，黄河以北的沙岗地，因为洋槐又是天然的防风防沙林，遍地槐花开，农家够槐花叫扳槐花。带刺的嫩条上，槐花米"嘎巴"一声被折断，采花后槐树林惨不忍睹。槐花季正遇五一小长假，豫北的农家乐大摆槐花宴，槐花炒鸡蛋和蒸槐花，用去年的干槐花做大包子，等等。这场面好像在比武。

与紫藤和藤花相比，刺槐和洋槐花是典型的外来物种。《中国植物志》记载，洋槐是北美洲的物产，从德国人当年在胶州湾引种开始，华夏有洋槐生长不过一百多年。北京曾经叫它德国槐，"营造学社"的创始人朱启钤首倡种植。如今，好晴天没有雾霾的时候，老北京的四合院和胡同里，头上鸽子盘旋，鸽哨回响；天安门与故宫之上蓝天白云，碧空如洗，高高的洋槐花似樱花璎珞，很是招摇。洋槐适应性强，各地都有槐花，到处很强势地生长。颇奇怪的是，从叶子到花形，槐花与藤花颇有点相似，我曾经在《看草》里好奇地质疑之。藤花原本野生的多，清明时节，大别山与伏牛山，藤花与杜鹃映山红同时开，南阳人家家要捋葛花，吃蒸葛花。豫东平原，苏鲁豫皖地界的老乡，也贪吃葛花。早上，走村串巷，有男子拉车，或女人挄着篮子，沿街叫卖，卖葛花。葛花蒸出来比槐花更清香，熟透还是紫色的。且略有嚼头，或者说咬劲和吃口比槐花更好。

藤花入画，迎风扮春景活色生香；齐白石的藤花小品，常点缀着起舞的蜜蜂，似乎有声。启功先生早年曾经跟齐白石学习花鸟画。他晚年回忆齐白石，说白石老人有时候会把藤萝说成是葡萄藤。可仔细品读齐白石的题跋与题画诗，心细如丝的大画家，还是把紫藤与葡萄区别开来的。例如，他曾对弟子说："南方的紫藤是花与叶齐放的，北方是先花后叶，别有风趣。"其"画藤手记"一则有曰："胸中著有龙蛇，用之画藤，有时雷雨亦疑飞去。"开封"暂园"主人桑凡先生，曾经是白石弟子寿石工的拜门弟子，后来随归汴隐居的靳志（靳仲云）先生学诗。八十三岁的桑先生，几年前得新居喜而造园曰"暂园"，园成，儿女要栽葡萄，他却坚持植藤。他说，文人造园，种一架紫藤远比葡萄风雅。开封人晚春也喜欢洋槐花和葛花通吃。槐花武吃法，诚然不如吃藤花斯文。今年谷雨前，清明上河园旁边的开封老城墙上，一夜好风雨过后，高高的洋槐花才开，就被络绎不绝的馋嘴人扳秃了，但桑家的藤花正开。桑先生读报，看我写《晚春的野菜》，始终未见到写藤花就和我急，提笔用民国年间的好花笺来信："暂园紫藤盛放，蒸食下酒定胜粱肉。吾弟能来属杯浮白，不亦清乎！吾弟大著野菜，何以未收……"

马年的藤花与洋槐花盛开之际，《舌尖上的中国》第二季开播，林林总总，花样翻新，弥补了曾经的空白和缺失，使各地争强好胜比美食的人大受鼓舞。但是，还没有看见播放老北京适时要吃的藤萝饼。藤花纷开时，在首都中山公园的“来今雨轩”和昔日纪晓岚故居的晋阳饭庄，北京特产藤萝饼热卖。不能光说吃的，其实，“吃货”也多是赏花人。而藤花与槐花，姊妹花都迎风送香。就说槐花吧，从黄河两岸过华北大平原，直到北京天津，环太行山、燕山和盘山一脉，从北京湾到天津卫一带，遇花季槐花白如雪。总忘不了的是，当年北京的秀水街没有升级改造的时候，东城的使馆区，美国驻华使馆隔着铁栅栏就是秀水市场，逛市场的老外摩肩接踵，东欧和非洲人以及南亚与印度人居多，尤其俄罗斯的倒爷多。他们搽着档次不高的香水，很刺鼻。五一前的一个下午，我和朋友陪着她的妹妹去使馆排队办签证，一直是半捂着鼻子的，忽然一阵好香弥漫开来，怎么都不同于人工香水的味道。闹了半天，才发现是北京的洋槐花开了，是头顶上洋槐花迎风送香。槐花香也是天香啊！我家墙头的一架藤，开花是淡紫蓝，也香。我们舍不得吃它的花，倒是老猫每到这时，要爬在藤架和藤花里。而早晚两个时辰，麻雀和灰喜鹊要争啄藤花，于是藤花等不到刮风就随时落下，似鳞片脱落。

◦选自 2014 年 5 月 6 日《大河报·茶坊》

周王·藤花菜

藤花菜　生荒野中沙岗间。科条丛生，叶似皂角叶而大，又似嫩椿叶而小。浅黄绿色，枝间开淡紫花，味甘。

救饥　采花煠熟，水浸淘净，油盐调食；微焯过，晒干煠食，尤佳。

吴状元·黄環

黄环　据唐本草注及沈括补笔谈，即今之朱藤也。南北园庭多种之，山中有红紫者，色更娇艳。其花作苞有微毛。作蔬案酒极鲜香。《救荒本草》藤花菜即此。

蒜面条

楝花开 吃碾转。

立夏的节气一过，漫天的干热风就刮个没完。唐诗有句道："四月南风大麦黄，枣花未落桐叶长。"一来二去的，一季的小麦又要成熟了，我就想起了吃碾转。碾转是这个节骨眼上昙花一现式的美味食品，凡是吃过的人，每到这个季节总是还想吃。

如今的城市人，曾有过一些农村生活经历的，常常把农村的特色时令食品看作宝贝蛋。说到吃碾转，分明已经变成了一件很奢侈的事。但穷根究底地严格说起来，做碾转，吃碾转，从来就是挺奢侈的。我小时候，轮到吃碾转，大人就要讲荒年故事，其中有旧年穷苦人的声声血泪。北方老百姓素来是糠菜半年粮，底层人家更是家无隔夜粮。一年之间，最难过的是度春荒，主要靠野菜树皮过日子。

麦子

眼巴巴地看着麦子要成熟了，人们实在等不及，就割一点点青麦子下来，先填一下饥饿干瘪的肚皮，于是就有了吃碾转。方法是取快要成熟的麦穗来，扎成小把，用明火燎一下。嫩麦子见火就熟了，在簸箕里搓掉麦糠，把麦仁儿放在石磨上推，推不出面来，倒弄成了一堆毛线头或小虫子的形状，这就是碾转。碾转带着新麦子天然的清香，又有韧劲，非常好吃。这时候新蒜也有了，在蒜臼里捣了蒜汁，浇在碾转上调了，贪嘴的人觉得分外过瘾。但荒年吃碾转，饥肠辘辘者大口贪吃，在肚子里逐渐膨胀了，常常会要命撑死人。新中国成立以后，国家提倡节约粮食。1979 年以前，农村是大集体，集体不允许吃碾转，而农家的自留地，地亩不大，主人还要种调剂口味的杂粮。所以，很少的一点碾转出现了，这时候特别眼气人。农村实行责任田以后，吃粮是不愁了，但是爱种地的青年人逐渐少了，碾转加工还是问题。每到这个季节，在饭时，会有人骑着自行车走过市场或走村串户，大声吆喝着卖碾转，遇机会碰上了，吃一点碾转是吃稀罕。

但是，吃碾转似乎也不是我们中州人的专利。《扬州食话》记风土，引旧时的一部竹枝词名《邗江三百吟》，记当地的吃食有“活打”“热切”和“冷蒸”三条。怎么说？现吃黑鱼，即取活蹦乱跳之鱼，当头棒打烹而食之，得其新鲜；火腿和肉食煮成烂熟，宜趁热切而食之，味最佳；何为“冷蒸”——“大麦初熟，磨成小条，蒸之，名冷蒸，以其热蒸而冷食也，并有诗曰：‘四月初收大麦仁，箫声吹罢卖饧人。青青满贮筠篮里，好伴含桃共荐新。’”含桃就是樱桃，为百果之先。“红了樱桃，绿了芭蕉”，代表着夏季的来临。古时候，贵族吃樱桃尝新的时候，皇家还要取樱桃和新丝等，一并先祭祀家庙祖宗。

如此说来，樱桃和楝花，都成了季节的消息树。巩义、偃师一带，有民谣说：“楝花开，吃烧麦；楝花转，吃碾转。”楝花大开的时候，一地小麦眼看着就要成熟了。人们不再是度春荒，而是特意弄点嫩麦子，做成碾转来尝鲜，有提前庆祝丰收的意思。但是，此烧麦，非彼烧麦。扬州的面食与面点，一直以包子和烧麦出名。而偃师人说的烧麦，是用明火烧麦穗、燎麦穗，麦仁儿顿时生出奇异诱人的香味来。有道是“十里不同俗”，民间的词语很丰富，但如果仅从字面上解读，有时真是要闹笑话。

◦选自2011年5月13日《大河报·茶坊》

入夏的野菜。

中原的夏天，这些年因气候持续暖化，往往在立夏之前就提前到来了。年年阳历 4 月末，郑州杨柳飞絮，街树满绿，月季花、楝花和石榴花大开，高温一转眼就连日蹿到了三十度以上。

立夏前后，大河两岸的稙玉米与红薯秧扎住了根，花生、芝麻破土而出，应时的野菜也连环出苗。野菜好吃，分麦田杂草和秋田杂草两大品类，春天的荠菜、面条棵等，与麦子同季可以越冬。入夏的野菜，以马齿菜与野苋菜为主角，夏秋两季生生不息，霜降之后则陆续枯死。春天的野菜，弥补青菜和时蔬不足是一方面，挑菜且兼了迎春的仪式。入夏吃野菜，调剂口味和珍摄养生是主格调。

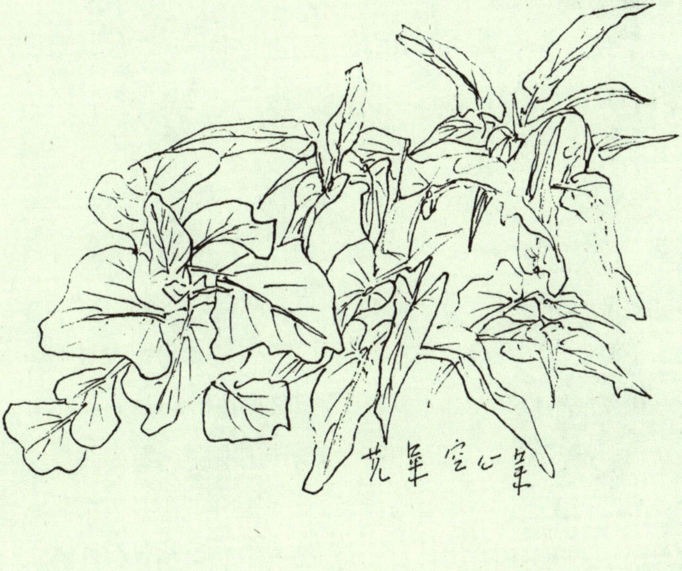
苋菜 空心菜

马齿菜常见却颇神秘。国人的草木崇拜，敬古树、敬五谷，还敬野菜，美化野菜和迷信野菜。“三月三，蚂蚁上灶山。荠菜花儿赛牡丹。”马齿菜和荠菜一样，围绕它的传说也很邪乎。幽幽的，汪曾祺似乎漫不经心地说，记得每年夏天，他的祖母都要摘一些马齿苋，晾干了，用来过年包包子。马齿苋包子，也只有吃长斋的奶奶自己吃。为什么过年要吃马齿菜？汪曾祺如狐，他要后来人追他嗜古，落笔故意留一手。可古书里分明有记载——楚俗，元旦吃马齿苋。“六月六日，采马齿苋晒干。元旦煮熟，同盐醋食之，可解疫气。”马齿菜又名长命菜。

《本草纲目》为马齿苋释名，分别为：马苋、五行草、五方草、长命菜和九头狮子草。苏颂曰：“马齿苋虽名苋类，而苗叶与苋都不相似。一名五行草，以其叶青、梗赤、花黄、根白、子黑也。”马齿苋在各地还有很多小名，河南人直呼它为马齿菜或马蜂菜。淮水发源于南阳的桐柏山，远到苏北汇入东海。淮河流域，河南下辖的南阳与信阳人，至今还年年夏天采马齿菜，过水后晒马齿菜，时兴过年吃干马齿菜。不仅包包子，还炖肉吃，包饺子吃。新鲜马齿菜捣烂，外敷可治跌打损伤；熟而即食，可祛体内湿热，治痢疾腹泻，尤有特效。可马齿菜古怪。古河洛邙岭地带，今天的洛阳和偃师人，尽管也喜爱马齿菜，却神神叨叨地又说：“夏天的马齿菜补肚子，中秋过后的马齿菜则破肚泻腹。”

我的老家太行山里，人性朴厚，直来直去的，祖祖辈辈不清楚马齿菜的来由，只知道马齿菜耐旱，毒日头也晒不死，农田里除草，如果不把拔掉的马齿菜撂到大路或青石板上，隔夜遇露水，它沾土就又活过来了。我们只是在夏天用马齿菜摊小鏊馍吃，玉米面或杂面馍馍因为马齿菜而筋筋拽拽的格外有咬劲，就着蒜瓣吃，顿时饭量大增。四方百姓吃马齿菜，重视马齿菜，且代代遗传。某次我在郊外的苗圃里远足，见到一对热恋中的情侣，忽然，女孩子掉头跑入大田里，钻到树下抉马齿菜。夕阳的余晖里，红衣女孩立起又蹲下来，忽东忽西，明明灭灭的如精灵。

苋菜被誉为“中国菠菜”，是夏天绿叶菜的大宗。园蔬里的米苋曰人苋，土话又有叫云苋菜和揪叶菜的。野苋菜比马齿菜略微早生，其中叶绿厚而颇粗砺的那种，有一根粗而嫩的莛最好吃，我们叫它米谷菜。它遇雨而出，一茬接一茬，不择地而生，是农家夏天和初秋的当家野菜。热天吃米谷菜，方法简便，没有炒食的，主要用滚水瀹过调菜吃，当然也少不了随锅下面。

收麦子的时候，干活人顶着大太阳下地回来，又累又渴，胃口不好，就指名要吃水饼，水饼就是甜面片。甜是淡的意思，不放盐就是了，但甜面片随锅放米谷菜，清香又适口，老少咸宜。初夏的野菜可口，与大蒜结伴关系密切。麦子和大蒜同季，麦子要熟的时候，新蒜提前收获。俗传五月为恶月，吃蒜解毒防疫，生津开胃。北方人拿新蒜调野菜配饭吃，尤其擅用紫皮大蒜或独头蒜，图的是过瘾和鲜辣痛快。

比较特别的是，在马齿菜和野苋菜之外，河南人还钟情于猪毛菜。猪毛菜又名盐蒿子，沙土地和盐碱地多生。

其嫩苗似新生的松针，一簇一团，柔而脆爽，它的口感别具一格。这东西与马齿菜和野苋菜多次出生不同，似乎只有在收麦之前出一茬嫩苗，然后就长大变老了。要吃它尝新鲜，只有初夏时节这不几天时间。现在虽然有软包装或冷藏的，但味道差了。开封和豫东一带猪毛菜多，人们叫作猪毛衣菜。传说，慈禧太后庚子年出逃之后，回京时绕道开封，在开封颇待了一段时间。现在大相国寺后面，老街里有个小鹌鹑胡同，老门楼的院子里，是回民义学旧址所在。碑文记载慈禧太后在此看戏听堂会，当场调解了回汉纠纷。她享用豫菜大厨的高妙手艺，吃著名的鲤鱼焙面、扒羊肉、紫苏肉……尝食了应时的猪毛衣菜还点赞。

初夏吃野菜，祛火的功效也重要。曲曲芽，北京以北叫甜苣的，本草名也曰败酱。生吃最好，也可以过水调吃或拌面蒸食。太行山和伏牛山区，还有野菊头拌黄豆、凉调鬼圪针芽。说起来，菊花头和鬼圪针芽，这两种野菜的口感，最近似江南的马兰头。

立夏食三鲜，各有各的说法。马齿菜、野苋菜与猪毛菜，则是河南民间入夏要吃的地三鲜。李时珍曰：“太古民无粒食，茹毛饮血。神农氏出，始尝草别谷，以教民耕蓺。又尝草别药，以救民疾夭。轩辕氏出，教以烹饪，制为方剂，而后民始得遂养生之道。”（《本草纲目·谷部》）土地出产的花样数不清，野菜和园蔬，角色可以互换，荠菜和马齿菜，现在多有种植的。常常有蔬菜逃逸再变为野菜，草木世界《捉放曹》的连续剧没完没了。

有意思的是，文人常拿野菜做文字和笔墨游戏，高雅情趣通着高古。身为布衣文人而擅长曲律的王磐王西楼，曾撰《野菜谱》一卷，他是汪曾祺极为推崇之高邮乡贤。被下放到塞外的汪曾祺，在张家口手不释卷，读吴状元的《植物名实图考》，还学王西楼画《野菜谱》，为农科所绘制一部《中国马铃薯图谱》。然而，随后还发生了因为摹古画野菜而惹祸的故事，极其令人意外。陈徒手用第一手资料爬梳文化部往事——也是高邮人氏，左联出身的老革命徐平羽，曾经在苏北根据地，跟新四军军长陈毅当秘书。那里有文化人李一氓和阿英。徐平羽后来的书斋与藏画室名"玉莲斋"，但他的收藏，当年在苏北根据地就起步了。从上海市委宣传部副部长兼文化局局长任上，徐平羽上调到文化部担任副部长。1964 年，文化部奉命开始整风，党员大会上，同为苏北老乡，艺术局局长周巍峙是东台人，论资历和职务，比徐平羽低，但周巍峙在批判会上激烈指责徐平羽，声色俱厉，义正词严，其中一条便为"沉溺于古代文物书画的收集，专门搜集扬州八怪，甚至还临摹古人王磐的《野菜谱》，是十足的封建主义余孽"。弄得徐平羽有口难辩，狼狈不堪。

王磐的《野菜谱》记有马齿苋："马齿苋马齿苋，风俗相传食元旦。何事年来采更频，终朝赖尔供餐饭。"马齿菜和野菜竟导致同志之间小题大做，无限上纲，想来王磐和汪曾祺做梦也不曾料到，这也算缘野菜而起，别样的一出《三岔口》吧。

◦选自 2015 年 5 月 8 日《文汇报·笔会》

入夏说三新

今春的天气，过了清明便热开了，农历刚到小满的时候，连日的干热风与乱风，已经把黄河两岸沙岗与丘陵上的麦子吹成干黄，仿佛麦收迫在眉睫。其实麦收还早呢，靠谱的大田麦收，每年应时要到芒种和端午节才开启大幕。由于廿四节气申遗成功，现在说节气很时髦，微友便在手机上讨论节气与吃食的问题，有人曰小满食三新——黄瓜、樱桃和蒜薹。"三新"也可以叫"三鲜"，总之需要与时令贴得紧，突出一点水灵灵的"俏"。

如周作人说古代的文学史是北方文学史一样，后来的民俗和饮食史，风水明显是转到了南方尤其是江南。明人高濂的《遵生八笺》，清朝朱彝尊的《食宪鸿秘》、袁枚的《随园食单》，等等，把持了多年的流行与格调。

南人讲究，从“立夏见三新”开始，吃三鲜——米苋、蚕豆、樱桃；或者樱桃、青梅、蒜薹。而且还分地三鲜、树三鲜和水三鲜。地三鲜，苋菜、蚕豆、蒜薹；树三鲜，樱桃、枇杷、杨梅；水三鲜，鲥鱼、白虾、茭儿菜（茭白）。

大棚蔬菜因科技推广成了新产业，不分季节并乱了时令。于是，北方和中原人尝试夺回话语权，比葫芦画瓢的，也说三鲜和三新。小满吃黄瓜、樱桃和蒜薹，这一种说法，仿照旧年的江南也不错。但有个问题，这黄瓜是大棚黄瓜还是露天的黄瓜？清朝帝都春节的“洞子货”，二两白银买一条带顶花的小黄瓜，暖棚黄瓜金贵，是大棚黄瓜的前身。如果是大棚瓜，那就不如把这黄瓜换成西瓜，把小满和芒种、端午连起来，北方人入夏吃三新——西瓜、樱桃和大蒜。新世纪以来，河南的大棚瓜果已成产业，每年从五一节开始，西瓜、甜瓜早应市，远比四季不断的黄瓜吸引人。而大蒜比麦子早一步，这些年，往往节气到小满的时候，河南的中牟、杞县与豫东各地，大面积出新蒜卖新蒜，海量的新闻炒新蒜说大蒜，蒜薹早下去了。

要不，换成杏（横）、樱桃和大蒜，这个说法也可行。郑州这些年，枇杷变成了绿化树种，冬天开花，春天坐果，收麦时枇杷也黄了，但酸涩不好吃。杏是本土的原产，它结果远比枇杷大，且金黄可观，尤其“红太阳”或者“仰韶杏”等好品种，美观又实惠。麦茬杏，早杏在立夏和小满之间就应市了，老话说的“桃饱杏伤人，小李（榴）树下埋死人”也不兴了，美食家和医家联手在为杏果翻案。

但杏与樱桃，都是树上的果实，是同类项。如果大棚黄瓜或西瓜不算数，那不妨与时俱进，干脆来个新三鲜——荔枝、樱桃和大蒜。因为每年南方的荔枝早来，价格也不贵，往往还卖不过本地樱桃树嫁接之后的大樱桃。

无论如何，不管是何种方案，哪种说法，唯有新蒜大蒜是不能少，也少不了的。汪曾祺作小品画，一棵秀长的白菜下边，一簇红樱桃和两头大蒜，跋语“南人不解食蒜”。要在中原河南人看来，高邮离扬州不远，高邮湖与里下河，那一带风物出产与江南多接近，应该算南人，不知道为什么汪曾祺自觉区别开南方人。他写过吃蒜吃生蒜吗？大蒜经过丝绸之路来华不久，西晋的皇帝如晋惠帝就爱生吃它，五代时期的宫廷，也爱称大蒜为“麝香草”。河南人每入夏，至今家家要吃蒜面条，一般是蒜臼里捣剥了皮的蒜瓣，加凉水和香油、醋就可以了。还有的地方，如豫中的襄县和南阳那里的人，喜欢将藿香、薄荷，或者是石香菜的叶子，任何一种放在蒜臼里与蒜瓣一起捣，这滋味更丰富。过去兑深井里的好凉水，如今简单了，直接兑瓶装水，但小磨香油与好醋，说什么也不能少。而豫东商丘人，端午节还要吃鸡蛋蒜，那算是吃蒜比蒜还狠——煮了白嫩的熟鸡蛋，再把仔细捣碎了的好蒜茸，与搅碎的熟鸡蛋合二为一，不用水和醋，只浇好香油，干憋憋热辣辣的，配热蒸馍或者热火烧吃，要么用烙馍卷着吃。大老爷们撸着袖子吃鸡蛋蒜，还要再放开喝点高度酒，端午节进行的是入夏防疫的蒜仪式！

樱桃的时令色彩和颜色感最强，颜值佳！况且，古代就有“果子荐先”的制度，百果之先的樱桃，成熟了先用来敬神，《礼记》曰：“仲夏之月，羞以含桃，先荐寝庙。”然而，现在小樱桃不兴了，各地早已陆续把传统的樱桃树嫁接成大樱桃曰车厘子。宋代学者苏颂《本草图经》云：“樱桃处处有之，而洛中者最胜。”中原地区，沿着黄河，现在从山东、河南、陕西关中到陇东的天水，收麦季也是大樱桃采摘的盛大节日。尤其是“陇上江南”的天水市，大樱桃有鲜红和深红、白色微黄者多种，珠圆玉润，口味最好。樱桃原本是中国土产，但大樱桃车厘子却是舶来品，如果把西瓜、大蒜和大樱桃，合在一起作为北方人入夏的三新和三鲜，一色全都是外来物种，那对于“一带一路”而言，真的是太给力了！

◦选自2017年6月20日《天津日报·满庭芳》

舌尖上的荆芥。

夏热说来就来了。人在热天，恹恹的多乏食欲，这时候凉拌菜开始上桌，而开胃的荆芥却令人馋。传统河南人夏天的中午饭简单，独喜欢吃捞面条就蒜，图省事且痛快。吃面拿鸡蛋西红柿打卤，掐一点荆芥叶子过水配着吃，新鲜的荆芥叶子带着复合的辛香味道，这样吃着最简单也最清爽。

荆芥不稀罕，却是很古老的一种药食两用植物，在本草书里得名颇早，汉代的《神农本草经》就已经将它记录在案。后来李时珍整理前代的本草著作，撰《本草纲目》，取它的大名为假苏，假苏就是荆芥。而江南与西蜀之人，早早就开始食用它了。到了宋代，官书《地理志》还说它是关中地区的一味特产和贡品。故而李时珍说："荆芥原是野生，今为世用，遂多栽莳。……初生香辛可啖，人取作生菜。"为了

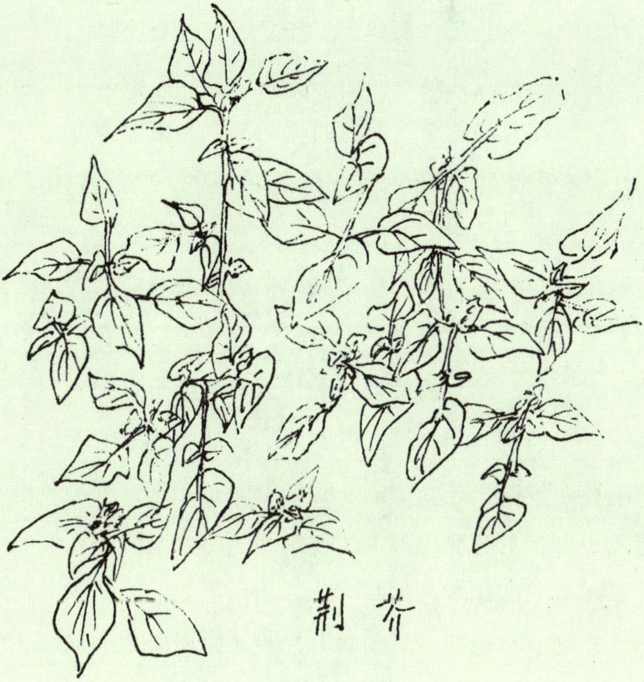

荆芥

突出荆芥的药用价值，李时珍特意把它从蔬菜类移入芳草类，记“芳草类五十六种”，包括常见的藿香、紫苏、薄荷、石香菜、荏等。苏与荏，即紫苏和藿香，是芳草家族里的一个大类。荆芥曰假苏，因为其气味和功效与紫苏近似。

荆芥分布的范围，就是在河南也不均匀。有的地方至今不习惯吃荆芥，我在来郑州工作之前就没有吃过它。而我的母亲是辉县人，她曾经叫荆芥为西番芥。这么叫也是有讲究的，因为古人又把荆芥叫作胡荆芥和新罗荆芥。据此可以猜想，或许荆芥也是西来的植物。荆芥在省会郑州，是近二十年来才一统天下的。当初农贸市场的兴起，后来的大棚蔬菜与南菜北运，空前推动了蔬菜的流通与栽培。大众原本对陌生的东西常常很小心，传统中医便有口口相传的所谓“十八反”的禁忌，说什么“蜂蜜不可配生葱，鲤鱼不能配荆花”，等等，诸如此类，其实已经被现代科学证明有许多说法是虚妄的。我的老家是山区，干旱缺水没有鱼，山坡上遍地是野生的黄荆和酸枣，偏偏大人们也喜欢说鲤鱼配荆花犯忌的故事，算是山里人对吃鱼的一种望梅止渴式的想象吧。后来看书，我才知道所谓的荆和鱼类相配，犯忌的不是黄荆而是荆芥。《本草纲目》记录古人的说教，说荆芥反鱼蟹河豚。又说，凡食一切无鳞鱼，忌荆芥。而宋人笔记里，记述荆芥配食黄颡鱼立刻毙命的例子特别多特别吓人。李时珍对此也将信将疑，“大抵养生者，宁守前说为戒可也”。对此，我和朋友是破例吃过而没有事的。前一年，我们一同从丹江水库回来，经过淅川县城吃午餐，当地人把黄格亚叫黄吱吱，如湖南人曰黄辣丁，这种鱼的学名即黄颡鱼。我们吃红烧黄吱吱，配新鲜的荆芥吃个大饱，觉得很过瘾。当地人也是这样吃的。此外，信阳人无鱼不食，但也喜欢喝汤时放些荆芥叶子提鲜。

荆芥可以在菜畦里种，清明前后播种子。也可以像养花一样，随意在房前屋后或屋檐下的空地下种，甚至可以在任何一种所谓的花盆和花坛里移栽种，小苗长起来随吃随掐，而像苋菜一样掐而复生。荆芥长老了，开始开花结籽，中间抽莛开细白花，有的是紫花。与它的吃法相近的是石香菜与藿香，但石香、藿香却和薄荷一样，是宿根草，来年可以再生，荆芥与紫苏则需要年年点种和栽种。荆芥除了生吃，还可以和面汁摊面衣，河南人叫面托。多了也可以腌着吃，当下饭的清真小咸菜。如今还有拌面蒸荆芥蒸马齿菜的。荆芥味辛却好脾气，任你怎么吃都可以，另类的“浓妆淡抹总相宜”。我总忘不了，豫东杞县的老字号“德兴楼”，回民用羊油盘荆芥瓠子馅包包子，是那一带远近有名的美味。然而荆芥既为药，“是药三分毒”，它也有副作用。唐代进士出身的河南临汝人孟诜著《食疗本草》说荆芥性温：“辟邪气，除劳，传送五脏不足气，助脾胃。多食熏人五脏神。”他还介绍了一个偏方——人患疔疮肿痛，可取荆芥一把，水五升，煮到还剩二升水时，放凉，分两次服用便可以了。药效立竿见影。

因为荆芥具有发散和消肿毒的作用，故而古人又美其名曰“再生丹”。

○选自2013年6月14日《大河报·茶坊》

蒜面条　石香菜。

郑州的本土饭店，叫得响的羊肉烩面馆除外，论起主打面食和家常菜者，就不能不说那门脸儿不大的“仲记手擀面”。这些年，曾经的大饭店风光不再，此店乘势而上开始连锁经营，但后来居上颇有口碑。它奉行绝对的平民路线，有两样招牌小吃最吸引人，地道的河南特色——蒸馍或窝窝头蘸酱，即自制的豆酱也曰酱豆；另外是手工捞面浇蒜汁石香菜。绿薄荷模样的石香菜连紫头蒜一并捣碎，拿醋和小磨香油调了，浓浓地浇在大碗过水面上，夏热三伏天，人们来一碗噗噗噜噜吃了，再喝口面汤，饱而不腻又不撑，那真叫个清爽和痛快！

一方水土养一方人。河南人好吃面不说，过夏天中午吃捞面非就蒜汁不中，捣蒜还要带香菜。这里说的香菜，是叶片大而不碎，夏季旺盛生长，青翠欲滴的芳草类叶菜，不包括四季喝汤都用的传统的芫荽。它们分别是荆芥、藿香和石香菜三种，不择地而生，采食方便，因此而特别彰显出豫人胸宽的气质来。细说起来，荆芥与藿香，这两个固然也闪亮不凡，可在蔬菜、野菜和草药谱里不难对号入座，古怪和稀奇的，最数这个匍匐生长、其貌不扬又灵气十足的石香菜了！但是，当代的《河南野菜野果》没有记录石香菜，《中国蔬菜名称考释》的大部头著作里也找不到它。求索于古书旧籍，不仔细考证一番，还真闹不明白。年复一年，我吃面条配蒜汁石香菜，回味和惦记着石香菜，费了不少功夫，才大致将它的头绪草草梳理了出来，试图将其真面目还原。

它开头的名字还真不叫石香菜。唐代的《食疗本草》，河南汝州籍的孟诜著述，他文绉绉地记其为香菜，又云香戎。明代的《救荒本草》，则直接将其命名为香菜。因为主要是说野菜，周王不记园蔬里的芫荽。晚清的状元总督吴其濬，接着撰著图文并茂的《植物名实图考》，芳草类记有香薷、大叶香薷和石香薷三种，并且说亲眼见到，在江西和湖南等地，香薷种植为园蔬，“凡霍乱及胃气痛，皆煎服之”。在此啊，经由博览群书且走遍大地的吴状元的提示，后人才知道，是北宋开初的《开宝本草》，最早名其为石香薷和石香菜。哎哟！这才把香菜、香薷与石香菜准确联系了起来。

周王朱橚在开封著《救荒本草》，不仅有皇家药草植物园和实验田，并且派人或亲自到河南的一些地方，专门去采集草木野菜和草药，药食两用的品种居多。《救荒本草》第383条：香菜，“生伊洛间，人家园圃种之。苗高一尺许。茎方，窊面四棱，茎色紫。稔叶似薄荷叶，微小；边有细锯齿，亦有细毛。梢头开花作穗，花淡藕褐色。味辛香，性温”。救饥，“采苗叶煠熟，油盐调食”。

在水一方的野菜和草药，其采食和药用，以及栽种利用，随风土和时代变迁，也是不停地流通变动的，而且没有一定的规律。就说那荆芥吧，曾广泛生长和应用于华夏大地。它得名最早，在传为后汉的《神农本草经》里就有了。唐宋以来，直到明清，各地应用仍多。但是现在就数河南人爱吃它，夏天来了不吃荆芥几乎就过不去。连在外地工作多年的河南老乡，不时会要老家人特地带一点新鲜的荆芥来解馋。开封有句奉承话说“吃过大盘荆芥”，意思是称赞对方见多识广，干过大事，决不可慢待和小看。《植物名实图考》说荆芥又名假苏：“假苏，《本经》中品。即荆芥也，固始种之为蔬，其气清芳，形状与醒头草无异。唯梢头不红，气味不烈为别。野生者叶尖瘦，色深绿，不中啖，与黄显颡鱼相反。南方鱼乡，故鲜有以作葅者。”豫南的信阳和固始人至今好吃荆芥是有来由的，固始籍贯的吴状元道出了其中的源流。而石香菜流行于当下，就是从豫中的漯河、许昌和禹州一带逐步蔓延的，和周王说香菜即石香菜“生伊洛间”，大致还相同。

芳草类唇形科的植物，薄荷、藿香、紫苏等，不仅可以入馔提鲜，开胃消食，还可以养生健身，除瘟热风热，生熟食用两便。张平真所著《中国蔬菜名称考释》，里面相关的有茴香、芫荽、紫苏、薄荷、罗勒，有“荆芥和五味菜”，然而却没有香薷、石香菜和藿香。《救荒本草》作为拓荒性的经典名著，本草界、农学界为之考释与校注者多多，倪根金教授领衔的《救荒本草校注》，对于名为“香菜”的石香菜，列举各地的专家意见，包括我的朋友王家葵兄在内，好些人认为是唇形科罗勒属一年生芳香草本植物罗勒。而认定是“唇形科香薷属一年生芳香草本植物香薷”者为少数派，不占上风。我得自己天生是豫人之便利，熟悉这石香菜。郑州市区的小区里和郊外的菜园，夏天石香菜四处蔓延。就是冬天，利用大棚技术，菜农很早就开始大量种植石香菜供应市场。郑州的大小饭店，即使不专门卖面食的，喝酒的凉菜，也绝对少不了石香菜拌核桃仁或花生仁这一碟小菜。它花开的颜色与红色的罗勒并不相同，所以我赞同石香菜是香薷说，而非罗勒，罗勒的叶子也不同于石香菜。有机会再去成都，我一定要掐点石香菜带给好友王家葵看。

石香菜怎么写？古名石香菜，刻下写成什香菜或十香菜也不为错。一声之转的原因，怀山药变成淮山药，苦苣曰苦菊亦然。植物奇怪，野菜奇怪。蔬菜和香菜，也是奇奇怪怪的。这便是自然和生活本身的缠人和魅人之处。

○选自2016年6月4日《人民日报·大地》

护生藿香

好多年，社会的节奏曾经是蜗牛般爬行，很慢很慢，人丹、清凉油和藿香正气水，曾是许多家庭的常备品。就说那人丹吧，表现抗日战争的黑白老电影，在《地道战》《地雷战》《平原游击队》里，一定会有街巷墙头的人丹广告。而我最早有藿香的概念，就来自藿香正气水，小时候觉得它味重很难喝，却是中暑或水土不服的“急救药”。当年的赤脚医生带个通行的红十字药箱，里面胶布、紫药水、止痛片和藿香正气水是少不了的。如今大热闹过后讲求返璞归真，藿香正气液广告又出，藿香正气水换了个马甲又卷土重来。

藿香如何多见！本草里的芳草，《本草纲目》记芳草56种，大体可分为两大类：医用和熏香一类，如迷迭香和

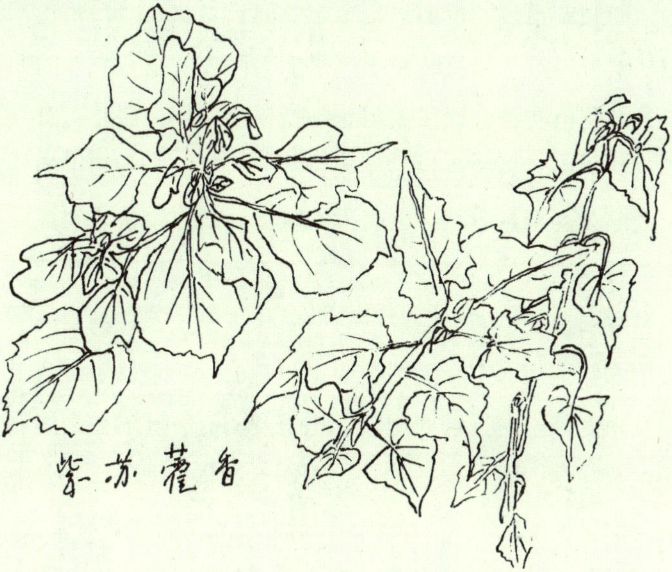

紫苏 藿香

艾纳香等，熏香防衣服书画被虫咬，辟远近恶气；而当归、蛇床和牡丹、芍药，径直入药。另一类则是调味和食用的，诚然也兼有食疗的功效，如豆蔻、良姜、藿香、紫苏、薄荷与荆芥。在芫荽还没有被简单冠以香菜的名字之前，老家人吃的香菜只有芫荽一种。但南北各地，香菜的品类繁多。记得藿香和小茴香，荆芥与石香菜一起，联手打入郑州的地面和菜市场，也不过十多年时间。与此同时，藿香的被认识，得益于单位新建小区里的南阳人。夏天户外的盆栽，有花也有菜，除了太阳花与指甲草以外，荆芥、石香菜和朝天椒、假樱桃也是家家爱种的。可是，大院里的老年人随儿女来自各地，很多人常聚在一起拉家常，大多由此经过南阳人的食用经验，得知藿香入馔的用途，最宜调和鱼腥。说来也巧，麦收的季节结伴去桐柏，在淮源庙旁边的农家饭店，主人随手把地上生长的绿叶子放于烧鱼和炒鸡里，甚至把这种当地人无比喜爱的五香叶放在清炒茄子丝里。这五香叶便是藿香。桐柏山连着大别山，我是在信阳山里长住过的人。大别山里吃鱼不比南阳少，况且，南阳与鄂西人吃鱼喜欢过油，顿失了鲜鱼的味道。但信阳人吃河水煮鱼与清蒸鱼，没有人放藿香提味。信阳的山路边多水塘，香樟、女贞和绿杉、枫杨之下，荨麻和藿香混合着芭茅等乱草在稻田一侧疯长，但没有人吃藿香，大家喜欢吃荆芥和芫荽。

薄荷与石香菜，冬天在避风的角落里也是常绿的。落叶的藿香和荆芥、紫苏相比，是最早出叶的。“二月二，龙抬头”的时候，我家南窗下花盆里藿香的枯枝下面，烂布头一样围着出叶，不注意看它，还当是烂树叶呢。渐渐它的叶子开始有形，由暗色的蓝紫变青绿。樱桃开花的时候，桃花大多还没有开，藿香的绿叶就盖满了花盆。和割头刀韭菜一样，这时采藿香苗炒鸡蛋，虽然有股冲冲的味道，但吃过一两次，便很耐人回味。尤其是中老年人，吃过就忘不掉了。清明前后，藿香长大，青枝绿叶，夏天揪它的叶子下面条或打蛋汤，味道鲜而中和。我认真地观察过，郑州市里各小区，旮里缝道，凡是有南阳人居住的地方，家里一定是要栽藿香的。藿香是宿根草，生命力强，随便种都好活。种一次就落地生根，年年复生。

一年四季，除了霜后落叶，藿香的叶子一直是鲜嫩的黄绿色。最初多皱褶，舒展了就绿得油亮。长开了是树形，层层枝叶伸展。夏末抽莛开花，与荆芥和薄荷开腋下花不同，藿香开花似狗尾巴草穗，淡紫红色。它生长范围广大，名字也乱，延边人把它叫苏子，大兴安岭林区的人家叫它猫爪草，但他们也说是吃鱼最好。我们院子里的一位老兄是推广藿香最热心的人，他春天吃炒藿香，夏天吃面不用荆芥和石香菜，说石香性寒，就单掐藿香叶子捣蒜。如果图省事，用菜刀剁碎了藿香叶子也可以，蒜面条带藿香。而登封出产一种藿香罐头，把藿香叶子连籽打成碎粒，任你下面条或就着热馒头吃。它的说明文字里，藿香又名木荆芥。

藿香和这么多的香菜芳草扯不清，但它的近亲是紫苏。本草曰苏与荏，苏是紫苏，荏乃白苏即藿香。紫苏是一年生草本，野生的也是籽粒落地才出苗，藿香则是多年生草本。早在南朝，江淹就做《藿香》诗一首，他埋怨桂和麝香味太烈，“摧阻天寿，夭折人文”。唯有藿香，宜于摄生养气。藿香世代是护生草，其“芳香之气助脾胃，故藿香能止呕逆，进饮食”。北宋的太医局所公布的居家必备良药药方中，就有藿香正气散。

◦选自2013年11月27日《人民日报·大地》

周王·苏子苗

苏子苗　人家园圃中多种之。苗高二三尺，茎方。窊面四楞，上有涩毛。叶皆对生，似紫苏叶而大，开淡紫花。结子比紫苏子亦大。味微辛，性温。

周王·紫苏

紫苏　一名桂荏。又有数种：有勺苏、鱼苏、山苏。出简州及无为军，今处处有之。苗高二尺许，茎方。叶似苏子叶，微小。茎叶背面皆紫色，而气甚香。开粉红花，结小蒴，其子状如黍颗。味辛，性温。又云味微辛甘，子无毒。

马齿菜与小鏊馍

常纳闷苋菜和马齿菜是如何扯到一块的，说什么人苋与马苋等等，岂不是另类的乔太守乱点鸳鸯谱？按现代分类，明明各种苋菜是苋科植物，马齿菜却是独立一门的马齿苋科。

说起来，民间对草木的信仰与崇拜，兼及野菜，早春的荠菜是老大，直与它比肩的便是这夏天的马齿菜。民谚说：“三月三，蚂蚁上灶山。荠菜花儿赛灵丹。”江南民俗，春节吃晒干的马齿苋，曰安乐菜。中医养生推行药食兼用，《本草纲目》曰：“马齿苋元旦食之，解疫气。”李时珍的说法是有来源的，因为从唐代开始，马齿菜就赢得五行草和长命菜的大名。孟诜的《食疗本草》，具体说马齿菜功能非凡——延年益寿，明目；止

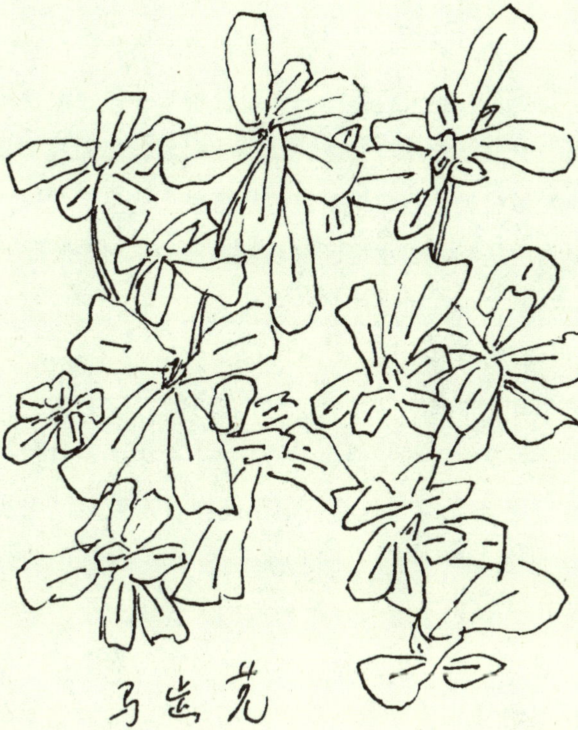
马齿苋

痢疾，打虫，治腹痛……

马齿菜不知道自己被人类高看，生长很普遍命很贱。就中原地区而言，野苋菜出生在立夏前，马齿菜错它一步发芽，端阳收麦，小满与芒种之间，肥嫩的马齿菜就可以采来尝鲜。老家南太行一带，山地干旱，三伏天的太阳把石头都要烤出火，脚下唯有顽强的马齿菜晒不死，在路边和地头连片生长，头天黄昏的时候似含羞草一样收缩卷起叶来，第二天早早它摇身一变，就一枝一蔓、四仰八叉旺盛碧绿地发散生长。马齿菜治腹泻是老家人的生活常识，但大家更贪的是它摊成小鏊馍那筋筋拽拽的吃口和咬劲，既抵饥，味道又美。遗憾的是，马齿菜年年有，现在作为炊具的小鏊却已难得一见。

小鏊当年是豫晋交界地区北方农村的居家必备，和炒菜的铛、做饭的大肚子铁锅一样，如下象棋的车马炮，而且都有三足鼎立的三条腿。它和现在普遍使用的街头摊鸡蛋饼的敞口平底锅不同。小鏊是铸铁的三足两件套，最大的直径也不过尺，沉甸甸的盖子上有个类似提梁的纽，也可以叫“把儿”。用煤火做饭的农家，一年四季，早晚两餐要摊玉米面或杂面小鏊馍，远比上笼蒸馍的次数多得多，图的是饭时趁热吃，制作简便。小鏊馍的花样多，但白面葱花油饼很少摊，只是来亲戚或者招待“吃派饭”的驻村干部，间或遇到家里人过生日的时候，奶奶才肯露一手。惯常过日子，小鏊馍用的是粗粮玉米面。

从我豫北的老家，沿曲折发达的太行山大峡谷朝上、朝深山里走，层峦叠嶂之上，修武云台山大瀑布和辉县关山景区的顶端，“白云生处有人家”，陡峭的红石崖高头，就是山西省的陵川县。早晚云出岫，两省就隔着虚幻缥缈的一条线。这就和《舌尖上的中国2》最有争议的那一集“家常”开头的一幕碰面了——陵川人家在高山头收玉米，下晌回家吃冷凉粉，下饸饹面，摊小鏊馍……多是我老家的吃食和家常饭啊！顿时看得我眼球都要跳出来。可电视人把小鏊馍解说为“小凹馍”，于是民俗的真相和古意尽失。因为，自古南太行多产煤，不缺烧火用煤。家家窑洞与石头房靠门口的地方垒着做饭的煤火台，一日三餐，多半是大锅饭做成了，煤火也乏了，再添一团和好的湿煤在里面，此时正是摊小鏊馍的最佳火候。小鏊带盖子，便于捂着聚热。但不能用大明火，摊馍容易焦煳。旧年过日子以充饥为主，小鏊馍几乎全是玉米面和杂面。新麦磨了白面的时候，也舍不得全吃白面，会拌点豆面，绿豆和白豆面都行。这时天热了，羊角葱和马齿菜，南瓜丝、南瓜花，随便拌了面都可以摊。而冬春天最多用白萝卜丝和酸黄菜。遇到饭时，大家才收工回来，人人饥肠辘辘地争着吃小鏊馍，小鏊馍做不过来，就摊得厚一些，软不唧唧。从小吃小鏊馍长大，直到我去外地上了大学不再回来。早几年，村里编写村志，我建议把民俗的照片多放一些，而炊具与食器，是颇能反映民俗变迁的。可是几百口人的大村子，到底找不到一个小鏊了！料不到看小鏊犹在山西陵川。

豫北的山村人家已经不住窑洞了，现在农家吃馍也是出门买。前些年，煤价连年高涨而电价相对便宜，村民与时俱进，家家改用了电磁炉，三条腿的铁制炊具被淘汰了，铝制的炊具和城市里没有差别。有次回县里去，主人特地招待我吃小鏊馍，却是农家乐的项目。然而就是农家乐也不用传统的煤火了，煤气灶上摊小鏊馍，口感怪怪的。这和城市里冬天的烤红薯一样，旧时是煤炉子，现在是煤气炉或微波炉，制成品的味道不一样啊。想起了别人写沈从文，落魄的大作家每天天不亮就赶到故宫门外等开门上班，地冻天寒，没办法，他就买一个热腾腾的烤红薯在手里来回捯着取暖。

小鏊馍不可以说成“小凹馍”，因为它不只事关一地的风土。前两年，我在太原参观山西博物院，发现那里和我老家有关联的文化很突出的有两处：一是和修武交界的陵川县有处原始人遗址，名“塔水河遗址”；一是晋南的侯马和翼城地界，多年前出土的晋国文物，在辉煌的铜车马之外，还有一个貌不惊人的铁铸的小鏊。两千年开外的古小鏊和《舌尖上的中国2》“家常”开头使用的小鏊是一模一样的。

◦选自2014年7月19日《人民日报·大地》

周王·马齿苋菜

马齿苋菜 又名五行草。旧不着所出州土，今处处有之。以其叶青、梗赤、花黄、根白、子黑，故名五行草耳。味甘，性寒，滑。

救饥 采苗叶，先以水焯过，晒干煠熟，油盐调食。

苋菜的名字

这不就是米谷菜嘛！眼见得夏天菜市上大把小把堆成堆的苋菜，吃了一茬又一茬的苋菜，老家人一直这么叫它为米谷菜。但是，同样是我的家乡，相邻的沁阳与博爱县人，异口同声把苋菜叫作云苋菜。如果你再走远一些，过了黄河沿京广铁路一路向南，豫中的漯河与平顶山人，却亲切地叫它玉米菜。

同样的一种蔬菜和野菜，各地的叫法大相径庭，不少堪称稀奇古怪。但三百六十行，行行出状元。北京的专家张平真先生，著了一本《中国蔬菜名称考释》，这难得一见的有趣的专业书，我是从王府井一带“老舍故居”门面房的小书店里淘来的。据张先生研究，蔬菜和野菜的命名有规律，大体是依据其形态特征、栽培特性，以及食用器官的名称等因素，综合运用了谐音、讳饰、借代、拟物以及夸张和方言的各种构词手段逐一形成的。以芋头或芋艿为例，《说文解字》释芋：“大叶实根，骇人。故谓之芋也。从草，于声。”而它相形的叫法，

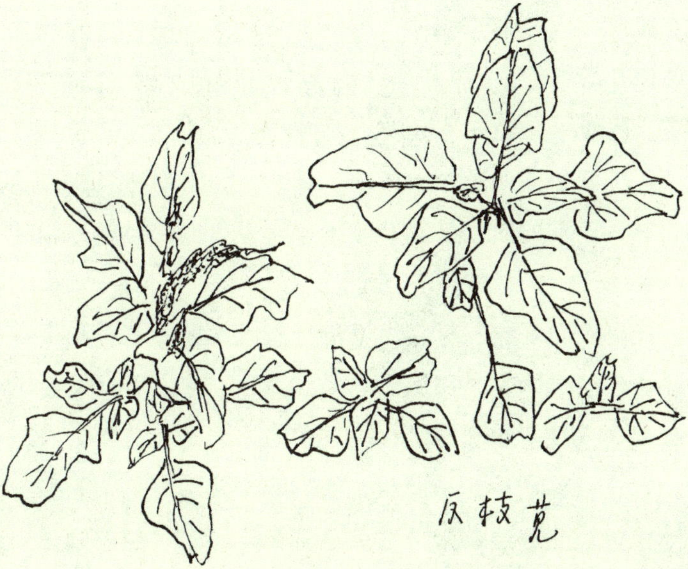

反枝苋

秦汉时期，在《史记》的记载里名曰“蹲鸱”——远观就似一只卧着的猫头鹰。后来到了唐玄宗李隆基的时候，中书令萧嵩负责注释皇本的《昭明文选》，班子里有个名叫冯光进的文士，他觉得“蹲鸱”一名生动却不通俗，索性就把芋头之名更改成了“着毛萝卜”。哈哈。苋菜呢？前人说苋菜得名，因为其苗叶高大，显而易见，所以在见字之上冠以草字头。《蜀本草》这本书，是五代的韩保升撰著的作品，从他开始归纳：“苋凡六种，赤苋、白苋、人苋、紫苋、五色苋、马苋也。”而马苋就是马齿菜。民间如今叫苋菜，各地五花八门，沿用旧名西风谷的有，还有的曰银叶菜和银顶菜，也有叫它掐不齐和揪叶菜的。林林总总，不一而足。

江南人立夏吃三鲜，当下流行着吃米苋、茭白和蚕豆。绿色的白米苋，和胭脂色的红苋菜，眼看着鲜嫩的菜叶便令人馋。长江流域，夏天的当家菜是苋菜和空心菜，皆宜蒜茸烹炒，忌肥腻之人，叨一筷头好苋菜能多吃一碗饭。北方从端阳节之后也开始吃苋菜，但园圃里种的没有野生的多，野苋菜则一色是粗糙的绿苋菜。老家人拿它过滚水调菜吃、塌菜馍吃，还喜欢用它来涨锅下汤面。大棚蔬菜还没有兴起的时候，北方农村家常过日子，一向很少吃炒菜。即使是雨水丰沛的夏季，掐点绿叶菜下面条就着馒头吃，就是很不错了。如今单位旁边的小街里，临着喝粥的早餐店常年有个卖菜馍的，燃着煤球炉，用传统的大鏊塌菜馍，只经营这一样，但是生意十分兴隆。夏秋时节，主人把切碎的南瓜丝、韭菜叶与红苋菜拌了，间或放几根绿豆芽，随顾客的喜爱，加一块钱再打个鸡蛋。眼看翻腾着两边的面皮生馍花了，均匀的馍花似木刻的烙花一样，菜馍也熟透了，筋道的烙馍与本味的苋菜叶子，刚柔相济，腴软适口，食客吃的是家乡的原始风味，享受的是传统手工的醇厚和精巧。外国人把苋菜美称为“中国菠菜”，若论口感和食用方便，苋菜和菠菜还真相似。苋菜在各地不仅名字多不同，读音也有不同，武汉和四川等地将苋菜曰汉菜，陕西也叫荏菡菜或仁汉菜。

方言的分布与读音很奇怪，它不规则。例如“解”和“鞋”，有的地方读“亥”与“孩”。山西运城为关公故里，解州读亥州；武汉和重庆人把鞋子叫孩子；安徽的六安读路安。从我自己有限的考察看，“解”读“亥”，“苋”读“汉”，从内蒙古、晋南开始到豫西的三门峡，再翻越秦岭汉水，直到湖北与四川，这一现象相同。具体到苋菜而言，应该要分辨鄂人与川人共同叫 hàn 菜者，据说宁波一带人也叫 hàn 菜。有人就此写成了蔊菜，但我觉得不对。因为在已有的古籍里，蔊菜在各种野菜谱里，明确指的是开细黄花的野油菜。现在郑州的秋冬两季，当地人在黄河边采食还入馔。周王和李时珍都是这么说的。既然苋菜被称为“中国菠菜”，那么借用汉学的称谓，不妨统一就叫汉菜。很希望有天在《汉字英雄》《汉字书写大会》里，能出现默写苋菜与汉菜的竞赛来。

◦选自2013年9月10日《天津日报·满庭芳》

一双艾绳

我家阳台上，挂着两根用艾草编成的草绳。长长的草绳，对折垂下来尚一米有余，比普通农用的麻绳和尼龙绳粗而毛糙，和当年村口唯一的深水井，用辘轳绞水用的粗井绳一样。它的粗糙，是一种天然的毛糙，和纤巧相对而言，有特别的纹理与筋脉，似乎带着爷爷农闲打铁时奋力的手劲。小时候我见过大人拧草绳，两三根高高的艾蒿并为一股儿，编辫子或扭麻花似的交互续接起来，很快一根草绳就编成了。在山里得到这艾绳，好几年过去了，艾草的茎秆变色，褐似荆条；干燥而变细小的艾的叶子，枯缩如毳毫。但整条艾绳不走形，曰浑朴、拙涩可也，但壮而有韵，仿佛是颜真卿《麻姑仙坛记》和《泰山经石峪金刚经》的残笔一横。

这种专门用艾草编的绳，说艾绳其实是火绳，火绳是旧年山里人家必备的物品。我们通常把艾草直呼艾，在我的山里老家，南太行一带，野生的艾草并不多。端阳艾，有的地方索性这么叫艾。作为一种辟邪的香草，家户多要

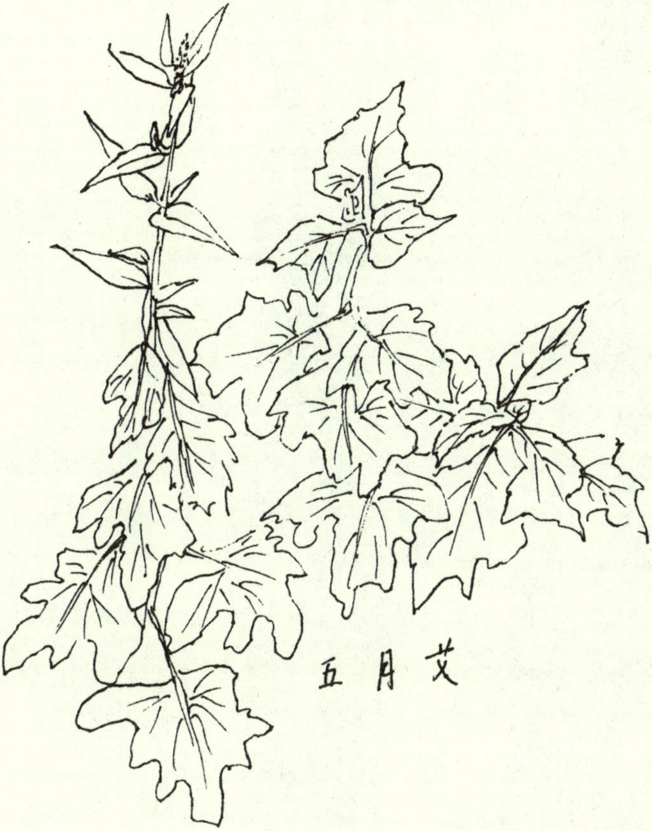

五月艾

栽艾。山地春雨贵如油，雨后从别人家的花草里分点艾，移植一次就可以了，艾和菊花一样是宿根草，年年复生。夏天来了，端阳插艾是仪式，但艾有常用，主要是可以拧火绳。芒种而骤然大热，虫虫蚁蚁纷纷出动，黄昏的时候，院子里要点燃火绳熏蚊子和扑灯蛾。男人们抽旱烟，烟袋锅子用火绳点燃。还有，当年生产队有不大的果园，有桃子和苹果、花红、沙果，夜里例行要派人看果园，就地铺一张草苫躺在临路的土窑洞里，也要点火绳。我曾经随爷爷辈的两个老汉，夏夜里到山坳里看苹果，名字都忘记了，一个王姓，一个是李俊来吧，人人叫他老俊来，后来是得噎死病去世的。他是个鳏夫，夜来一到看苹果的地方，先是坐在草苫上吸烟，火绳与烟袋锅亲嘴的时候，明明灭灭，映着满天星斗，天空被大山隔成一片不大的天庭。烟叶的呛人，交织着艾叶火绳的香烈，混合的味道，也是老辈人复杂艰辛的人生况味。

老家人对有限的艾草，利用也有局限，艾草青嫩的时候其实还可以食用。《救荒本草》说野艾蒿可以救饥："采叶煠熟，水淘去苦味，油盐调食。"江南清明节的青团，闽粤地界的清明果，上佳的出品，是采艾取汁和面做成的。或许北方山区的生活太苦太清寒，老家人用艾做药引子或火绳，但不吃艾苗和野菊苗。而艾草离开我的老家就多了，与太行山隔河相望的伏牛山，八百里伏牛山包括嵩山和北邙山在内，其实都是秦岭的余脉，那里有艾草遍地乱生。夏至过去了，稻秧栽过，芝麻、玉米和红薯苗大了，豫南人趁着农活间歇，出门到山坡上割艾，在打过麦子的场地或“村村通”的水泥路上晒艾。艾大而高，艾多如乱草柴草。艾曰香艾，艾灸、艾熏等，艾的医疗保健作用日益发扬光大。农村话说：这艾可主贵了！

同样是火绳，好事的年轻人，也曾经用玉米缨子编成，像模像样，酷似光滑的发辫，但火烧火燎的，味道呛人。改用与艾草差不多的蒿子编火绳，也不行。艾草独好！山里人也编织好手艺，用山榆的嫩条编制一人深的粮食囤，用荆条和马棘条编箩头，用玉米皮编席地而坐的草簾，用秫秫尖编篮子和放馍放扁食的锅簾，高粱秆子还可以编晒柿饼和晾棉花的箔……诸多手艺里面，相对而言，数艾绳与草绳，最简单了，属小菜一碟。南太行在黄河北岸隆起，由浅山而深山，越朝里走，山越深越大越高。我老家所属的河南省修武县的西村乡，曾经叫公社，方圆纵深数十里，临着危崖百丈，云台山大瀑布冲天而下，上边就是晋东南的泽州和陵川县了。山里人祖祖辈辈在大山的褶皱里开枝散叶，我的老舅家，比我的老家远靠里边，自然村名叫黄叶村，叶字读“腰”的音。多年前黄叶村就搬空了，石头墙黑瓦房和窑洞半倾塌。那一回我到景区游览，回来的时候，特地取道黄叶村，在昔日老舅家的门头上，发现了两条才编好的火绳，与火绳一起挂着的，还有干豆角与蒜辫子，而我独取了这一双艾绳。我把它带回郑州来，一直挂在阳台上。转眼都五六年了，草绳的颜色更枯，但余香犹在，一直延续并紧接着老家的地气。

○选自2015年7月7日《天津日报·满庭芳》

古秋葵　漏芦花。

邻居爱种菜的人多了，有人在长方形的盒子里填土种菜种秋葵，天热了，秋葵开花结果，像青辣椒更像海南出产的四角豆。城市流行吃秋葵有几年了，可即便是青嫩的鲜秋葵吧，它滑腻腻的口感有人烦，倒是它开花颇清新——秋葵花朝天开放，似单瓣的蜀葵花，淡淡的黄色喇叭花，不啻一道风景。蔬菜和庄稼之花如小麦花，不仅载入了古老的廿四番花信风，而且还是彼邦阿富汗的国花。而秋葵，这一种据说是从当代日本流行起来的健康蔬菜，它开放的黄花自然可以叫黄葵花。

带葵字的植物却一直都有点复杂，绕来绕去容易把人弄迷。先说那供观赏的蜀葵吧，其中也有开黄花的，并且还有重瓣花。蜀葵种过一次可以自然出生，靠着篱笆和院墙的地方，它长得尤其壮实高大，最下侧的大叶子，似南瓜叶或泡桐树叶。而秋葵之叶多裂叶，仿佛无花果的叶。蜀葵在北方，人叫它端午花和一丈红，有的农村和农家，还叫它棋盘花和牛（偶）屎盘花。夏秋时节在高原行走，边疆也多蜀葵花，红花、白花多见，开红花的层次丰富品种最多，黑花与黄花品种少，黄色的更稀罕一些。但现在将高科技应用于花卉种植，这么一来，城市里的黄蜀葵也不难见到了。

但是，这一次我要说的开黄花的葵花，不是向日葵，也不同于以上两种黄葵花，它是锦葵科的另外一个品种。它模样秀丽，没有蜀葵粗壮高大，也不似秋葵开叉生长像番茄和棉花，像芝麻却比芝麻玲珑多风姿，叶子是狭长的瘦叶而非圆叶，鲜黄色的顶花最为秀美而醒目。它在两广地区大片种植，如蔬菜和庄稼。逐渐地，我看到中原甚至东北地区也有引种。而藏东南雅鲁藏布江大峡谷里，山道上竟然有野生的在秋季开花。我在微信里展示它，我的朋友《成都晚报》的马小兵马上告诉我，四川人都叫它漏芦花，又名菜芙蓉的。川人吃漏芦花，打汤吃和炒菜吃。

葵，有菜有花。锦葵科的葵与菊科的葵，做菜吃的葵和赏花的葵，前人最初也闹不清。向日葵不晚于明代就来到我国了，文震亨著《长物志》不说葵菜说葵花：

葵花种类莫定，初夏，花繁叶茂，最为可观。一曰“戎葵”，奇态百出，宜种旷处；一曰“锦葵”，其小如钱，文采可玩，宜种阶除；一曰“向日”，别名“西番葵”，最恶。秋时一种，叶如龙爪，花作鹅黄者，名“秋葵”，最佳。

这其中，西番葵即向日葵，属于菊科植物。戎葵和锦葵即常见的大小蜀葵。“叶如龙爪，花作鹅黄者”名秋葵，正是我要特别报告的黄秋葵之漏芦花也！古秋葵，今秋葵，原本古今两秋葵。

长物，本意指多余的东西和物件。有意思并耐人寻味的是文震亨这个人，他的曾祖父，是“明四家”著名的画家文徵明。原著有跋：“右《长物志》十二卷，明文震亨撰。震亨字启美，长洲人，徵明之曾孙，崇祯中，官武英殿中书舍人，以善琴供奉，明亡，殉节死。”当年的友人沈春泽曾问文震亨：依你们文家人的百岁风流，你怎么忽然对这些小玩意儿有如此大的兴趣呢？蛮费劲的。

文震亨是这么回答的：“不然，吾正惧吴人心手日变，如子所云，小小闲事长物，将来有滥觞而不可知者，聊以是编提防之。”白话是说——我正是怕苏州人的巧心妙手逐渐会发生变化，而这些现在看着无足轻重的小玩意儿，过后说不定再流行起来，人们却说不出所以然来了。于是，我便想到要为后人逐一先记下。

看，今天我们说的非物质文化遗产保护，文震亨属于先知先觉的先行者！

◦2017年7月3日于甘草居

夏天的瓠子

葫芦和瓠子，是葫芦科植物里面血脉最亲近的，说双胞胎不太恰当，至少也可以比喻为表兄弟。这也是全球性的攀缘植物，除了极地寒冷地带，到处都可以生长。古人用葫芦久矣！葫芦有很多传说和故事，如耳熟能详的《葫芦兄弟》。可还有人说，瓠子是个古地名，在豫北濮阳一带曾经存在。以草木之名用作地名，屡见不鲜，所以我想，说瓠子与葫芦结伴，是生长于河南及黄河流域的一种古老的可用可食的植物，是肯定没有问题的。葫芦的用处多，但瓠子却是专为食用的。每到夏天，瓠子炖排骨和冬瓜炖鸡块双美，肉烂菜软，人人都爱吃、贪吃。可家常饮食一旦冠以美食之名，舌尖上的河南人，不同地方，吃瓠子是有讲究的，各地竟有许多花样。

信阳菜这些年在郑州做出了品牌，潢川甲鱼、固始鸡、南湾鱼，都很叫响。但原汁原味的信阳炖菜与火锅是很地道的，大热天不说吃火锅，可炖菜却四季不断。炖菜有海带猪腿骨、笋干老鸭汤、排骨白萝卜等。当地人信奉不时不食，伏天的炖菜，笋干老鸭汤和肚肺炖瓠子最相宜。鸭子不叫鸭子曰“扁嘴”，笋干不是所谓玉兰片那样的大毛笋，而是大别山区细长乱生的一种野山笋，古诗里曰“筱竹”者是也。加上肚肺炖瓠子，都是清火清心的美味佳肴。论口味，大路食客和外地贵宾，一般吃不出瓠子与冬瓜的差别来，但大别山里人，夏天没有用肚肺炖冬瓜的。因为好马要配好鞍，宝剑须随英雄才是。

开封人嘴刁，有名也有根由，那是千年之前孟元老的一部《东京梦华录》，里面般般样样的大菜和小吃给喂饱喂足喂出来的。其实正宗的豫菜里面，开封的回教人贡献很不小。至今“第一楼”和“黄家老店”的包子以外，据说还有当地人爱吃的一种清真瓠包子——羊油盘了嫩瓠子的馅儿，取荤汤和胡椒面调了，腴软可口有想头，令人多回味。但楼外楼天外天，杞县“德兴馆”夏天的荆芥瓠包子，那才技高一筹，味达至尊。就是公家安排包桌，也要提前约定包子，错一会儿准当你吃不着。绝对的！杞县和中牟在开封城两边，历来产好大蒜。全国四大大蒜产地，河南独占半壁江山。杞县人吃早点和午餐，多包子配蒜，图味美简便。这几年，本地人也兴盘蒜倒蒜。每年收蒜在收麦之前，每当新蒜下来时，“蒜你狠”兴风作浪不断。蒜价

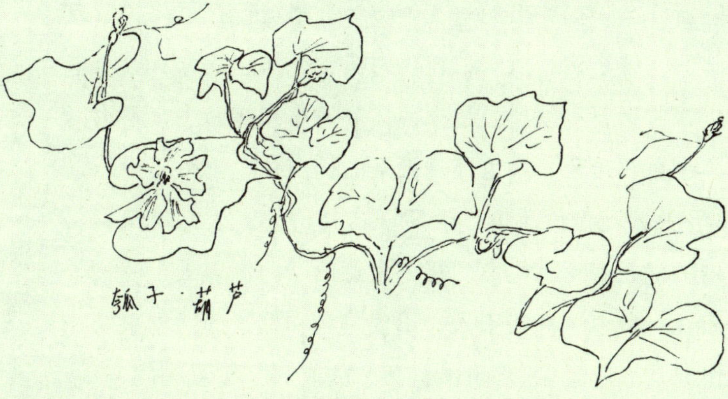
瓠子·葫芦

最高的时候，杞县街头的小店卖包子不再管蒜，连小蒜瓣也不给放，众食客不依。无奈那老板出面解释："一块钱俩包子。大蒜四块一斤。你吃一笼包子配我两头蒜，还叫我赚点不？"天天见面的老吃家被噎住了也干瞪眼，随口抛一句——那"算你狠！"

瓠子和西葫芦、嫩南瓜一样，擦丝或切碎，和了面汁家常摊饼吃，可口又简便。但这样吃，不容易吃出瓠子特有的味道来。现如今在郑州做生意的外乡人越来越多，精明的浙江人是很突出的一支。省会近来流行打温州和宁波招牌的海鲜小店，风味独特，属快餐性质。店家从家乡东海一带快运各种海产品过来，冰鲜的鱼和螺为主，不论黄鱼、带鱼、鳗鱼、鲻鱼还是大条的扒皮鱼，论个不论斤，88 元、68 元定价不等，一律取吉祥价码，讲究讨口彩。一样的优质海鱼，比高门楼大生意的"西湖春天"便宜一半不止，所以十分吸引人。不仅是鱼和蟹，连四季菜蔬，也讲究从海边运来。冬春的盘菜、毛笋、蚕豆，夏天的苦瓜、细长条紫茄子（店家叫落苏）、茭白和鸡毛菜，用家乡手法炒出来都很得味。前几天我们慕名去一个小店吃，指定最大的一条扒皮鱼，干烧了端上来，缩成不长的一小段。我觉得鱼不大不对劲，便不依那女老板。徐娘看风使舵，笑着说："不要紧，我白送你们一个素菜为搭头。"不一会儿，小女孩把菜送过来，特地报菜名曰——老板送你"夜开花炒虾皮"！菜的品相和颜色甚好，但我们分不清是冬瓜还是苦瓜。主人说夜开花就是瓠子呀。瓠子和葫芦的叶子，与丝瓜和苦瓜青绿的叶子不同，像南瓜叶，色墨绿偏黑。而且，瓠子和葫芦开白花。这我是知道的，不料不知道瓠子开花在暗夜里。行家说，不仅是浙东一带渔家，就是大都市的上海人，也惯常把瓠子叫作夜开花。品尝这一道夜开花，瓠子切片清炒，和笋瓜冬瓜的味道的确不同，瓠子略苦一点点，味更清真。相比较而言，冬瓜和土豆，圆而憨憨的，表里如一，属于没个性的物种，店家随手取来，可以“百搭”和“乱炖”的，谁吃了都说好。但瓠子不一样，它比任人拿捏的冬瓜格高，如贵人和文人特别推崇的笋和茶。到此，各位看官要说，那苦瓜不性情更烈更鲜明么？不错，这正是在下特别要说瓠子的原因了——我觉得它比苦瓜的直苦含蓄多了，妙在似与不似之间，而且还不失苦而清热的效果。

○选自2012年10月9日《天津日报·满庭芳》

夏天的酸饭

八百里太行山自北向南入豫，从安阳的林州开始，漫过新乡的卫辉、辉县，猛地甩个大尾巴，逐渐止于黄河北岸的焦作和济源。河南这一段，统共二百公里不到，人称南太行。太行山在此分外层与里层，即浅山和深山，外层属豫，里层多属晋。常常一道刀削斧劈的万丈悬崖拔地而起，便是天然门槛，上边是山西，下面是河南。典型的是修武县的云台山风景区，老潭沟与红石峡的大小瀑布从山西境内源源流下来，山崖上有聚落人家，名上云台，属于晋东南陵川县的夺火镇。“山西好住楼，河南好穿绸。”说的是高山与浅山风土差异，但是，论起吃食与物产，豫晋交界地带相同者甚多。小米和糜子，曾经是山区旱地共同的出产。夏天最热的时候，三伏天的饮食，常常黄昏饭

谷子

要吃带酸味的小米稀饭。“剩米粥”——不是放醋增酸，而是将做好的现成饭，故意让它发一点馊，土话说“司弃”了。这个度不好把握，合适的馊与酸，产生乳酸菌，酸奶似的有益有营养，过了则有害。

夏天收获新麦，磨了新白面，我的奶奶做饭开始变花样，精心调剂全家人热天的饮食。午饭吃水饼——甜面片下到小米绿豆熬成的浅红色的稀粥里，调点米谷菜（野苋菜）或莙荙菜，甜面片蘸着蒜汁吃。还要洗面筋——类似开封和西安的素胡辣汤，但手工面筋真真切切存在，蛋花似的浮在碗里，比面疙瘩松散且筋道，放海带丝等，葱花粗盐为调和，这是咸饭。偶尔也蒸炉面，手擀面切细拌豆角上笼蒸，有肉有大油最好。炉面和面筋汤，一夏天也难得吃几次，日常最多是糜羹配小鏊馍。黄昏常常喝小米酸饭。

这都是三四十年前的事情了，特别是小米酸饭，我几乎要忘记它的味道了。只因为初夏的时候，在大同和呼和浩特，看见当地人还吃酸饭，一下子便勾起了我儿时的回忆。

苦辣酸甜咸，或苦甘辛酸咸，“五味”之中，酸是神奇的，日用或许仅次于咸，足以和甜（甘）打个平手。素有“太行山下小江南”美誉的博爱县，博爱人爱吃酸饭浆面条。县城所在叫清化街，“清化街，五里长，再走五里到许良。”古代的清化大道连接豫晋，清化镇过了许良、山王庄，一路西北上山而达山西晋城西南五公里左右的冶底村。博爱风物好！“柏山缸，上庄姜，七方的闺女不用相。”《博爱县志》里记载的这句民谣，竟然和酸饭老家山西河曲的那句民谣相仿：“寺墕的糜米，唐家会的蒜，五花城的闺女不用看。”浆面条在博爱，是大名在外的“清化浆面”。它与西北人的浆水饭不同，天水、汉中等地，包括贾平凹老家商洛一带，浆水饭的酸浆，是青菜焯过，放面汤加一点酵母发酵而成的。那里不仅吃浆水面条，早点还有现炸的热油条配浆水懒豆腐。清化浆面和洛阳、驻马店的浆面条也不同。博爱人吃浆面是捞面——手擀面切成毛细，仿佛龙须面，绿豆粉浆或红薯粉浆都行，取浆水在铁铛里烹了花椒葱花油，另放在大肚砂锅里熬，一遍遍撇净了浮沫，香味四溢作卤子。然后再滚水下面，煮面捞面。捞面非笊篱捞，而用长筷子挑，轻轻挑一点，吃面不重要，主要是喝粉浆品味粉浆。一箸面条，常常要添两三次粉浆。搭配着芹菜与大籽青豆，现在多用花生豆。吃清化浆面，如果是玩家，还会配一点新出锅的卤肉——猪头肉或大肠，务必咸和糊烂，入口即化的那种，那就美不胜收了。洛阳浆面，是汤面、糊汤面，讲究用绿豆粉浆和芹菜。驻马店的西平县，用豌豆粉浆，夏天做凉粉卖凉粉，故而粉浆多。超市里现在有粉浆料包，我试着作浆面条也行，酸也是酸，但不及清化浆面和洛阳浆面条酸得醇厚黏糊，属于寡酸。

南太行最北头的林州人，夏天的晚饭，如今还吃酸菜咸饭。小米粥加酸菜或者玉米糁加酸菜。咸饭要放盐不用说了，而甜饭即淡饭，如家常小米粥，并非要放糖。林州人吃酸菜是有名的，南太行的酸菜，反映了旧年月的困难与粗糙，山区缺少新鲜蔬菜，人们常年要吃酸菜即酸黄菜——晚秋的萝卜缨和老白菜帮为主，讲究一点的酸黄菜用蔓菁缨子，曰甜蔓菁缨。菜叶子之外，搭配白萝卜切丝，或者擦萝卜丝，一同焯过了放进大水缸里沤。或者用比粗缸小点的，肚大口小的陶器，本地叫川口和卜登。酸黄菜这个家常的名字，以前写文章我不敢用，往往有意贴近普通话叫酸菜。前不久，我和作画的朋友到林州采风，后两天住到市区边上的古黄华寺门前，当地的文化人姓靳，曰靳林峰者，他在老村老院子的基础上，翻新建了座“得山居”，两层楼的阳光房，依山临水有格调。主人两口子热心，请我们在他们家吃了两天家常饭，第一天晚上，小菜新鲜蔬菜，吃手工饺子；翌日晚上是手工馍。“六月六，送面羊”是林州风俗，而新娶的儿媳妇，娘家人在夏天要连续两年给自己的闺女送面羊，一回生，二回熟。第一年送生的面羊，第二年是蒸熟的面羊。就是大个子杠子馍，捏成鱼羊等小动物模样，新麦子馍馍洋溢着十足面香。吃馍喝汤——煮玉米糁酸菜咸饭，放酸黄菜。最有意思，山里人喜欢在米汤或玉米糁汤里放大豆，曰吃着“有捞头”。我老家人把黄豆叫白豆。现在花生米不稀罕了，煮粥多用花生豆。可是为了原汁原味，靳家主妇仍然在酸菜咸饭里放大豆，并且有意不让豆子煮得太面。

酸菜大概念，其中四川酸菜与东北酸菜，和酸黄菜分不清，都可以笼统叫酸菜。直到读了吴状元的《植物名实图考》姊妹书，他在山西做巡抚，深入乡村采风问礼俗，下笔记了酸黄菜。而糜羹，是老家人旧年的午饭，先煮小米或玉米糁，再下杂面条和酸黄菜，出锅了配馍吃。之前，我一直写作米羹的，是周王的《救荒本草》保留了糜羹一词。而周王在河南各地采摘野生植物的地方，恰恰包括南太行辉县深山区的栲栳圈一带。

○选自2018年9月2日《北京晚报·知味》

苦瓜与荔枝。

夏日的伏天很难过，湿热难耐，尤其老年人与儿童普遍胃纳不适，不思饮食，因此古人不惜用“苦夏”来形容一岁度夏的艰辛。每年为防暑降温，从养生和护生的道理出发，要采取不少应对的措施，其中一条就是“吃苦”。以食疗的观点，带苦味的菜蔬如苦菜、苦瓜等，不仅清热解毒，而且开胃养心。现在，随着南菜北运和大棚种植发达，苦瓜入馔在各地已经很普遍。苦瓜号称凉瓜与“君子菜”，它的好处似乎说不完。但很多年前，中原人吃苦瓜不做菜而做水果食用尝鲜，美其名曰锦荔枝或直呼为荔枝。

通过品种改良，眼见的各种各样的苦瓜源源不断上市，有的直条子像嫩黄瓜和瓠子，有的青皮带皱纹长着满身的小疙瘩。这使我想起了小时候在老家夏天吃荔枝的光景，不是树上结的荔枝，而是鸡蛋模样两头尖，浑身长满疙瘩的小苦瓜。焦作为怀庆府旧地，当年我上小学的时候，是20世纪60年代，沁阳、博爱一带，县城多有人家沿着墙根插几根竹竿种荔枝，如丝瓜葫芦一样，瘦长的藤蔓，和黄瓜一样开小黄花。这种草荔枝熟了是吃瓤的，瓜皮泛黄，血红的荔枝瓤甜而黏，包着豁豁哑哑的花边瓜子。如今河南还有许多地方，家户还有种这种荔枝的，文气十足的叫它锦荔枝，粗俗直观的叫它癞葡萄。每年七八月间，爬藤的荔枝熟了裂开种皮，悬在高高的墙头上像南瓜开花，只是有一块醒目而血红的心瓤。这些年读《救荒本草》，明白这种所谓的荔枝，其锦荔枝和癞葡萄的叫法由来已久，是北方最早的苦瓜。但苦瓜与荔枝同物，总有点不可思议。

苦瓜的原产地公认在东南亚。千年左右到了宋朝，苦瓜从南洋来到了中国大陆，引种品种不一，并且推广迅速。或许与气候地理有关，苦瓜在南北食用各取所需。南方人一开头便既做水果又做蔬菜食用，但中原与北方人只把它当别样的荔枝做水果吃。最典型的是，明代的《群芳谱》引经据典，讲北宋宫廷故事——宋仁宗当朝，大臣陈尧佐的老母亲从四川阆中奉旨入宫，太后赐以时鲜水果“锦荔子”。不料，陈母竟然当场连皮食之，惹得后宫一片惊讶和讥笑，仿佛那陈母提前扮演了一回大观园里的刘姥姥。这当然是北方人的误会，不知道名为“锦荔枝”的苦瓜，菜和水果两宜，可以通吃。与这一则资料可以互证当时有苦瓜的是，南宋的高僧普济著《五灯会元》，其中有“哑子吃苦瓜”有苦说不出的比喻，也说明当时的南方人已经把苦瓜入馔做菜吃了。宋元之后，苦瓜种植普遍，连元大都所在的北京，市民也兼有种植。而《金瓶梅》第四十九回演义说，西门庆偶遇云游四方的胡僧即喇嘛僧人，迷信其说教，为索取壮阳的淫药，把那僧人当贵宾引到家里热情款待，连上二十道好瓜果蔬菜，其中“一碟子癞葡萄，一碟子流心红李子”，看，癞葡萄也作为时鲜水果。但是，你再看那《儒林外史》第四回，说范进中举后，一时没有官场的交际费用，一身穷酸打不开场面。于是有人给他出主意，要他去找在广东高要县做知县的老师打秋风，借钱作盘缠。汤知县为之接风的餐饮虽然不铺张但质量高，“席上燕窝、鸡鸭，此外就是广东的柔鱼（鱿鱼），苦瓜也做两碗”。南方显然把苦瓜作菜吃。大苦瓜和小苦瓜不一样就是了。北方的小苦瓜别名多：锦荔枝、金荔枝、天荔枝、蔓荔枝、红姑娘，等等，也有戏称癞葡萄、癞萝卜、癞瓜，并直接叫癞蛤蟆的。明朝开头的时候，中原和内地人把荔枝、锦荔枝作水果吃，到了明朝后期，李时珍的《本草纲目》里，苦瓜已是蔬菜，被明确列入菜部。李时珍还说苦瓜是“一等菜”，这反映了苦瓜在中原的演变。“苦瓜苦已而不苦人”。屈大均《广东新语》说苦瓜：“味甚苦，然杂他物煮之，他物弗苦。自苦而不苦人，有君子之德焉。”自此苦瓜称“君子菜”。南方的苦瓜、空心菜和芥蓝，如今郑州已经大量种植，苦瓜的吃法很家常了。反过来，倒

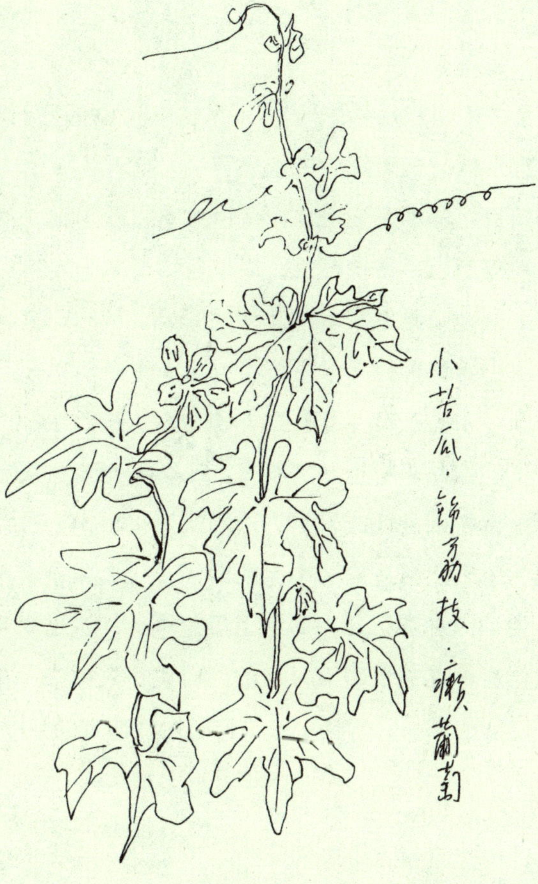
小苦瓜·錦荔枝·癩葡萄

是笨苦瓜曰荔枝者，现在的城市人不多见。

夏天也是吃瓜果的好时节。农历立夏之后，本地和外地时鲜的瓜果蔬菜林林总总集中在中原地区上市，论吃食，这是一年之间最为丰富的季节。苦瓜与荔枝，现在已不稀罕。

有道是“南州六月荔枝丹”。荔枝在古书里还写作荔子和荔支。荔枝与香蕉等热带水果曾经对北方人吸引力很大，早在杨贵妃与苏东坡之前，《南方草木状》记“汉武帝元鼎六年破南越，建扶荔宫，以植所得奇草异木，有甘蕉二本”。这是中原皇室南树北移的开始。延续到宋朝，荔枝在开封也曾移植，《宋史纪事本末》里有明确记载。传世的宋画，宋徽宗有《荔枝图》和《杏花鹦鹉图》，都是对景写生的作品。特别是那幅《杏花鹦鹉图》，从其瘦金体的题画诗特别是题跋可知，这鹦鹉原来由南方进贡，笼而育之，但它逐渐适应了中原的气候，每天在皇家花园里自由飞翔。仲春杏花开，鹦鹉飞落花枝头。这说明北宋开封的气候，一度是温暖而湿润的。传说，宋徽宗还在嵩山与北邙之间的巩县、密县一带，种植推广南方的茶叶。

◦选自2014年7月8日《大河报·茶坊》

周王·锦荔枝

锦荔枝　又名癞葡萄。人家园篱边多种之，苗引藤蔓延附草木生。茎长七八尺，茎有毛涩。叶似野葡萄叶而花叉多，叶间生细丝蔓，开五瓣黄碗子花。结实如鸡子大，尖艄纹皱，状似荔枝而大。生青熟黄，内有红瓤，味甜。

救饥　采荔枝黄熟者，食瓤。

凤仙花 指甲草 小桃红。

夏天的草花，凤仙花是颇活泼的角色之一。虽然我家里现在也种俗名为指甲草的凤仙花，可是，观赏它的时候，我总是记着小时候山村里的指甲草花——奶奶种在有缺口的带把儿砂锅和瓦盆里，或者是烧窑用过的匣钵，用它们种指甲草和仙人掌等，依次摆放在墙头或鸡窝上，奶奶一伸手就够得着。还有一种，是邻家在种甜瓜、菜瓜和棉花、豆角的地边，零星点种的指甲草花。指甲草肥胖的茎，我们叫嫩圪莛。它不仅开花好看，每年最热时，七夕前后的夜晚，人们嫌天热，常常很晚了也不愿意进屋去睡，这时，奶奶会支腾人爬高上低摘指甲草花，用蒜臼加点盐或者白矾，捣碎了花瓣，用大麻子即蓖麻叶子，逐一包扎小儿女的手指头。第二天我们姊妹几个的指甲就被染红了，经月

指甲草·凤仙花

不掉色。

老作家周瘦鹃写凤仙花为《好女儿花》，小文章一连用了好几个掌故。其中之一："宋光宗的李后讳凤，宫中妃嫔和侍从等为了避讳之故，都称凤仙为好女儿花。凤仙的别名很多，有海蒳、旱珍珠、小桃红、羽客、菊婢诸称，不知所本。花茎有红白二色，高至一二尺，粗的好似大拇指，中空而脆。花于枝丫间开放，形如飞凤，有头有尾，有翅有足，因此又名金凤花。叶尖而长，有锯齿，很像桃叶，因此又有夹竹桃之称，可是未免与真的夹竹桃相混了。凤仙有各种颜色，如深红、浅红、纯白、浅绿、青莲、玫瑰紫等，色色都备，并有花瓣上洒细红点的，称为喷砂。有一茎而开五色的，更为娇艳。花瓣有单有复。更有鹤顶一种，与白花而绿心的，最为名贵。"他也讲姑苏女儿用凤仙花染指甲，自然是大户人家的小姐，"用绢包裹"十个指甲。他病故的妻子名胡凤君，所以周瘦鹃先生后来一直喜爱和珍重凤仙花，"她去世后，为了纪念她的缘故，尽力搜罗了各色种子，种满在凤来仪室外，每年秋季，陆陆续续地开放起来，足有三个月之久"。

但是，之前并不知道指甲草还能吃，当别具风味的野菜吃。湖北神农架山区的群众，天凉吃火锅的时候，新鲜指甲草是配菜。早先河南人也吃，周王的《救荒本草》说小桃红："一名凤仙花，一名夹竹桃，又名海蒳，俗名染指甲草。人家园圃多种，今处处有之。苗高二尺许。叶似桃叶而窄，边有细锯齿。开红花。结实形类桃样，极小。

有子似萝卜子，取之易迸散，俗名急性子。叶味苦，微涩。”救饥的方法是：“采苗叶煠熟，水浸一宿做菜，油盐调食。”此外，它还可以用作治病的偏方等。我在三楼的办公室，透过窗户看隔路的主妇拔阳台上的指甲草苗，不知道干什么用的？我的太太告诉我说——中药又叫它透骨草，干而泡水喝有益健康，煮肉放一点早烂熟。

◦选自2017年6月20日《洛阳晚报·三彩风》

牵牛花

一团和气的叶圣陶先生，毕生喜欢牵牛花。早年，他用清淡委婉的笔致写《牵牛花》，讲自己在上海的亭子间种牵牛花——逼仄的水泥地，苦于无处取土，便用数个瓦盆摆成一行，下种浇水养牵牛花。一年又一年，盆中土乏了，没办法，只好买来催花的骨粉，使种子发芽。先生是文法和文章家，素朴的小文章，仅叙写牵牛花出苗、长高、吐蔓儿，生机盎然，嫩叶子绿绒一样层层满布，看得见花蕾花粒精巧地冒起，文章就煞笔了。没有进一步写花开，但牵牛花笑逐颜开开花的景象尽在想象中了。这是高手做文章的巧妙。

“文革”后期，老年叶圣陶和俞平伯不改种花赏花的习惯，年年种牵牛花。日常频繁的通信中，应时要说牵牛花。

蓝色牵牛花

春天说花籽下种，看它发芽出苗。夏季要报第一朵牵牛花开的花信，秋天更细致地描写烂漫盛开的牵牛花。俞平伯常常派晚辈送信送牵牛花的种子到叶府，他通过上海友人，得到了据说是梅兰芳梅家传下来的花种子，叶圣陶欣喜珍重。7月底，叶圣陶信里报告：“弟处牵牛仅有两种，一为紫色细白边花，一为粉色，花幅大而致有褶皱之花。后者今已开花。”紧接着8月初，俞平伯回信道：“牵牛着花，紫色，每晨可开约十廿朵。在楼廊上立一竹竿，缤纷繁丽似一花幢，颇可观。”

北京人家，就是住不上四合院的普通人，至今仍延续着房前屋后或阳台上栽花种草的好风气。女儿所住的团结湖社区，隔路就是北京画院。我去看女儿，见清明前后，仍有老北京习惯用火箸在墙根戳一个窟窿，点丝瓜眉豆葫芦或牵牛花的种子，斜着靠墙搭根竿子，这样，一夏天的赏绿看花吃丝瓜就全有了。甘草居室外也多牵牛花，和别人的不同，我家的牵牛花不用年年下种，上年的落籽可以应时出苗发花。年年入夏，不时要给牵牛花浇水除草，确也看出了不同的景致。类似梅兰芳说的，早开早落者，是初夏时节的牵牛花。阳历5月末6月初，院里的草木芃芃绿大，南窗外面是苦楝树和冬青，北墙外的高杨矮柳也绿浓阴深，这时，自生自灭的牵牛花，一边袅袅吐蔓儿，一边开出娇嫩的红花，零星喇叭花静静地在草丛里，犹抱琵琶半遮面，害羞而楚楚动人。这最早开放的牵牛花，娇嫩又娇贵，太阳一大，上午8点才过就闭合了。仲夏端阳节，牵牛花长高长大，攀缘的牵牛花顺势而上，有的缠在月季花上，有的绕在夹竹桃和蜀葵花上，招摇开花，比着开花。但是，阳光很强，牵牛花这时开不过中午，开谢的花朵活生生贴在绿叶里，一片片仿佛是十月寒霜打僵的粉蝶。盛夏天热，牵牛花在三伏天也偷懒休眠，最热的季节，那俩月很少看见牵牛花开花。牵牛花最好最烂漫，呈现出花瀑布的景象，是夏末秋初。新得秋凉贪秋凉，沐浴好露水，牵牛花爬高最发力，花开最盛。这时不仅花开得多而均匀，而且花开的时间也逐步延长，晴天也开到午后，如果遇到连阴雨天，到了下午，牵牛花才恋恋不舍卷起边来。清人邹一桂《小山画谱》记牵牛花："草本，牵藤附木……花开叶间，有柄如鼓子，花色蓝翠，五色相连，不分瓣。尖蒂抱筒，花心三白藏筒内。近心处花白色。清晓开放，日高即殷，遇阴曀则花竟日。"这是写实，但还不算奇特——大院的球场，网球场篮球场的网栏网篱之上，初冬时，霜降至立冬，蜡梅开早花，牵牛花都落叶与干秧了，枯藤如线，最后的牵牛花花朵变得很秀小，但寂寞地要开一整天。牵牛花内在的光合作用如何，是科学家研究的事，不用我来辞费与饶舌。还是咱家的事，冬日的窗台，玻璃窗上尚爬着牵牛花的枯线，落过籽的牵牛花壳，空壳似荞麦皮，映着户外的日光透明白亮，眨着小眼睛一样。它的籽落于花盆里，等到把花盆搬回来过冬，阳台上君子兰或仙人掌的一侧，借助暖气的烘热，牵牛花严冬里发芽，每年元旦迎新，一拃高的小嫩苗，开放的牵牛花小花头朝下，似倒挂金钟，与水灵灵的蟹爪兰竞开争艳。花出奇！一岁之间，冬夏春秋，牵牛花变着花样开花，花开花落令人入迷。为此我觉得不可思议。

牵牛花的花形与颜色多种多样，年年外出，在不同的地方和远方，总能发现不曾见过的牵牛花。世界这么大，总有奇妙的牵牛花在和我们捉迷藏。我好久没有看到大紫花细白边的牵牛花了，可今年在小街的闹市里，路边一个废弃的大花坛，那没有被拔掉的黄杨棵子，被我思念已久的牵牛花满满覆盖。牵牛花昂扬着还向上长，好几股嫩须交织拧成了小辫子。牵牛花下，一边是匍匐开花的鸭跖草，翠蓝色小花节节伸长；一边是紫茉莉混合了指甲草，满满开花如花笼子。这是一对八十开外的老夫妇，随着在此租门面房开店的儿子，投宿于此，打杂于此，栽花于此，满开的牵牛花里，还有一只看不见的叫蝈蝈，不停的叫声很喧很响。

雅俗共赏的牵牛花，梅兰芳从花开的婀娜里学戏，齐白石在他的画里不断描画新的花品种……牵牛花集“万千宠爱在一身”，牡丹芍药比不过它。牵牛花不仅是吉祥花，而且是花精灵。

◦选自2015年10月10日《大河报·茶坊》

吴状元·牵牛子

牵牛子　自河以北，谓之黑丑白丑，又谓之勤娘子。又一种子可蜜煎，俗谓之天茄。《救荒本草》谓之丁香茄。

周王·丁香茄儿

亦名天茄儿，延蔓而生，人家园圃篱边多种。茎紫，多刺，藤长丈余。叶似牵牛叶，甚大而无花叉；又似初生嫩荷叶，却小。开粉紫边紫色心筒子花，状如牵牛花样。结小茄，如丁香样而大。有子如白牵牛子，亦大。味微苦。

救饥　采茄儿煠食，或腌作菜食。嫩叶亦可煠熟，油盐调食。

薄荷不止在清凉。

几乎都知道薄荷，到处都生长着薄荷。翠盈盈的薄荷秧子似灵秀的小蛇，自由生长在房前屋后的空地和菜畦边，看起来很养眼。它貌似杂草却生命力极强，你种上一回就不用管了，家薄荷与稆薄荷彼此纠缠和蔓延着，落地生根便越变越多。但豫人不习惯拿薄荷做蔬菜和调味品食用，视它为居家必备的去火良药。话说“偏方气死名医”，怀府人曰偏方为备方，有时候人无精神不由分说而跳眼皮——“左眼跳财，右眼跳灾”，女人家会随手揪一片薄荷叶子贴在眼睑上。平常日子，也有人偶尔拿晒干的薄荷泡水喝。农家的门头和窗台上，农产品也是俏皮的装饰品，主人常常漫不经心却很写意地挂起辣椒和大蒜辫子，线绳串的干豆角、南瓜条等，再就是挂人字形的荆芥籽和薄荷

薄荷

秧了。

本草里有个既有趣又有品位的香草文化，包括薄荷在内，或供食用、药用，或集观赏、熏香及提炼香水香精为一体，分布在名目繁多的植物品类里。而薄荷自身的品种和近亲也多，鸡苏和留兰香等，都是薄荷不同的名称。从格物意义上认真地说起来，假如藿香与紫苏为天生的一对姐妹，那薄荷和石香菜自然也是一双欢喜冤家，二者最容易混淆，是一团抖不开、理还乱的蹩人的乱麻。芫荽现在被直接呼为香菜了，但古时候很长时间里，芫荽就是芫荽或曰胡荽，香菜指的却是石香菜。石香菜生长和食用的范围，至今好像只局限在中原地区，特别是豫中的漯河、许昌、周口一带，当地人夏天把石香菜和大蒜捣碎了拌面条吃，还有凉拌核桃仁儿作下酒菜的。南方人则通常把薄荷入馔，特别是西南地区的少数民族最喜欢用薄荷，薄荷是重要的调味香菜。行走云南、广西和贵州一带，吃米线、米粉离不开薄荷，贵州人吃乌江鱼吃花江狗肉，都要用整棵的薄荷苗下锅里，他们爱薄荷，一刻也离不开薄荷，直接把薄荷叫作“狗肉香”或“鱼香草”。东南也有吃薄荷尝鲜的习惯，初夏时候掐薄荷叶子摊面饦。而阳历 8 月初的东北，我在漠河县城的小饭店门口看草，河边有芦苇菖蒲红花蓼草，河岸上野生薄荷开细紫花。老板自家的菜畦边，一丛碧绿的薄荷和一丛青绿的藿香对着脸儿生长，薄荷的花一节一节，藿香是蓬蓬勃勃的穗花，都是紫花。还有次在黄河源头的甘南湿地，眼前的黄河是清水河，乱石之间竟然也有开花的野生薄荷，让人不能不惊叹薄荷的分布广大与绵绵不绝的生命力。有意思的是，类似薄荷，诸多可作为调味品食用的香菜，如鲜活的紫苏、藿香、荆芥、石香菜，古人说的兰香和香薷，外国流行的罗勒、牛至、迷迭香，等等，它们一色都是唇形科植物，蓬蓬勃勃地混合在一起，仿佛是母系社会里的一个大力女神，远似我国红山文化遗存中丰乳肥臀的女偶像，非洲土人部落里厚嘴唇的老祖母，其生育力极强，一窝便有一大群活泼的儿女，模样差不多，年龄也挨得紧，再加上若干挂名的干女儿，一不小心，连她自己也会闹糊涂认错人。唯其如此，才呈现俗世的热闹和欢乐，方可以装点并衬托出以薄荷为代表的香草家族繁衍的兴旺与发达来。

薄荷是香草和良药，也可以作为香菜和蔬菜，薄荷的故事说不完。薄荷的传奇中，它与猫狗还有一说——周王的《救荒本草》记薄荷，猫食之即醉。李时珍具体引用了前人陆农师的话："薄荷，猫之酒也。犬、虎之酒也。"而晚清吴状元考据的功夫最到家，他援引西晋学者束皙的《发蒙记》说："猫以薄荷为酒，谓饮之即醉也。"此外还有种说法，人若被猫狗抓伤或咬伤了，可以取新鲜的薄荷叶子捣烂涂之。这样的传说听着颇荒诞，我家虽然有猫有薄荷，但舍不得也不屑拿它们和我自己来做一番死去活来的恶作剧式的试验。

◦选自2013年8月27日《大河报·茶坊》

甜圪档

甜圪档　甜芦粟

玉米快要成熟的时候，河南人就会想起吃甜圪档来。“甜圪档”这仨字是我在字典里寻找和拼凑出来的，并没有现成的字眼和词组。于是要说到方言，方言有点不可思议，老家豫北一带，玉米叫玉秫或玉秫秫，也叫茭草，圪档特指那玉米和高粱的茎秆。同为大秋作物，麻与芝麻就不叫圪档了，而直接叫麻秆或芝麻秆。村子里有几位喜欢咋呼的过了门的女子，形容小伙子清瘦，出口就说：“跟细麻秆一样！”

旧年的生活既单调又丰富。说单调，是缺乏工业化和高科技的产品，没有电脑和电视机之类。而丰富是说生活里的趣味，大家特别着力于去开发土地和庄稼的内涵。可吃的东西远比当下多得多，味道复杂，妙在野趣并多有野

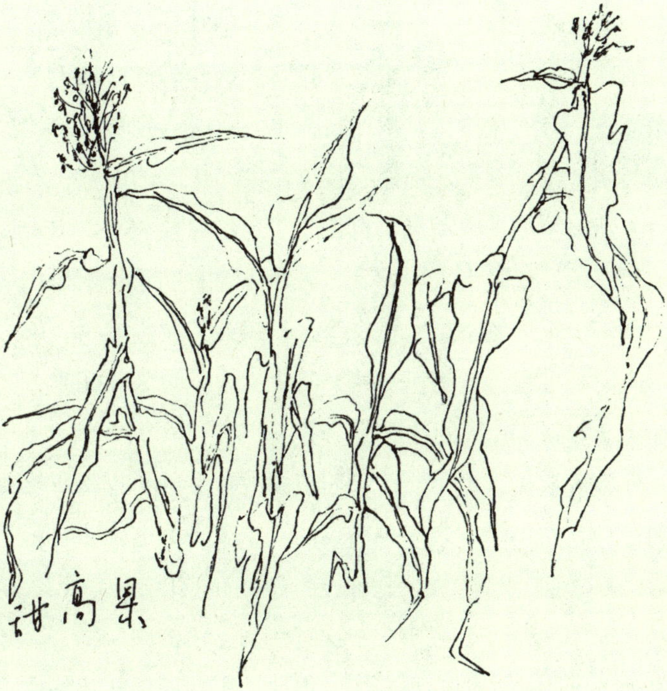
甜高粱

趣。吃甜圪档，也属于“咬秋”的一例吧——取玉米的嫩秆做甘蔗一类的替代物，其中的比例不大，不是任意一棵玉米都可以割下来做甜圪档吃的，而只是长在地边地头的，或旱而贫瘠的土地者为多。因为营养不足，玉米较弱不粗壮，出穗也小，叶片黄黄的，这十有八九可当甜圪档吃。反之，玉米棵太壮了，玉米穗大，营养都结在果实上了，那玉米秆就一股恶水气兼青气。只有弱的和病恹恹的玉米秆才可吃，有的竟然比甘蔗的口头也不差，而且皮比甘蔗绵软，就觉得比甘蔗还绵甜。接近白露和中秋的时候，农村的生瓜梨枣最多，甜圪档也该吃了，这时候，不要说是孩子和学生，就是大人和妇女，去地总要看准了先割甜圪档，将一根玉米割下来，抓在手里，用镰刀截去嫩梢，砍去下面的硬毛根，朝嘴里一塞，马上就边批边大嚼起来，仿佛提前尝到了美妙的秋滋味。

江南的秋天，也出产一种叫芦粟或芦茇的，也是甜圪档的一种，它不是玉米却是高粱的一个变种，书上叫它糖高粱。芦粟应时出现在长三角一带城市的超市与水果摊上，最初我弄不清是什么东西，有次过江到上海的崇明岛去，看见那里的农家在地头割高粱，但他们不叫高粱叫芦粟或芦茇。芦穄是高粱的古名，茇字或有变通。为什么又叫芦粟？传说三国时期，江东吴国的能臣鲁肃，因为太湖一带常淹水，就发动当地的百姓修堤筑圩。后来鲁肃故去，百姓的眼泪哭干了堤圩，地上长出一种芦苇不像芦苇、高粱不似高粱的东西，可以当甘蔗吃，便起名叫甜芦粟，用以纪念鲁肃。

一地的特产是令人自豪的。因风土所系，面目和品质特殊独到，如人的个性和特征，最是令人难忘。苏沪杭一带，至今人们为秋来吃到甜芦粟而得意。说起来，这也并非江南地区的专利。除了甜圪档之外，我的老家过去也有一种类似于甘蔗的高粱。灾荒年除外，老家极少把高粱当粮食用，也只种在荒地和好地边，收高粱米是次要的，主要用作饲料。元代的《农桑辑要》引农书《务本新书》说蜀黍，即高粱："秸秆织箔，夹篱寨，作烧柴，城郭货卖，亦可变物。"有用的就是它的圪档，主干可以编箔，晒东西或当围墙；细梢是制锅簰的好材料，放饺子和蒸馍，盖米瓮和面缸，农家日用，一刻都少不了锅簰。那时还有种叫"九头鸟"的高粱，大圆子发白几乎是裸露的，全不似普通高粱细高，而和玉米秆差不多，更像甘蔗。这东西割下来，要先放起来，过一个冬天就变甜了，像窖藏红薯似的。我看过台湾人的书，写怀旧的食物，说澎湖金门一带也有类似的高粱秆可充甘蔗吃。那里人叫高粱为芦黍。如今，大陆和台湾两岸互通，游客多带金门高粱酒回来。原来，高粱不止产于北方。

现在的人东西越吃越精细，就是少男少女，开口都在避免吃坚硬的东西。我女儿愿吃揭掉皮的桃子或香蕉都懒得咬苹果。大街上卖甘蔗，要么是削过皮的，或者干脆让机器榨成汁。包括人的骨骼与脊椎在内，似乎越来越软化。甜圪档不吃了，人的野性逐渐消退。还是说动刀子，当年割玉米甜圪档的时候，有时会割到手指，大人就地抓一把土，随手给捂上；你就是跑回家里，当奶奶的在针线筐里摸出一块龙骨来，用剪刀刮一点粉末，就是止血带消炎的良药了。

粗砺的生活令人怀念，它可以使人朴实和阳刚。

◦选自2011年9月19日《大河报·茶坊》

吴状元·蜀黍

雩娄农曰：吾尝雨后夜行，有声出于田间如裂帛，惊听久之。舆人曰：此蜀黍拔节声也，久旱而澍，则禾骤长，一夜几逾尺。昔人谓……其秆则簿之坚于苇，措以垩而床焉。篱之密于竹，樊于圃而堙焉。煨炉则据其根为榾柮，搓棉则断其梢为莛轴。联之为箔，则棉比而方，妇红所赖以蚕也；析之为簸，则蠹疏而暂，稚子所戏以笼也。印田足谷之家，如掌如墉，盖有不可一日缺者。

锦荔枝和无花果

小时候吃过的东西如生瓜梨枣大都难忘。课外割青草，玉米青纱帐里的“屙瓜”和甜圪档的味道，几十年来都一直沉淀着，仿佛比现在的哈密瓜和甘蔗还要甜好多。还有一种看来就是苦瓜之一种，豫北人叫荔枝的，像丝瓜和葫芦一样随意种在房屋上下，果实不大一身疙瘩，放在手上类似癞蛤蟆，秋来成熟了色变橙黄，摘下轻轻就捏开了口，里面是一包血红的瓤子裹着一大团籽，吃到嘴里黏糊糊的甜，可惜又不太过瘾。但那时候社会物质贫乏，好吃的东西太少太少，到季节吞几口熟透的荔枝瓤也是尝鲜。只不过这么一来常把自己嘴巴染得红呲呲的，大人会冷不丁调侃说——“看你那吃死孩儿嘴！”

此荔枝非彼荔枝。明代著于开封的《救荒本草》，周定王首次将这种植物记到书里并画了图。他记其名为锦荔枝："又名癞葡萄。人家园篱边多种之。苗引藤蔓延，附草木生。茎长七八尺，茎有毛涩。叶似野葡萄叶而花叉多。叶间生细丝蔓。开五瓣黄碗子花……状似荔枝而大。生青熟黄，内有红瓤。味甜。"又注："采荔枝黄熟者，食瓤。"这么说，省掉那个"锦"字直呼荔枝，如我老家的叫法也是对的。这荔枝与苦瓜看起来是同宗，现在苦瓜从南方流行到中原与北方来，好品种结果实几乎与丝瓜一样长。于是，大家夏天学南方人炒苦瓜吃，图清凉败火，反而忽略过去吃的那笨苦瓜模样的荔枝了。不料日前在新疆，最后一天我们在乌鲁木齐游大巴扎，看到街头有维吾尔族汉子戴小花帽坐着卖水果，不卖哈密瓜和葡萄，而是锦荔枝，黄澄澄的熟荔枝好刀工精心切了五花口，鲜红的瓤子红浓裸露着招人。我一看到就走不动了，自然要怀旧尝新鲜，而同行者也不甘示弱，并且说其信阳老家不叫荔枝叫癞葡萄。维族人不仅烤羊肉串讲究，每一疙瘩新鲜羊肉大似核桃，一串未烤时插起来像冰糖葫芦；同时卖水果也别出心裁，黄荔枝一边还层层码着另外一种水果，远看以为是蟠桃，凑近了仔细看不是蟠桃而是无花果。新疆地大天蓝，好阳光，无花果特别大，成熟了又不是一般的紫红色，而是桃子一样的青黄色，略微拍扁些摆着竟然和蟠桃一模一样。而且一片绿叶衬着一枚拍扁了的无花果，每一个和整垛看起来都是美观的艺术品。等我赶紧吃一口，呀！好浓甜。完全没有郑州和内地许多地方无花果的青而腻人的口感。

张骞出使西域，为中原带来了葡萄、石榴、核桃，等等，人们至今还津津乐道。这原产地中海的无花果，随后也是沿丝绸之路过来的，直到明朝，才和锦荔枝一起，也是由周王一并记入《救荒本草》的。“无花果：生山野中，今人家园圃中亦栽。叶形如葡萄叶，颇长硬而厚。梢作三叉。枝叶间生果，初则青小；熟大，状如李子，色似紫茄色，味甘。”又注：“治病，今人传说，治心痛，用叶煎汤服，甚效。”周王说无花果，至今和中原的无花果模样相同，但现在人们关于无花果的药效，大都说可用于防癌。他还没见到，中亚和新疆的无花果熟透了非紫红色，其状类似那王母娘娘大宴宾客之蟠桃。

○选自2010年11月2日《天津日报·满庭芳》

无花果

芝麻绿豆。

今年中原秋雨长而秋收推迟，八月中秋过了，走在高速公路上回老家，茫茫二面青纱帐望不尽，遍地都是未成熟的玉米。可是，我却看见玉米地边的大豆泛黄，绿豆先熟了。

豫北不像别处，豆子作为杂粮，地位一直很边缘，这可能与过去粮食总不够吃有关系。老家是山区，大块地少，大集体的时候说“小片荒”，就是政策允许农家在自留地以外再开垦一点荒地来提高产量。“小片荒”多种芝麻和棉花，白豆、黑豆和高粱种在山腰以上的梯田里，玉米地里套种了绿豆和豌豆角。20 世纪 70 年代开始，各地推广农业机械化，农民种地的观念和方法开始发生变化，山上的梯田逐渐撂荒了，而这些类似于衣服打补丁的地方，却

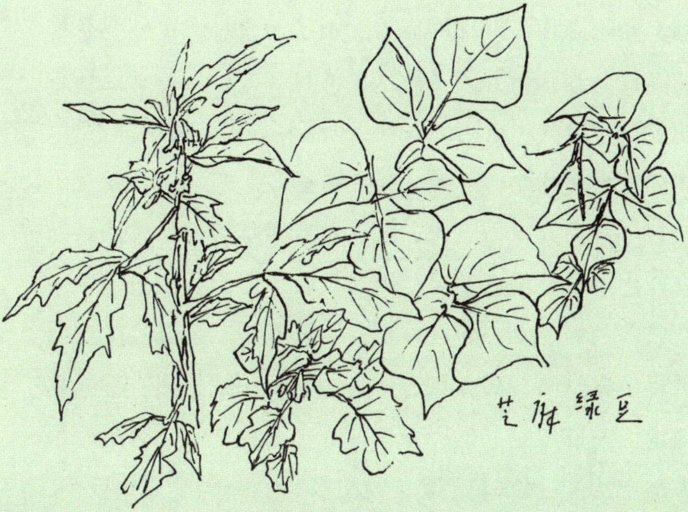
芝麻绿豆

是集中种杂粮的地方。越往后，连年以来，人们与土地的关系越来越淡了。还有，用大量的化肥催力，种地省略了好多程序。例如，过去种玉米，要锄好几遍，还要封玉米，大热天，人钻进带刺的玉米叶地里，横七竖八，身体都挂烂了。现在种玉米用化肥又加除草剂，不再套种绿豆和篱豆角了。

但吃饱了肚子的人们，口味却不肯再单调了。口味要调剂，爱吃杂粮，绿豆的作用少不了，而且大家偏爱杂粮中的绿豆。郑州南郊的《十八里河村志》，就特别说到绿豆和豇豆，虽然产量低，“但群众喜食，因此又常种不衰。每年都在小片荒地、田头、地埂散种或套种”。

每年总有几次回老家，顺道也看望年迈的姑姑。姑姑的家在山外边，中秋前后，她总要张罗着给我们新玉米面和新收获的豆子。一年又一年，眼看着她家的绿豆收在编织袋里越来越少，因为只有年老的姑父和姑姑还有种绿豆的习惯。芝麻绿豆，熟在玉米前面，要提前收。晒芝麻是很古的方法了，《齐民要术》说脂麻（芝麻）：“刈束欲小，以五六为一丛，斜倚之。候口开，乘车诣田抖擞，还丛之。三日一打，四五遍乃尽尔。”贾思勰都是快两千年的老祖宗了，老家和姑姑，还是按照汉魏时期的古法，收芝麻打芝麻。我不忍心要姑姑的绿豆，宁愿回郑州的超市里买。

没想到小小的绿豆也不甘寂寞。今年是猪肉和鸡蛋惹眼，去年的时候，先是大蒜，后是绿豆，轮番在市场上涨价迅猛。政府出台调控措施后，七八元一斤的绿豆，一时间竟然会“躲猫猫”，藏起来买不到。那一段时间，绿豆成了大闹天宫的孙悟空。谁看起过绿豆啊！“芝麻绿豆”，连起来说，是一个俗语，意思是小事琐碎，不值得去管它。可眼看着绿豆不管还真不行，别处我不知道，就我的老家来说，重要的还是要鼓励农民，特别是年轻农民，培养他们种地的感情，承传农耕的手艺。

“芝麻绿豆”还没有完。最近闲读，我看到一百年前的一本《新疆游记》，作者谢晓钟是民国北京政府财政部的办事员，1915—1916年，奉命赴新疆调查税务，沿途写了三十万言的游记，呼吁开发新疆和大西北。这正符合孙中山对青年的要求，他一贯主张：“有志之士，当立心做大事，不可立心做大官。”1920年7月26日，孙中山在上海应邀为这本书写序言，说芝麻绿豆。

他说：“今读谢君晓钟之《新疆游记》，行路四万六千余里，记载三十万言，述其足迹所经、视察所及以飨国人，使知国境之内，尚有此广大富源，未经开发者……夫自民国创建以来，少年锐进之士，多汲汲于做大官，鲜留心于做大事者。乃谢君不过财部一特派员，正俗语所谓芝麻绿豆之官耳。然于奉公万里，风尘仆仆之中，犹能从事于著述，成一数十万言之书，以引导国民远大之志，是亦一大事业也。如谢君者，诚古人所谓大丈夫哉！亦吾所钦为有志之士也。”

手边无书，不知道《孙中山全集》收没收这篇小序，但这也是芝麻绿豆话外了。

◦选自2011年10月11日《大河报·茶坊》

莙荙菜

莙荙菜牵连着我少年时代的味觉和记忆。太行山里地少缺水，旧年的农家没有专门的菜畦，秋冬之交，人们到山外平原买回萝卜缨儿和白菜帮，用滚水焯过，泡在粗缸里腌黄菜，是酸菜的一种，或炒食，或下面条锅，连了咸菜，这就是平时最主要的配菜了。时鲜的蔬菜只有到夏天才可以吃到，莙荙菜就是那少数的一种。夏季雨水多，家家在窑洞院本不宽敞的地方，要么鸡窝旁，要么鸡窝上面的瓦盆里，栽花似的种几棵豆角和莙荙菜、辣椒。辣椒的土名叫秦椒。莙荙菜迎天水长得碧绿茁壮，掌厨的奶奶把它一分为二，宽厚的叶子用来下杂面条，肥嫩的茎煮过了，则用捣碎的细盐和柿子醋调着吃，如果再浇里一点蒜汁，那就是美味佳肴了。老家离焦作市区不远，区划上归修武县，

莙荙菜

其实与焦作市区只是以山口为界。夏季蔬菜丰收，市里莙荙菜和茄子成堆地贱卖，山里人吃新鲜菜，集中于这时候。

世局如棋。不知从何时起，莙荙菜逐渐淡出了。如今郑州市场上，在初夏和深秋两季，偶尔也可以见到农妇带莙荙菜零星地卖。时令相宜的日子，荠菜和白蒿、曲曲芽等野菜倒不稀罕，莙荙菜却着实少见。前些天外出路过巩义的南河渡村，这里是有名的河洛汇流处，就顺道去看了常香玉的老窑院。临着村子，黄河南岸还有伏羲祠和大王庙，古庙种着满地的萝卜、白菜和菠菜。虽说已是农历的大雪节气了，可十月小阳春霜而不寒，两棵莙荙菜任意生长且绿得扎眼。守庙人看来也贱之，见我感兴趣，就让我随手拔了下来。霜打过的莙荙菜肉质丰腴又微甜，因为刻下家里的调料全，妻子放了香油又加芥末油，浓油赤酱之下，这菜的口味倒与西芹的嫩茎几至混淆，全然没有了儿时的味道。

《救荒本草》中就有莙荙菜，但它也是一种很古老的外来蔬菜了。《大唐西域记》中玄奘说印度有莙陁菜，敦煌学家向达考证即是莙荙菜。我小时候的印象，此菜只是夏天才有，料不到它秋生入冬还长得肥大。郑州这几年入冬也有露天的盆景，羽衣甘蓝和金盏菊之外，还有红莙荙菜，紫红油亮的，被大雪深掩了，露在外面的叶片依然鲜艳。园艺学家说，零下十度它也不畏严寒。食用的和观景的，此绿彼红，我想当是一家。可后者书上说又名红甜菜、厚皮菜，分类是藜科的二年生冬春观叶地被植物。

◎选自2010年4月13日《天津日报·满庭芳》

打碗花，狗儿秧 奶奶和姥姥。

牵牛花开花的时候，一种貌似牵牛花的蔓草也开着小喇叭花，颇精巧，可它远不及牵牛花爬得高——牵牛花是顺势顺杆爬，家里的牵牛花，从墙根一溜烟开花到屋檐是小意思，而一种蓝花野牵牛特厉害，它轻松攀附在树身上和电线杆上，往往盘旋缭绕，升高可达一两丈。蔓草似牵牛花的，名叫打碗花，天性也喜欢缠绕攀附，例如，家乡割麦子的时候，地边的麦子常常有打碗花缠绕在麦秆麦穗上开花，但它总是爬不高，一般是伏地生长而随意开花者多。《救荒本草》第173记葍子根：“俗名打碗花，一名兔儿苗，一名狗儿秧。幽蓟间谓之燕葍根。千叶者呼为缠枝牡丹，亦名穰花。生平泽中，今处处有之。延蔓而生。叶似山药叶而狭小。开花，状似牵牛花，微短而圆，粉红色。

其根甚多。大者如小箸麄（粗），长一二尺，色白。味甘，性温。”第225记藤长苗：“又名旋菜。生密县山坡中。拖蔓而生。苗长三四尺余。茎有细毛。叶似滴滴金叶而窄小，头颇齐。开五瓣粉红大花。根似打碗花根。根叶皆味甜。”

一物多名，同物异名，于草木世界并不稀奇。这在《救荒本草》里也非孤例。例如周王记委陵菜，就有委陵菜、翻白草、鸡腿儿三种，等等。

打碗花，打碗碗花，灯碗碗花，以及藤长苗，一物四名，都是一种东西。我的老家叫它狗儿秧（穰）。长垣人则叫蕾子根。《河南野菜野果》说打碗花：名小旋花、大碗花、狗儿秧。根可以煮食外，春天，豫北人爱吃它，常常摘取其嫩叶、嫩芽做菜馍吃。曰：“狗儿秧揣馍香，几天不吃想得慌。”

看草识花，刻下是流行的时尚。人们习惯说，蔷薇、月季、玫瑰，傻傻分不清。同样，打碗花、田旋花和牵牛花也存在分不清的难题。《燕园草木》如此说：“圆叶牵牛和牵牛花的花，柱头头状，三裂。田旋花、打碗花的柱头短条形，两裂。”听我通俗地说吧——圆叶牵牛花，叶子心形，近似圆的。三裂叶乃不规则的山字形，宛如构叶。田旋花的叶子三裂而长，类似舌状叶。打碗花呢？其叶子类似青铜家族里的某一种戈或匕首，多五裂。与牵牛花红花之红不同，田旋花小花粉红色，颜色重。打碗花多粉色，有的几近白色。但打碗花的花比田旋花大一些。和夏天的牵牛花开花只在早上不同，打碗花和田旋花，不顾大太阳

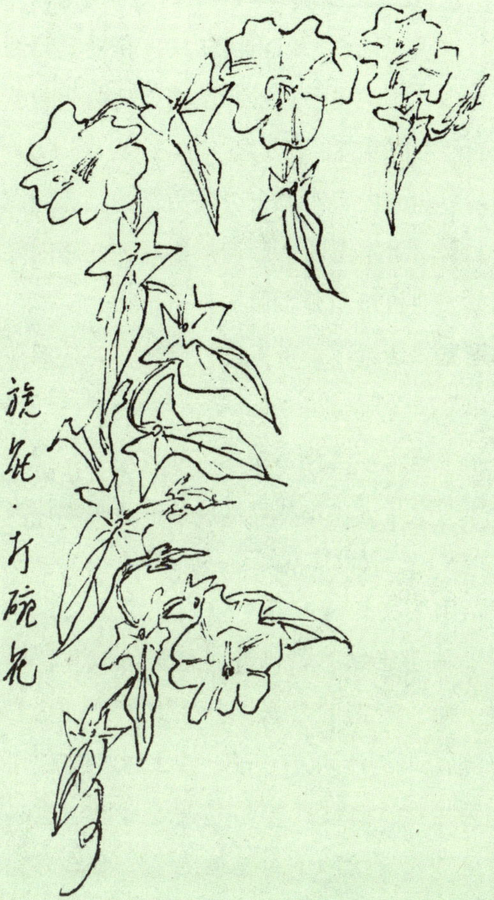
旋花·打碗花

肆虐照射，上午下午一直开花。田旋花、打碗花和牵牛花，都可以开到深秋下霜时甚至初冬。清明节到了，蕲春李时珍纪念馆李时珍墓庐上的打碗花早早开花了，四方祭拜之人，要随手扯药王墓上的青草、艾草和打碗花，凡是青草与草花都行，当地人说可以治病防病。初夏 6 月间，连绵起伏的大青山青了，内蒙古呼和浩特南郊的昭君墓上，打碗花粉盈盈开得很玲珑。秋尽冬来的时候，都 11 月末了，陕西韩城临着黄河的黄土塬上，司马迁祠墓门匾高悬“史笔昭世”，墓园篱架上的紫藤迎风落叶，紫藤的果荚纷纷开裂，落下一地扣钮和分币似的种子，天色阴晦而快要下雪了，这里竟然还有叶子带霜的打碗碗花，匍匐在黄土沟坎里勉力开花。

打碗花，打碗碗花，狗秧花，如此小花草花，貌似随意而可以轻描淡写之花，却处处陪伴着厚重无比而奇异瑰丽的民族魂灵，烂漫开放在辽远广大的华夏大地上。

但是，因为《打碗碗花》这篇小学课文，今年曾闹出“外婆”与“姥姥”不兼容而打架的风波，“外婆”险些遭遇不测。所谓的专家说什么，姥姥是官方语言普通话的统称，外婆乃地方方言，并执意要把课文里的外婆一律改为姥姥。其实，即使是西北地区，也是母亲与妈妈，外婆和姥姥统称的，具体到某一个地方，本地称谓并不一律。我的老家南太行地区，现在是姥姥与外婆通用，并行不悖。我小时候，大家把姥姥叫外（卫）婆，外公叫外（卫）公。正如端午节叫五月单五，山里人不吃粽子吃油炸一样。

8月初，我在晋东南的陵川县采风，此地曰“太行云顶”，是夏天避暑乘凉的好地方。在这里，我仔细阅读了20世纪60年代开初的一部《陵川县志》——从明代弘治十一年（1498）开始，历代陵川人与时俱进纂修县志不停，此本曰“十修县志”，由大名鼎鼎的郭沫若题签。其中涉及方言和“亲属称谓”如下——

> 父亲　大部称“大大”，县西北称“爸爸”，西南称“伯伯”，少数地方称“叔叔”；
>
> 母亲　大部称“妈”，西北称“奶奶”（读阴平），县境西南称“爸”，东部称“奶”（读阴平）；
>
> 祖父　大部称“老爹”，县西南和平成（平成是当地乡镇名称）称“爷爷”；
>
> 祖母　大部称“奶奶”，东部称“老奶”，西北称“姥姥”；
>
> ……

请看，同为陵川一县之境，亲属称谓竟如此复杂。姥姥与外婆在各地统称互用，并不矛盾的。

◦选自2018年11月7日《成都晚报·专栏》

霜秋的野菜。

古老的二十四节气，中原人把它的发明归功于大名鼎鼎的周公。河南登封地界和禹州接壤的告成镇，传说是“禹都阳城”之地，也是近年来“发现早期中国”的重点考古地带，那里至今还树立着一尊“周公测景台”石表。当年西周东迁，周公负责营建洛邑，他认为嵩山为天下中，在此观测天象气候，由此连带发明了二十四节气。现代科技界对此虽然有不同的论述，但二十四节气标志的四季物候变化，对应黄河流域，实在比别处都来得准确。

白露秋分一过，秋深而霜降来临，北方就准备过冬了。每到这时候，我情不自禁会想起层林尽染的大别山区，乌桕和枫香树红了，漆树科的盐肤木，农家叫它猪棒棒草的，红艳艳似一蓬蓬燃烧的篝火。收获了晚稻的地头和路边，

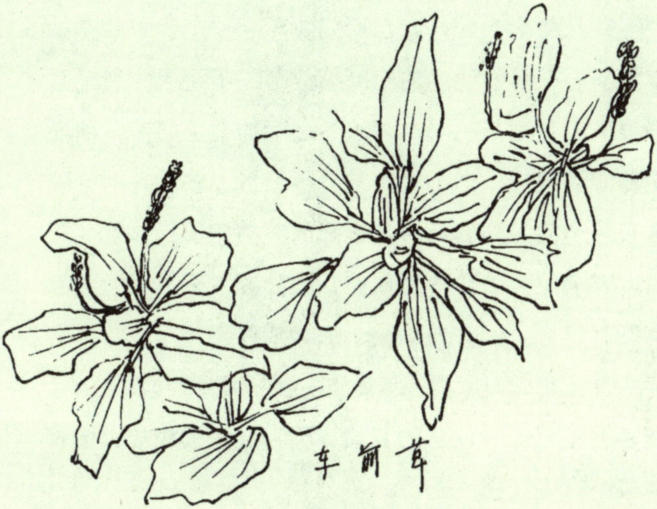
车前草

金黄的野菊花开了，满铺满挂的像早春盛开的迎春花。山里人应时要吃火锅，而待客的火锅更丰盛，分羊肉锅和干腊野味锅，配菜拿嫩蒜苗切段，再就是随锅下果园里新挑来的地菜（荠菜）——枯草和落叶深处的荠菜青绿，露天经霜的荠菜颜色是紫黄褐的，但是，即使是秋霜打焉的荠菜，轻轻在翻滚的汤锅里一汆，摇身一变而碧绿养眼，独特的味道也随之而来。

“荠菜马兰头，姊姊嫁在后门头。”“三春戴荠花，桃李羞繁华。”耳熟能详的春野菜故事，不是因为那《故乡的野菜》大名远扬的吗？可秋冬之际的荠菜肥美，被前人称赞却源远流长。也是山阴与会稽籍贯，知堂之前，陆游撰《食荠十韵》，歌颂秋冬之际的荠菜肥美：“惟荠天所赐，青青被陵冈。珍美屏盐酪，耿介凌雪霜。采撷无阙日，烹饪有秘方。侯火地炉暖，加糁沙钵香。”放翁又有《食荠糁甚美盖蜀人所谓东坡羹也》：“荠糁芳甘妙绝伦，啜来恍若在峨岷。”秋冬的荠菜，因为经霜的缘故，比春天的荠菜滋味更深长。

十月小阳春，逢此而天气多和暖，草木遭遇第二春，桃李海棠甚至山地杜鹃，常常反季开花。冬性杂草和麦田杂草，在白露到霜降期间也出苗最旺。中原民谚：“秋分早，霜降迟，寒露种麦正应时。”随着冬小麦麦苗出土，杂草里的春草和夏草人来疯似的，几乎全体都要新生一次。隙地最醒目的要数婆婆纳，它连片泛青，下雪之前要开一遍蓝色小眼睛模样的细花来。黄鹌菜，还有叫它野芥菜和还阳草的，围绕树木和墙根，大片簇生，抽莛开花，细瘦的黄花枝和春末开花一样招摇。寒凝大地的时候，仔细分辨，早开堇菜、曲曲菜、泥胡菜、蒲公英、车前草、野地黄、野菠菜、灰灰菜、野苋菜、白蒿、黄蒿、米蒿、柳蒿、猫眼草、大蓟、夏至草、益母草，还有结缕草、野燕麦、画眉草、马唐、爬根草，等等，连龙葵、商陆、牵牛、旋花也不甘落后。今年霜降前后，我则发现竟然马齿菜和蒺藜，也加入到新生的行列中了。

百变孙悟空，总掩不住猴屁股上那讨厌人的一截尾巴。杂草野草，野菜蔬菜，花草树木，作物庄稼，虽然现在分高低高下，可表亲表姊妹血脉血缘相通，大家原本都是杂草。大自然和土地的奉献，谨以野菜为例，可以说对于人类早已倾其所有。而早春的野菜，清明的野菜，孟夏的野菜和初冬的野菜，各有各的风味与滋味。霜秋野菜好，大别山里人贪那火锅里摇身一变，满满一筷头腴软碧绿的好荠菜；黄河岸边的农家乐，却以蒸菜为特色，这时用面粉和干粉拌了新采的白蒿、蒲公英、苦苣菜与面条棵，同样的野菜，此时与春野菜的清香又有不同。东坡先生好吃会吃，自谓“时绕麦田求野荠”。以他为首，放达的文人，无不用真性情，通过品食四季野菜嘉蔬，来追求人生人性的通透和解放。与东坡堪有一比，郑板桥也标榜“三冬荠菜偏饶味，九熬樱桃最有名”。这也是《杂草的故事》之精彩的中国篇了。

◦选自2016年10月19日《成都晚报·三人行》

藕和莲菜

阳历9月初，乡下大面积秋收还没有到，太阳热得人直流汗，我这次在商丘和周口两地出差，却处处提前吃到了新藕。这一带是豫皖苏鲁四省交界地区，茫茫四野浓绿而辽阔，路过芒砀山风景区的时候，此地恰在商丘、徐州之间，北望是曲阜泰山，一行人站在连绵起伏的丘陵上看汉墓，听说这里还有个“孔子避雨处”，忽然我就明白了一个问题——当年孔子见老子，老子所在的鹿邑是楚国地界，孔子从鲁国途经此地到楚国去，原来间隔不甚远呀！虽然我无意于访古，这点心得却是本次行旅中意外获得的感受。我倒是对这一带的小吃素来颇感兴趣，联想起这里与安徽的亳州、江苏徐州及山东的菏泽与曲阜，风土近似，早市上人人都喝豆粥、吃牛肉水煎包，喝酒的时候总要有

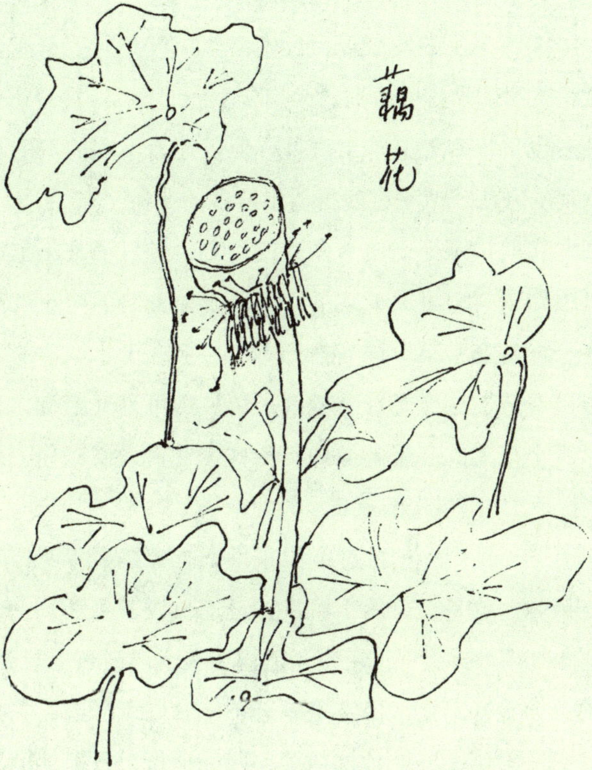

藕花

炝藕块。眼下时令尚不及白露，沿途水面上的荷花还没有落，而新藕早早登场，用新鲜的细红辣椒切丝，把藕疙瘩略微爆炒一下，烘一点醋，再滴些芝麻油，放凉了做开胃小菜佐餐，很不赖。农家打枣下核桃才刚开始，芝麻绿豆陆续上场，不是说有“咬秋”的风俗吗？这一刻在豫东细细地吃一碟嫩生生的酸辣藕，口中会生出板栗与菱角混合的味觉，香甜的秋滋味顿时就全有了。

藕多也！很多地方都出产藕，但各地有不同的藕的吃法。吃藕的方法，似乎也能折射出一地的民俗。

湖北和四川等地，属于多水的南方，过日子常年吃炒藕片，主妇在厨房里天天砍瓜切菜，藕如大路的西葫芦与白萝卜一样是家常菜。这当然无不可，但在少水少藕的北方人眼里看来，这样无疑是糟践了藕。藕可爱又金贵，我们常形容小孩儿的胖胳膊像藕瓜一样。昔日武汉号称“九省通衢”，“老通城”的豆皮、“大中华”的鱼，“四季美”的汤包，“小桃园”的排骨或鸽子煨藕，曾是多年叫得响的名吃招牌。就是上班的工薪族，逢周日改善生活，也要用粉藕即红藕煨排骨——用罐子盛满了盖上燃锯末之暗火，慢腾腾煨一整夜不止。但这些年天下吃食归于一统，先是粤菜，又是川菜，要么是杭帮菜，四处流行，各地特色菜肴大受冲击。早两年我回了一次武汉，在经过武昌首义路的时候，向开出租的师傅说“大中华”，她说原来靠近这儿不远处，但那吃鱼的名店，早几年就没有了。社会变化迅速，改变的不仅是风味与风俗，连教育也变了味。我曾在武汉读了四年书，但母校和别的学校一样，现在也沾染了开口向校友募捐的流行习气，所谓百年校庆和校友会等，出面的领导，当众像煽情的主持人与演员一样，开口演讲，过了门就大谈拉赞助，集会仿佛是参加富人俱乐部。其实捐不捐钱不过是说一说，不较真也不至于觉得太伤自尊，倒是鄂州梁子湖是武昌鱼的原产地，鄂东一带，地接皖赣，与九江和广济、黄梅是邻居。春末灌水栽稻秧的时候，大路两边的水面上好像有搞养殖的渔民在劳作，穿着连体防水衣在水下不停地摸东西。中午到饭店里吃鱼，店家专门推荐一味应时的特色菜，名“炒藕带”。是新种的藕母于水下刚发芽，藕的关节处，初生的一截嫩芽白生生的，一条又一条，酷似从王母娘娘头上偷取而来的白玉簪。这自然是人间的美味之一。每到这个时节，这里出产的藕带采取“特快专递”的方式，专供武汉与南京两大城市。老同学说起当地烧鱼的诀窍：一是咸，再就是辣。但不是北方的重盐和湖湘的直辣，而讲究鲜鱼要用原产地的水一起烧，味道就特别好。“湘鄂情”与“苏浙汇”，都是连锁店。早些年，郑州也流行过类似“湘鄂情”的“三九大酒店”，红藕煨排骨变成了人锅炖排骨，可郑州人怵其粗糙和重口味，不久没人捧场就消失了。

我的老家既叫藕又叫莲菜。看贾平凹的《古炉》才知道，鄂豫陕交界山区，丹江一带，把藕不叫藕，直接呼莲菜，荷花塘叫莲菜池，洋白菜叫莲花白。虽然莲菜凉调，是最受欢迎的下酒菜，但我老家缺水不产莲菜，要到山外面买，办红白喜事或过年的时候，才吃莲菜。北方挖藕，大多选在十冬腊月天，为备年货而挖藕，很原始、很辛苦，却又是很经典的场面。《舌尖上的中国》特意展现这种破冰挖藕的情景，为此感动吃货无数。我在郑州住了好多年了，一直以为是这样挖藕的，所以每逢春节来临的时候，在市场里买藕就不敢过分讲价钱，害怕对不起种藕人和挖藕人。这几年才知道，原来新郑一直在推广节水莲菜——把平地和沙丘开沟，铺了塑料布，放水种藕，最后挖藕也方便。白露一过从豫东出差回来，走京港澳高速公路，新郑开始打枣了，可枣园里的沙岗地，连绵起伏碧荷如带。因为是节水莲菜，所以就和闽西山区的铁观音一样，茶叶层层直上高山，用人工滴灌技术引水灌茶园。同时，我还发现新郑地界的荷花白花多。

周王的《救荒本草》，大部分是说地上的野菜和树头菜的，但也收录有园蔬与水生植物。他把藕和莲菜两种叫法折合起来名“莲藕”，还把莲藕和荸荠、慈姑，包括菱芡茭藻等水生的植物，全列在他的书里。莲藕这名字现在也通用，不过它和诸多的水生植物，现在多摇身而变成时令美味了。

◦选自2012年10月11日《大河报·茶坊》

甘蔗和大闸蟹。

走郑州至开封的郑开大道，中牟雁鸣湖一带的特色农业和旅游业，给人的印象很深。农民群众临着宽阔的公路做生意，每年冬春的大棚草莓，五月的早西瓜和新大蒜，深秋时节的螃蟹与甘蔗，特别吸引人。当下，重阳和霜降过了，开封正举办全国第十届菊花节，省会和四方的看花人驱车经过荒疏又萧瑟的田野，眼看着农家把新割的甘蔗捆好了搬出来，紫皮泛灰白的甘蔗顶着一大蓬绿油油的梢叶，如一个个窈窕的卡通女子留起怪异的长头发；旁边的小车或农用三轮车则扯着卖“大闸蟹”的横幅和彩塑纸，螃蟹用红色塑料筐装了堆起来，一摞一叠的很醒目。但前年我弟弟从上海回来去开封赏菊，看到一户卖蟹人将大闸蟹的广告错印成了“大蟹闸”，就笑着对他的爱人王慧说，这里对大闸蟹是太陌生了！

上海地接阳澄湖，秋来食蟹是近水楼台，小弟所在的福州路世纪出版集团的写字楼又邻着食蟹的大牌“王宝和”，但是他不知道，中州人原本对大闸蟹不陌生也无隔阂。雁鸣湖眼前红火的螃蟹生意，不过是时光轮回和杨柳新翻。绵绵长卷《清明上河图》，张择端画不尽北宋开封的市井繁华；同时还有一部《东京梦华录》，孟元老情忆锦绣开封，谈充满了人间美味和烟火味的饮食风俗，说“酒楼”和“饮食果子”，饮食果子即诸家饭店每日供应的荤素大菜带小吃兼开胃的水果，百味杂陈，活色生香，读起来好像是翻看一部介绍吃在开封的豪华菜谱。里面记螃蟹，就有炒蟹、渫蟹和洗手蟹三种。洗手蟹，说得是把活螃蟹拆开，用麻油烹熟再放成冷盆，拿葱姜咸盐草果砂仁等十味调料和之拌匀，客人进店来，盥手毕，即可取食，是为洗手蟹。何为渫蟹？清朝道光年间的苏州文人顾禄，撰《清嘉录》卷十单说“煠蟹”，说得明明白白最经典：“湖蟹乘潮上簖，渔者捕之，担入城市，居人买以相馈贶，或宴客佐酒。有‘九雌十雄’之目，谓九月团脐佳，十月尖脐佳也。汤煠而食，故谓之‘煠蟹’。”这“汤煠而食”四个字破“煠蟹”之题很重要！《博雅》释煠：“煠，瀹也；汤煠也。音闸。”说的便是把生菜和新鲜菜放到烧开的滚水里略微煮一下，捞出来过凉水调食做凉拌菜。这种水煮的方法，有地方叫焯，但豫北焦作我的老家人还一直延续着古语叫煠——“拿过来，先把那藕和芹菜煠一煠，再煠萝卜！”这是准备过年时候我奶奶和我母亲的声音。煠萝卜片，是要连肉馅剁了盘好了准备着包饺子，煠藕和芹菜，是预备凉拌的下酒小菜。可如今简化字将煠统一为炸，混淆了字意，这么一来，不用煠字做口语的地方，人们看书见炸字说煮和焯，看不懂了。

但上海方言至今还保留着水煮即“煠”的口头语。上海前身，松江府隶属于苏州，大闸蟹本意如顾禄所言，卖蟹人挑担入城市叫卖，沿街叫喊“煠蟹来大煠蟹”，因为煠字读音通闸，所以又有了简便直白的“大闸蟹”的叫法。然天下文人多好事，文如看山不喜平嘛！一字之易，总觉得不尽意不畅意，于是，现代作家包天笑先生晚年在香港撰写《大闸蟹史考》，他那段掌故是这么说的——画家吴湖帆的父亲，昆山名士吴讷士，以阳澄湖畔蟹主人的身份，某日设蟹宴飨客，即席演绎“大闸蟹”由来：“闸字不错。凡捕蟹者，在港湾间必设一闸，以竹编成。夜来隔闸时还置灯火，蟹见灯光即横行而上攀竹闸，主人便一一捕之，甚为便捷。闸蟹之名由此产生。”古人孟元老和顾禄说得是制蟹方法，吴讷士、包天笑则说捕蟹方法，可因为海派包天笑名头大，人称“通俗小说大王”，煠蟹便与闸蟹用串了，闸蟹通行并流行开来。包天笑高寿98岁，1973年写了《大闸蟹史考》，过了16天就去世了，俨然是其经典的绝笔。该文特用打油诗结尾：“斜风秋雨满江湖，带甲横行有几多？断港渔翁排密闸，总叫行不得哥哥。”

得！细心的看官这时可能要质疑我，《东京梦华录》明明是“渫蟹”，《清嘉录》却是“煠蟹”，水火不容啊。是的，我也是费了老鼻子的劲，查遍了手头上的书，最终才在《汉语大字典》里找到答案：渫也作煠，且通瀹。食物放入油或汤中，一沸而出称煠。

真的是小鬼胳膊——麻缠！《东京梦华录》说“饮食果子”，里面除了有渫蟹，还有龙眼、荔枝、甘蔗。甘蔗是何时到中原来的？西晋文人嵇含著《南方草木状》，说“诸蔗”：“诸蔗，一曰甘蔗，交趾所生者，围数寸，长丈余，颇似竹。断而食之甚甘，笮取其汁，曝数日成饴，入口消释，彼人谓之石蜜。……南人云，甘蔗可消酒。又名干蔗。司马相如《乐歌》曰：太尊蔗浆折朝酲，是其义也。太康六年，扶南国贡诸蔗，一丈三节。”嵇含本巩县亳丘人，家在今天河南巩义市鲁庄。他记录当时中原已经有甘蔗是对的。新版电视连续剧《三国演义》，魏文帝曹丕有城府，隐瞒了肺结核吐血的痼疾而接班又早逝。但《三国志·魏书·文帝纪第二》，《典论》帝自叙曰：“生于中平之季，长于戎旅之间，是以少好弓马，于今不衰，逐禽辄十里，驰射常百步。日多体健，心每不厌。”此处更有一段像今天大人物的回忆录一样说“甘蔗故事”——

当了皇帝的曹丕，还好动不稳当。有一回和平虏将军刘勋、奋威将军邓展等臣下宴饮，“宿闻展善有手臂，晓五兵，又称其能空手入白刃”。曹丕和邓展讨论起剑法来，搅和了大半天，很不以为然，便提出和邓一比高下：“时酒酣耳热，方食芊蔗，便以为杖，下殿数交，三中其臂。左右大笑。”是不是为臣的邓展故意让他的？但那时候的人喝酒喝高了，为解酒而吃甘蔗，则和现在的风俗一样。

○选自2011年9月19日《大河报·茶坊》

吴状元·甘蔗

甘干甘蔗，南产也。闽粤河畔，沙砾不谷，种之弥望，行者拔以疗渴，不较也。

周王·茅芽根

《本草》名茅根，一名兰根，一名茹根，一名地菅，一名地筋，一名兼杜，又名白茅菅。其芽一名茅针。生楚地山谷，今田野处处有之。春初生苗，布地如针。夏生白花，茸茸然。至秋而枯。其根至洁白，亦甚甘美。根性寒，茅针性平，花性温，俱味甘，无毒。

北方的睡莲和慈姑花

睡莲是好几个国家的国花，而且在古埃及和印度被神话了。关于其开花的日子，还有5月8日和8月5日等不同的说法，弄得神乎其神的。而我见到的睡莲，在南粤两广和东南亚，一年四季开花不间断。郑州的睡莲花，一直有白花和红花睡莲，兼有少许黄花睡莲，开花也很早的。尤其这些年，我刻意关注它、记录它，发现每年清明节之前，它早早就开花了，勇于和桃李争艳比高下。不知道为什么，《南开花事》记睡莲开花晚在6月1日。对比着其中诸多的花信花事，我私以为作者记睡莲开花是记错了。

我提这个问题，不是要无厘头。北京和天津，北京和开封，原来都是水源丰富、水域广大的大城市，这有梁实秋说秋来吃蟹为证。《雅舍谈吃》说《蟹》："七尖八团，

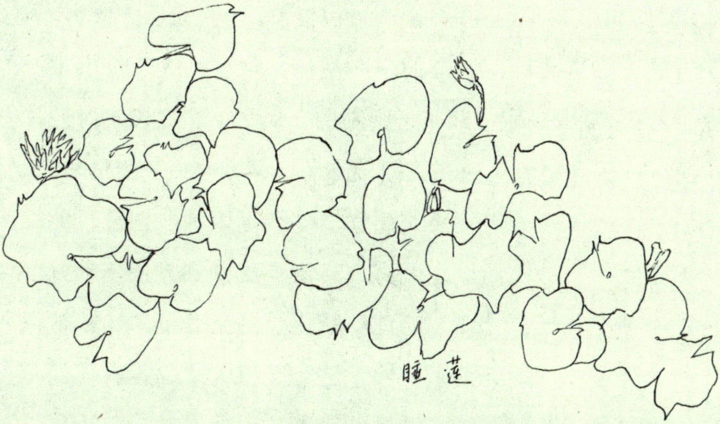
睡蓮

七月里吃尖脐（雄），八月里吃团脐（雌），那是蟹正肥的季节。记得小时候在北平，每逢到了这个季节，家里总要大吃几顿，每人两只，一尖一团。”这蟹从何来？别慌，你听梁先生继续说——

“在北平吃螃蟹唯一好去处是前门外肉市正阳楼。他家的蟹特大而肥，从天津运到北平的大批蟹，到车站开包，正阳楼先下手挑拣其中最肥大者，比普通摆在市场或摊贩手中者可以大一倍有余，我不知道他是怎样获得这一特权的。蟹到店中畜在大缸里，浇鸡蛋白催肥，一两天后才应客。我曾掀开缸盖看过，满缸的蛋白泡沫。食客每人一份小木槌小木垫，黄杨木制，旋床子定制的，小巧合用，敲敲打打，可免牙咬手剥之劳……在正阳楼吃蟹，每客一尖一团足矣，然后补上一碟烤羊肉夹烧饼而食之，酒足饭饱。别忘了要一碗汆大甲，这碗汤妙趣无穷，高汤一碗煮沸，投下剥好了的蟹螯七八块，立即起锅注在碗内，洒上芫荽末、胡椒粉和切碎了的回锅老油条。除了这一味汆大甲，没有任何别的羹汤可以压得住这一餐饭的阵脚。以蒸蟹始，以大甲汤终，前后照应，犹如一篇起承转合的文章。”

如今，秋天的大闸蟹以阳澄湖出产者为正宗，江南螃蟹一统天下。这时，回头再品味一下梁实秋先生娓娓道来的北平食蟹，恍如天方夜谭。那么，天津现在还有水产如河蟹大闸蟹吗？据《人民日报》图片新闻报道：天津宁河县的七里海湿地，一直被誉为“京津肺叶”，是世界上三处具有古海岸性质的湿地之一，也是世界八大候鸟迁徙路线中的重要驿站。每年9月27日，这里要举办七里海湿地“河蟹节”。梁实秋先生说“七尖八团”，指的是农历吧。

清秋从七夕开始，伴着秋凉秋气息，晨露白雾，大地氤氲，草木与作物开始又一轮生长，秋熟、秋老和秋之壮交替出现——草木杂树都要最后再拼一把，花木、果树和行道树的嫩叶如花。白露中秋惯例要开吃螃蟹，而这时候，北方的大小水域，河港湖汊，最令人眼睛一亮的是水生植物浓绿——绿萍、紫萍再次浮满水面，水葫芦和水花生开花，睡莲之花极好。

每年秋天，郑州雁鸣湖的大闸蟹，应季卖吆喝。而黄河湿地里的荷花、睡莲与慈姑花，竞相开放，更吸引四方游人游览观赏。常常中秋节过后，荷花还在零星开花，慈姑花类似水仙花。最初慈姑和荸荠混在一起，《本草纲目》将其分开。李时珍说：“慈姑，一根岁生十二子，如慈姑之乳诸子，故以名之。作茨菰者非矣。河凫茈、白地栗，所以别乌芋之凫茈、地栗也。剪刀、箭搭、槎丫、燕尾，并象叶形也。”李时珍还引用曾参与《嘉祐本草》的编撰，又撰著《图经本草》的北宋宰相苏颂之说：“剪刀草，生江湖及汴洛近水河沟沙碛中。叶如剪刀性。茎干似嫩蒲，又似三棱。苗甚软，其色深青绿。每丛十余茎，内抽出一两茎，上分枝，开小白花，四瓣，蕊深黄色。根大如杏，小者如栗，色白而莹滑。五、六、七月采叶，正二月采根，即慈姑也。”古人对植物开花的状描，以苏颂刻画慈姑为例极传神，的确栩栩如生。

○选自2018年11月6日《天津日报·满庭芳》

秋梨的价格

白露的头一天，人站在小街的树荫下张望，阴凉地顿时已觉得和暑热隔离开了。上午八时许的早市，朝阳正映出明亮的嫩金色，有清风飒飒穿过巷子。这时，一个卖梨的老汉和买梨的顾客拌起嘴来——老汉的人力三轮车里载着新摘的砀山梨，带麻点的酥梨饱满的皮色还没有发黄，开秤要一元五角一斤。眼尖的婆婆凑上去捏了一双又圆又大的梨子，单挑这两个要老汉过秤，直脾气的老汉一下子急了："我不卖给你！"僵持半天，婆婆不好意思放弃离开。

这市井中忽然荡起的生活小涟漪，反映了农产品经常要出现的供求矛盾。老汉不依不饶让大家评理，继续对买梨人与过路人气吼吼辩白道："没有比这再便宜了。人家都是成袋要，三五斤不止，你却挖眼珠一样只挑两个大的

梨

好的，你太精了，我就不卖给你！”一岁果实，从樱桃、麦茬杏和五月鲜桃开始，陆续登场，逐渐是夏天的西瓜、葡萄、李子、嘎啦果，再到白露前后的核桃、枣子、板栗、苹果、梨、石榴，等等，这些并不包括四季不断的各种南方水果。农历一入八月，中原开始小秋收，农家次第收获芝麻、绿豆、黄豆，出花生早红薯，同时时兴“咬秋”。不管是谁家的，曰“生瓜梨枣，逮住就咬”，这一刻“井水不犯河水”的界限暂时可以打破而不必斤斤计较。我是物质匮乏时代的过来人，农村孩子的零嘴儿，立秋的甜圪档，霜降过后的白茅根等，都是时鲜恩物。老家人居住在下沉式的窑洞院或石头墙矸棚房，当院栽梨树和大枣，国光苹果与白石榴，秋风一起都眼巴巴瞅着。山里山外，一个亲姑，几个表姑，我们最喜欢秋来去她们家走亲戚，其实是为了上树吃枣和梨。枣有糠目枣、石磙枣、狗牙枣、葫芦枣和灵枣，酥甜与脆甜不同。但梨的品种少，一种大小似蒜头和核桃的铁皮梨，核大肉少，艮得很；一种梨较大，但吃到核心很酸牙；砀山梨最好却不容易吃到。我的父母虽然在县城工作，但一家人日子并不宽裕，每到秋果实下来的时候，母亲为了调剂生活，买不多的韭菜花，再买一堆砀山梨，除了儿女们吃梨尝鲜，还要就着蒜臼，由她开头我们接力，一杵一杵捣韭花，然后把酥甜的梨子也弄碎，与韭花混在一起腌。这样的腌韭花纯家庭制作，配馍吃或吃面条，味道远非老字号的“六必居”和“东来顺”的腌韭花可比。二三十年来，物价持续上涨，农产品的价格变化也大，不必说大肉和牛羊肉，黄瓜茄子西红柿与青菜，连最本色的豆腐和萝卜白菜也翻脸不认人。就在老汉和买梨的婆婆斗气的同时，一位同事顺路买一棵早产的高帮青白菜，和普通的大白菜相比，这种又名麻叶青的白菜，炒菜时最吃油，并且最好是多用大油才好吃。过去这样的白菜，一角钱五六斤，刻下则要两元一斤。偌大的市场，唯独砀山梨这笨梨的价格多年不变，一直徘徊在一元五角到两元之间。而与家常秋梨不变的价格相伴，恐怕只有母亲苦涩或甜蜜的微笑同样恒久不变。

南宋乾道六年（1170）庚寅，范成大从临安出发，八月渡淮使金。一途走今之宿州、商丘、杞县、开封、封丘，过黄河而汤阴、安阳、临漳。过漳河又邯郸、柏乡、良乡而燕都。沿途所写日记《揽辔录》和《石湖居士诗集卷十二·使金记行诗》七十二绝句，将沦陷区八月风物逐一沉郁记述——过开封东郊吃西瓜，《西瓜园》：“碧蔓凌霜卧软沙，年来处处食西瓜。形模濩落淡如水，未可葡萄苜蓿夸。”（注：本燕北种，今河南皆种之）《内丘梨园》：“汗后鹅梨爽似冰，花身耐久老犹荣。园翁指似还三笑，曾共翁身见太平。”（注：内丘鹅梨为天下第一）《大宁河》：“梨枣从来数内丘，大宁河畔果园稠。荆箱扰扰拦街卖，红皱黄团满店头。”过《良乡》：“新寒冻指似排签，村酒虽酸未可嫌。紫烂山梨红皱枣，总输易栗十分甜。”（注：又有易州栗，甚小而甘。九月重阳在燕山客舍，遥望西山飞雪，燕都有菊花和贡柑）记《橙纲》：

"尧舜方堪橘柚包，穹庐亦复使民劳。华清荔子沾恩幸，一骑回时万骑骚。"（注：燕城外遇数车载新橙，云修贡，种之汴京撷芳园也）两宋时期，中原的气候远比现在暖和，南宋时开封可种橘子橙子，而北宋时，徽宗大搞"花石纲"，于"艮岳"之中栽梧桐、芭蕉、荔枝、梅花，放养南粤五色鹦鹉，还曾命人于巩县、新密一带园植茶叶。

自古以来，梨有"百果之王"的美誉。和别的水果如苹果、桃子不同，梨树适应性超强，在各种气候与土壤上都可以正常生长，是我国果树分布中最为广泛的一种。中原的砀山梨，天津鸭梨，河北红梨，北京京白梨，云南的火把梨，新疆的香梨，还有一种极面而香甜可口的香蕉梨，等等，"孔融让梨"的故事，说尽了梨与国人的亲密关系。而梨制品，药食并用，有江南的"梨膏糖"与北方的"冰糖梨"。就是东北和内蒙古，冬天的冻梨放在温水里化开，用勺子挖着吃一口甜似蜜。我对于梨树和秋梨的喜爱，不止是早年老家吃梨的印象。新世纪之前，郑州城市建设还局限于原有的框架里，农业路和东风渠以北，清明前后，到处梨花如雪，是我们骑车带孩子春游的胜地。不久，我们的新家搬到了原先的梨园一带，城市越来越大了，当年梨园的梨树，一色是砀山梨，一部分原来的老梨树，少数被移栽到大道边继续做风景树，还让小区的居民自发认养管理。梨花开秋梨熟，春华秋实，梨树寄托着新老郑州人共同的乡愁。

◎选自2016年9月20日《天津日报·满庭芳》

周三·梨树

梨树　出郑州及宣城，今处处有之。其树叶似棠叶而大，色青。开花白色，结实形样甚多：鹅梨出郑州，极大，味香美而浆多；乳梨出宣城，皮厚而肉实，味极长。水梨出北都，皮薄而浆多，味差短；又有消梨、紫煤梨、赤梨、甘棠梨、御儿梨、紫花梨、青梨、茅梨、桑梨之类，不能尽具其名。梨实味甘、微酸，性寒，无毒。

救饥　其梨结硬未熟时，摘取煮食。已经霜熟，摘取生食或蒸食亦佳。或削其皮，晒作梨糁，收而备用，亦可。

彩色的芸豆。

秋天到来的时候，接连在人称“太行云顶”的山西陵川县采风，在农家和县城的集市上，我发现了丰富多样的芸豆，看农家收获芸豆大开眼界。此地人正餐吃红豆焖饭和蒸面条儿，过去是小米焖饭，现在是大米焖饭，顿顿却离不开芸豆。我尝足了芸豆的醇香和绵软，很兴奋地为芸豆写生。

先是8月开头那几天，大暑节气还没有过完，但海拔高的陵川地界分明已天高云淡，清秋气息初现。在古福兴寺与南庙宫、三教堂相连的山坡上，露水浸染草木，一夜之间，沙棘忽然就发黄了，栒子与小檗的果实变红，红艳艳像红枸杞一样。这天下午，在潞城镇的东八渠和西八渠相连的自然村，高（平）新（乡）高速公路横空而过，山

眉豆

川里满眼好庄稼，玉米、麻子、谷子、糜子，般般样样正长得好。豆呢？农家柴篱或院墙上茂盛的眉豆秧，河南人又叫梅豆或茶豆板的，这一刻暗暗接了孟秋的气息而文静地开花，娉娉婷婷，白色和紫红色的篱豆花嫩花惹眼。半坡上有户人家，主妇在绿槐树下剥鲜艳的红豆籽，与意象里“红豆生南国”正相宜的模样，但只是芸豆早熟的一种，名字就叫大红豆。主人特地站起来指着自家菜畦，说明此豆非攀缘品种，而是和绿豆、大豆一样，独立而生。

陵川芸豆多，有各种各样的芸豆，从“五月强”又名白不老的，肉厚而筋脉小，开人胃口。打它开头，摘豆卖豆，摘豆吃豆，一夏天接连不断尽情摘芸豆，芸豆总摘不完。芸豆的皮色、花样越来越多，青皮带墨色斑点，青皮带朱色斑点，还有通体乌而发紫的一种。三种芸豆豆角，见天要吃的。炒着吃，焯水了调着吃，或者蒸面条儿吃，不管什么颜色的刀豆，过水经过滚水和油炒，全变成碧绿色，青青可人。山上山下，山上是陵川属晋东南，下山是修武、辉县即豫北。我的老家南太行一带，至今还叫秋天缠在玉米棵上生长的芸豆叫老红豆，现在吃炉面，早年吃杂面条和小米捞饭，老红豆一贯是好食材。但是，山下河南地界远没有高山之上的芸豆品种多。

白露而金风玉露扑面而来，山上山下，山区与平原，秋收皆陆续开始，陵川已经秋凉明显。天大亮了，古崇安寺前边的小广场，与垂柳夹道的大街通着，朝阳映照陵川县城，涂出大片金光金色。早市不啻秋季农产品博览会——玉米穗老了，但还有最后一茬嫩玉米上市。农用车满载着带着湿土的红薯和土豆。就地摆着鸡腿大葱和韭菜花、红辣椒。陈列起圆南瓜、长南瓜；丝瓜、葫芦和瓠子；茄子、黄瓜、西红柿。茴子白圆白菜又名洋白菜的，和早萝卜、胡萝卜、大白菜、芹菜与蔓菁秧等。轮到云豆了，云豆又叫芸豆、刀豆、菜豆或四季豆，它五湖四海到处生长，最早也起源于美洲中南部。蔬菜专家张平真在其《中国蔬菜名称考释》中说：官方正式引进芸豆在清末——由于在北京筹建农事试验场，朝廷决定从国外引进一批新型蔬菜。光绪三十三年（1907），由驻美国与奥地利的临时代办周自齐和吴宗濂，分别购进云豆种子，开头叫芸豆和扁豆的。逐渐，引自美国的芸豆在北京地区落地生根，繁衍生长，茂盛而多产。经过多年的普及推广和改良，现为我国南北各地广泛栽培，已经成为市场上需求最大的豆类蔬菜了。

传统叫四季美的青刀豆，秋不老的紫红芸豆等，这些不难见到。而陵川市场上竟然还有一种香蕉黄的芸豆，它也是两种——香蕉黄纯黄一种，黄色带胭脂红斑点的一种。我忙着采购，梭巡着看芸豆，买芸豆，同时也询问比较其价格。其他的几种，价格均在两元或两元五角之间，唯独这黄皮芸豆，要价五元甚至七元。当地人实诚，客人要还价的时候，主人脸上流露出略微惊诧的神色，倏忽又坚定口气说不减价。物以稀为贵。我在家里，最喜欢用白不老和秋不老两种芸豆吃炉面，即先用大肉五花肉切丁炒了，再把洗过的芸豆掰为一截一截的，放到肉里继续炒，直至熟透。第二个程序是上笼蒸机器面细面条。约摸差不多了，把熟面条与炒好的五花肉、芸豆段混为一体，拌均匀了，回锅上笼再蒸一会儿，让二者味道融为一体，这就可以掀开锅盖子，挑到大碗里吃了。当然，你就着蒜瓣吃更好。卤面、炉面，还有叫路面的，这种在豫晋交界地区流行已久的面条的吃法，也可以用别的菜品替代芸豆吃，不过，任你用什么菜，它都没有芸豆的吃口好。

这一次，我用不曾见过的黄色带红斑的芸豆吃炉面，素炉面非肉炉面，炒鸡蛋和芸豆角——肥厚的豆荚皮与饱满的豆粒，熟透了全是糯的。芸豆段满满拥抱着炒鸡蛋的香味而浓浓感染筋道的面条，油浸浸的味道与味觉真好。可因为方言不通的原因，到底没有记住这种芸豆的土名。只知道它老早就有了，局限于陵川和晋东南一带长得好。

◦选自2018年10月15日《人民日报·大地》

周王·刀豆苗·眉儿豆苗

刀豆苗　处处有之，人家园篱边多种之。苗似豇豆叶，肥大。开淡粉红花。结角如皂角状而长，其形似屠刀样，故以名之。甜味，微淡。

眉儿豆苗　人家园圃中种之。妥蔓而生，叶似菉豆叶而肥大阔厚，润泽光俊，每三叶攒生一处。开淡粉紫花，结匾角，每角有豆止三四颗。其豆色黑匾，而皆白眉，故名。味微甜。

南太行的柿子

小时候，跟着爷爷奶奶秋来够柿子，柿子在高处像红灯笼一样，老人们就说柿子是咱这儿的特产。那意思是说，离开了咱家这一带，别的地方就少有柿子，或者说，至少那别处的柿子都没有咱的好吃。当我来到省会工作了，才知道北邙岭上，与老家隔河相望的荥阳地界，遍地柿子树，柿子更多。而江南、闽南、广西和云南等地，南方和西南的柿子，各自也很出名。

吃过许多地方的柿子以后，我觉得老家老辈人之所以盛赞自己的柿子，并非只是闻见不广，而是和旧年山里穷困贫寒，人们靠柿子与柿子制品充饥有关，过日子离不开柿子，就深深地感恩柿子。柿子树好像通人性似的，也近人生长，险峻的高山或山岭上不多，倒是临近村庄的地方，

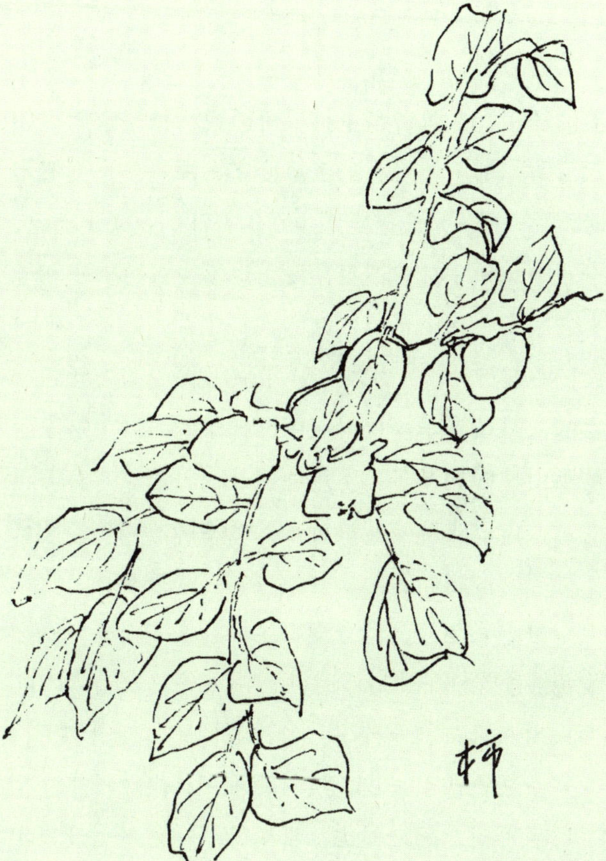
柿

路边地边，房前屋后，沟沟壑壑，或者山地漫坡处，曲曲弯弯的多是柿树。

八月黄

老家的柿子，八月黄是主打。可以说，柿子家族里如果没有八月黄，柿子就没有那么重要了，那它只是类似本地的山楂和梨一样，是配搭点缀生活的普通的秋果实而已，大年初一逮个兔——有它不多，没它也不少。可柿子和柿子树作为老家人心目中不可或缺的铁杆庄稼，数量要绝对的多和大！韩信将兵——多多益善。指的就是这方方正正、硬硬实实的八月黄柿子。秋天集中够柿子的时候，每家院子里堆的小山一样的柿子，不用问就是八月黄。八月黄于收秋前变黄，可以尝鲜吃些漤柿子。“霜降不摘柿，硬柿变软柿。”经历寒露而霜降，叶凝夜露，果披寒霜，它由浅黄而变金橙丰满至极，糖分酿足了却还没有发软，这才是大批收获柿子够柿子的最佳时机。

人们只用八月黄制作柿饼。白天够柿子，夜里加工柿子，拿八月黄来轮柿子去皮，接着晒柿子，翻腾柿子，捂柿子……再晒再捂，翻来覆去，直至柿子在寒冬里迎风出霜，再出霜，柿饼就是这样做成的。老家的柿饼，是踏踏实实的笨柿饼传统柿饼优质柿饼，个个肉乎乎蒙着厚而细腻的一层白霜，内瓤金黄色甜如饴不说，那独特的吃口，混合了自然风味和手工精巧，所以它既绵软又筋道。论起柿饼来，不是说别的地方柿饼不好，每年国庆节才过不久，就有南方来的柿饼在超市里开卖，天哪！我没法形容这柿饼——哪里是柿饼，好像是一个个没有长毛翼的小田鼠仔仔，红秃秃的，红色也不正常，而没有柿霜的柿饼，哪里是正宗而好吃的柿饼？日前曝出广西一带制作柿饼，有人集中染色和喷洒“白霜”的糗事来。陕西富平，用当地的尖柿子作柿饼如今很出名，已经是网红柿饼了。前几年冬天路过那里去韩城，大巴车停在服务区的时候，年轻人争着下车买柿饼。富平人推陈出新而取巧——人家把晒柿饼的工序与时俱进给简化了，软乎乎的金红色柿饼，远没到捂柿饼的环节就提前出售，吃口好卖相也好，似乎老少咸宜。可它放到咱老家来，那柿饼充其量是“嫩柿饼”，远远还没有完成制作的工序呢。

北京和京东地区，京津交界的盘山一带，出产的磨盘柿子很大很耀眼。大个儿柿子作烘柿，好吃又过瘾。不知道是否可以用来制作柿饼。

小火罐

顾名思义，就是小而圆，看着很乖的那种柿子。江南有橘有柿，柿子品种也多，而苏沪杭地区，人们独叫它野柿子。我的成都朋友则叫它龙眼柿。前不久，我在长沙四方坪农贸大市场，见那里把小火罐柿子叫鸟柿子。天下之大，无奇不有。各有各的比喻和形容。小火罐果实小，树形也比较小，和八月黄比起来算是小乔木吧。它比八月黄成熟晚，熟透了是枸杞子和小番茄一样颇喜人的成色，结的又特别稠，每个树枝被压弯，整个小火罐树呈四面纷披状，酷似远古汉魏时代壁画与画像石里的吉祥树。大人喜欢逗着小孩子，一口一个，“啊呜啊呜”吃小火罐。在各种柿子里面，它类似儿童饼干里的动物饼干，一半吃一半可资欣赏。

小火罐柿子，对于乡村旅游来说，既可以招客观光，够柿子又不太费力，卖柿子价钱也好，这是何乐而不为呢？所以，原本山村里很稀罕的小火罐柿子，现在大量栽种，它已经取代了八月黄曾经的主打地位，遍地都是了。

许多人从小吃过烘柿，忘不掉这一口。作家刘庆邦是周口沈丘人，外婆家是豫东尉氏人。去年9月他来郑州，我与《河南日报》的凤秋姑娘陪他到火锅店吃涮羊肉，百步穿杨的距离都不到，一出门遇到个骑自行车卖烘柿的，正是小火罐柿子，庆邦先生非要吃不可。话说吃柿子捡软的捏，他给我俩说起了烘柿故事——当年把硬柿子放软，他的姥姥和舅舅，要在柿子堆里点上一盏煤油灯，把柿子皮都熏黑了。山里人过去放烘柿，自己吃的也不着急，有人弄几个砀山梨或鸭梨，放到柿子堆里起催化作用。多数是把柿子放到红薯窖里，点上一盏或几盏灯，还有人为了卖柿子，烘火催熟。现在好办了，拿药剂催熟剂乙烯利一喷，三两天就差不多，红哇哇一大片柿子全是好烘柿了。

小柹

小字的读音都差不多，柹这个字，我们却读为“叟”。老家的柿子品种不少，八月黄、小火罐、老轿庭等，很少有带柿核的，唯独这小柹有柿核。而且，几乎每一个小柹都有一两个柿核，扁扁的柿核月牙形。小柹不小，比小火罐大，也是专门用来吃烘柿的。它不同于其他柿子作烘柿，比如老轿庭，瓤口面乎乎的甜，而小柹如同水柿子似的，一口就吸溜了。后来我在豫西的三门峡和陕西潼关多遇柿子，兵马俑博物馆附近有两大特产：柿子和石榴。那里的柿子分火晶和水晶两种。我们说的小柹，南太行的小柹，类似人家的水晶柿子。

传统的小柹，单就其中的柿核多，树也和八月黄一样高大，采摘不便，且不及小火罐的成色与卖相，这些年逐渐淡出了。现在回到老家，我们的下一代，二三十岁的小伙子和姑娘，知道小柹的不多了。小火罐一枝独秀，压制了小柹，连八月黄也感到很憋屈。

◦选自2018年10月30日《焦作日报·山阳城》

晒柿饼

韩国国花曰无穷花者，其实就是木槿，汉语又名舜华和朝开暮落花。首尔的行道树，主干道多银杏和悬铃木，悬铃木修得与银杏一样高，小街夹道有香木瓜和柿树。那儿绿化程度很高，而且颇注重田园风光的装扮，汉江之滨特地保留了原生态的苇花茅花蓼花和野菊花，秋来满目流丹溢黄，处处透着使人安详的暖色，颇有几分返璞归真的写意味道。早几年，韩剧很是热闹，《大长今》风行中国的时候，吸引很多人渡海去旅游，景福宫里特地造了个《大长今》民俗园，陈设有韩国的泡菜和柿饼。但那韩国导游是个男的，竟然说扁扁的柿饼是主人用脚踩出来的，似国内传说中的酱园里腌咸菜和压咸菜。我一听就笑弯了腰！

哪里是那样啊！再没有我和我的老家人熟悉柿树、柿子和柿饼了。秋收和种麦交错的忙乱中，山里人摘柿子是家家的重头活。山区地少，柿树都栽在山沟和地边的塄头上，霜降前后，庄稼地腾空了，大小柿树在层层梯田上挂满了果实，映着高高在上的蓝天白云，一棵树就是一窝浓烈的旺火，此刻人在树上摘柿子，如映画中。柿树高大，上树摘柿子要用杈杆，人靠着树干坐在树窝里，或沿着树杈上下攀缘，用杈杆奋力地够柿子，再用粗绳把装满果实的萝头筐放下；有人在树下挛柿子，把一个个柿子和小枝叶分离开，且分出软的硬的和碰伤碰烂的，再一担一担往家里挑。场光地精的时候，村子无比显豁，院子里上上下下堆满了柿子，朴素的农家院因柿子而变成彩色图画。家家不仅晒白棉花，也晒玉米，玉米有黄也有白，白玉米叫马牙白。白玉米流行的时候，当年的日子还困难，粮食不够吃，过日子白面少，要用白玉米磨面充好面。秋冬天黑比春夏早，吃过晚饭都很晚了，夜幕也是轮柿子开场的序幕。柿饼制作的第一步是为柿子去皮，曰轮柿子。屋子和窑洞里，各自就着绑好轮车的条凳，用柿刀轮柿子——把方方正正的八月黄柿子稳稳扎在三股叉上，左手搅动轮柿车，右手持刀贴着柿子，灯影里红色的柿子皮顿时一缕缕飞起来，颇有一派“谁持彩练当空舞”的意境。一筐接一筐轮柿子，夜深了，人都瞌睡得睁不开眼睛了，笸箩里和萝头筐里，堆满了冒尖的裸柿子。

天明了。天刚亮，全家都要站在大门口绑好的圪针架前扎轮过的裸柿子。晒柿饼的架子，是就着门前树绑起的，一条横杆，搭上捆好的野皂角。野皂角如刺猬满身是刺，叫圪针，每一个坚硬的大小圪针上扎一个去过皮的裸柿子。主人站在杌子上往高处扎，别的人围在旁边就势扎，扎满一条再扎另一条。也有人用箔摆放起晒柿饼的，但不多。野皂角似乎是太行山的特产，它与酸枣和黄荆，在山坡上组成大片灌木群。在周王的《救荒本草》里，野皂角名叫马鱼儿条，我老家则叫马棘条或马棘圪针，结眉豆角一样的角，剥它的豆子可煮吃，多吃一点就乱放屁。我在家上学的时候，人们已经很少吃马皮豆了，倒是割马棘条和荆条，荆条编萝头筐，用去了圪针的野皂角嫩条来穿萝头信子，再就是用来搭架晒柿饼了。太阳从陡直的东山头升起来，一夜的柿子扎完了，人手也冻硬了，妇女和少年，一个个直流清水鼻涕，不停地用衣袖揉鼻子。但吃过早饭，就要再去摘柿子。这样的劳作，根据每家柿树的多少，至少要持续一周左右。

架上的柿子经过半月左右的风干，由红变褐变干瘪，内瓤也糖化得差不多了，就要暂时收下来。主人把下了架的瘪柿子埋放到屋里的粗缸里，很大的一口缸，可以当水缸，也可以放粮食，约莫就是司马光打破缸的缸和阿庆嫂藏了胡传魁的那种缸，一大缸装一二百斤柿饼不止的缸，放在缸里叫捂柿子。这也要十天半月的，干瘪的柿子变软又泛红了，像一只只刚出生而没有毛翼的麻雀和小老鼠。天更冷了，趁着个好晴天，在平房屋顶上支起高粱秫秸编的箔，把捂好的柿子就着箔，摊在阳光里晒。料峭的冷风一吹，红而软的柿饼立马就变白了，像飞雪落霜一样神奇。然后收下来，再放进大缸里，如是者三，白乎乎软腾腾的好柿饼就晒成了。

柿饼经过这样的盘腾、倒腾和折腾，翻来覆去的，自然就成扁的了，哪里要用什么脚踩？所以导游的话和掌柜的话，有时不必当真。

柿子曰铁杆庄稼，可以吃漤柿和烘柿，可以制作柿饼、柿瓣和柿炒面。柿树古老，分布范围广大。中国《环境考古》通过运用孢粉分析的方法证明，西安半坡遗址先民的生活环境里，已经有了柿树和榆树。我在报纸和电视里，看胶东和沂蒙山里人晒柿饼，柿子去皮后，用线绳串起来，像挂小灯笼一样，在房前屋后的大树上张灯结彩似的晾晒。而福建土楼，山上皆竹和杉，山里有橘有茶，多龙眼香蕉，还到处种柿子。当地人曰客家人很自豪，说祖先从河洛地区迁来，看到河南人来旅游很热情。村头临溪水有大榕树和土地庙，那一座标志性的土围子名“二宜楼”吧，门口一边一棵灌木状的树，一株芙蓉，一株梅花，秋冬次第开花。稻田旁边的菜畦里种山药，发音读转了，怀山药说是淮山。他们制作柿饼，也是用箔晒柿饼，那箔也是用高粱秆编的。同样也曰箔，同样的季节，冬初晒杭白菊。茅盾和丰子恺的故乡，浙江桐乡人也用箔，把新采的鲜菊花，焯一下滚水，摊在苇箔上晒。若不是莫言刚获了诺贝尔文学奖，山东的高粱都要绝种了，东北现今也遍地是玉米而少见高粱，但在浙南、闽西、闽南和金门马祖一带的山区，多见高粱种植。我感到很奇怪，那里临海天热，虽然用高粱秆编织的箔古法晒柿饼，可我不知道那样的气候里，主人将怎么捂柿饼，柿饼又是怎样出霜的。

○选自2012年11月27日《天津日报·满庭芳》

两棵蒲公英

寒露节气也过了，郑州的天气并没有很快变冷，早晚降温还不太明显。倒是我觉得今年夏天以来空气在变好，人可以望远了——不管是看城市，还是看野外，我感觉自己好像新换了一副近视眼镜似的，大老远的东西都可以看清楚了。

早晨远足，经过环城高架下面，不由自主就停下了，我总喜欢在这里消停片刻，打量住在这里的老两口——说是临时寄居这里的环卫工人，但他们在此不止一年了，且因地制宜种菜种瓜种豆子，虽然量不大，属于拾遗补缺性质，可季节变换，赖他们轮流收获的成果而很有节奏感和表现力。这一刻，朝阳为地面上的景物才镀了一层嫩金色，而女主人已经劳作一番回来了，暂时在休息。她面前的凳

两棵蒲公英

子上，放着一棵带露水的青菜，水灵灵的，我以为是萝卜缨和大菠菜呢，近观又不是。主人说，这是她刚在远处发现的一棵黄花苗。黄花苗是蒲公英的俗称，这么大的一棵蒲公英，比人工种植的大叶蒲公英也大许多，数十缕长长的叶片层层包围组成一束，看上去仿佛是一柄绿色拂尘。

太阳居中又偏南了，天在变凉变寒冷。此时大地收腹，地气内敛，晨露凝白似寒霜一样，而眼前新生的蒲公英竟然如此茁壮，难道是反季蒲公英吗？见怪不怪，我只是没见过这么大个头的蒲公英而已。中秋之后，大河两岸，经历深秋而霜秋，直到十月小阳春，往往这个阶段，反而中原天气多和暖，草木要遭遇第二春，桃梨海棠苹果和丁香，甚至山地杜鹃和野枸杞，常常反季开花。中原民谚："秋分早，霜降迟，寒露种麦正应时。"这时候，冬性杂草和麦田杂草，在白露到霜降期间，恰恰出苗最旺。杂草新生，隙地最醒目的要数大籽蒿和婆婆纳了，大籽蒿一团团簇生像就地滚绣球。婆婆纳连片滋生如金钱草蔓延，于下雪之前要开一遍蓝色小花来。黄鹌菜，也有叫它野芥菜和还阳草的，围绕树木和墙根，连片抽莛开花，细瘦的黄花枝和春末开花一样的招摇。远不止它们，寒凝大地的时候，仔细分辨，那早开堇菜、曲曲菜、小苦荬、泥胡菜、车前草、野地黄、野菠菜、灰灰菜、野苋菜，白蒿、黄蒿、米蒿、柳蒿和艾蒿，小蓟、猫眼草、夏至草、益母草，还有结缕草、野燕麦、画眉草、马唐、爬根草、一年蓬，等等，就连龙葵、商陆、牵牛、旋花也不甘落后的。可能是看多了，越看就越仔细，这几年寒露霜降前后，我发现竟然有马齿菜和蒺藜，也踊跃加入到新生杂草的行列中来。“荠菜马兰头，姊姊嫁在后门头。”“三春戴荠花，桃李羞繁华。”耳熟能详的春野菜故事，在《故乡的野菜》《故乡的食物》和《江南的野菜》里，无不字字生香，可秋冬之际的荠菜肥美，被前人称赞亦源远流长。也是山阴与会稽籍贯，知堂之前，陆游撰《食荠十韵》，歌颂秋冬之际的荠菜肥美：“惟荠天所赐，青青被陵冈。珍美屏盐酪，耿介凌雪霜。采撷无阙日，烹饪有秘方。候火地炉暖，加糁沙钵香。”秋冬的野菜，多了霜雪的浸染，故而比春天的野菜滋味更绵甜深长。朋友刘运来是书籍设计师，屡获“中国最美的书”奖励。他主创《笺谱日历》，己亥2019年的《笺谱日历》里，有画师张兆祥的一帧木刻蒲公英，画不大，跋语的气势大：“蒲公蒲公，其英谁同。如此强项，独立迎风。秋深多子，成白头翁。”触景生情，我觉得此画此跋，与“燕山雪花大如席”异曲同工。

即使是大冬天，寒冬腊月里，耐寒的杂草也有蒲公英凌寒而生。元旦新年前后，我在城市边缘，甚至大院的角落与旮旯儿，也冒雪画过正在开花的蒲公英。这时的蒲公英不见叶子，开花如同菌子出生，独一根细莛开花，人凑近了，对着它吹口气就能吹化它。

城市风景因为蒲公英而生动，蒲公英在秋冬时节，出其不意地开花结果落果，解构了草木春生秋暮的刻板印象。书店和读书的形式也在改变——应对互联网时代的多元阅读，实体书店举办的新书分享会、诗歌赏读会等，如雨后春笋般生长。郑州也有很多的读书沙龙。才过了春节，二月里雨水节气这天，包括我的新书在内的一场分享会，在郑州“大树空间”举行。这一次，女诗人如月特地带了两株新采的野菜过来，一株是野芫荽，一株就是蒲公英。阳历 2 月还在正月里，蒙着冰霜的大地还是很僵硬很模糊的，怎么会有碧绿的野芫荽和蒲公英呢？它们并非大棚出品——绿油油的蒲公英采自苗圃的丛草里，很深的根茎，因为经历了反复的采叶而伤痕累累。另一棵野芫荽也美妙，像一顶古代公主俏皮的礼帽，流苏四垂。这情景把文友和朋友们震撼了，雷倒了，大家感慨万分。

因为这两棵野菜，让我重新打量蒲公英。《本草纲目》记蒲公英，不在草部在菜部，李时珍有意为之。河南人早春食野菜，喜食白蒿和面条棵；江南则是马兰头、枸杞头和荠菜；成都是鱼腥草和豌豆尖……各地野菜如地方粮票，东西南北并不统一。但无论何地，尽管蒲公英叫法不同，大家对蒲公英药食两用，喜爱一致。李时珍征引前人文献，已经说明了蒲公英四季皆有。吴状元记录蒲公英曰：“蒲公草，《唐本草》始著录，即蒲公英也。《野菜谱》谓之白鼓钉，又有孛孛丁、黄花郎、黄狗头诸名。俚医以为治肿毒要药。淮江以南，四时皆有，取采良便。”一代有一代的识见和局限，李时珍说岭南没有蒲公英。吴状元只记录开黄花的蒲公英。现实当中，蒲公英的调皮或出格，生动与生猛，修正了前人的记载，也改变了我们的观念。三句话不离本行，我是一直盯着气候暖化和气候变化不放的，就蒲公英而言，如果按照吴状元的说法，那么黄河两岸刻下四季有蒲公英生长，这也是气候暖化的表现了。

◦选自2018年12月11日《文汇报·笔会》

红薯纪事

秋收远比夏收复杂。地上的杂粮蔬菜，树上的各种果实，主人常常是顾了这头顾不住那头，因此秋收的过程便拉得很长。好在当年的生活节奏慢，土地讲究轮耕轮休，施农家肥，保养土地曰“倒茬”。秋深都快要立冬了，冬小麦种完，豫北农村才开始收获红薯曰“出红薯”，老辈人开口就说，只有过了霜降，霜打过的柿子、红薯甜了才好吃。这时候农村已场光地净，只有小片地里的青菜和红薯残存了醒目的绿色。

摆弄文字的时间一长，倒有点害怕起文字来了。这两年，为了核实与考证方言里一些常用的字，我有意读了几个老作家的书。闫豫昌是省文联已故的作家，他的散文集《从故乡到大海》，料不到其中有篇沉痛感人的《红薯谣》，

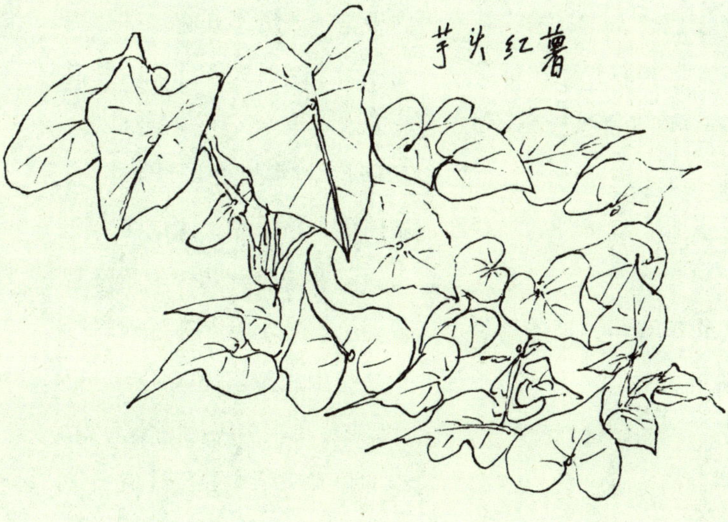
芋头红薯

说兰考和黄泛区农民是要靠红薯充饥过日子的。在这篇文章里，他回忆“文革”全家下放到黄泛区劳动的亲身经历，最难忘是农村的红薯：“我全家下放插队的 5 年中，充分领悟到红薯和农民群众的关系了。听说有一种‘百鸡宴’，我没有赴过这样的宴席；对于‘红薯宴’，我却享受过。那些年，农家饭也可以美称为‘红薯宴’的。”当年的河南农村，秋冬时节，家家磨红薯粉，做红薯粉条，搅胡辣汤，晒红薯干，做红薯面条红薯馍……闫豫昌说：“对于红薯，乡亲们的态度，据我观察的结果是：既离不开它，又讨厌它。”接着，他在行文里特地保留了当时关于红薯的顺口溜：“红薯面条红薯汤，红薯蒸馍送老娘。一天三顿靠红薯，断了红薯饿断肠。”而兰考还流行“红薯快板”：红薯丝，红薯片，红薯骨碌红薯面，做的馍，沾手黏，团成蛋，吃了嘴里酸水不断线儿，光想上医院要酵母片儿……我没有见过闫豫昌，他的这篇《红薯谣》，对于当年有过农村生活经历的过来人，恐怕远不止是豫中和豫东地区的铭心记忆，因为它是“文革”期间广大农村生活穷困的真实写照。特别回味这一段以红薯为口粮的日常生活史，经作家特地写出来，就具有班马著书而不朽的意义。

不仅是作家，对红薯难忘的还有众多的大学者。“文革”期间，中央国家机关的“五七干校”，有好几所都设在河南。1970 年夏秋之间，中国考古界当时坐着“第一把交椅”的夏鼐，在息县农村东岳集看青、看红薯，又翻红薯秧和出红薯。他的同伴与伙计，还有文学所的俞平伯、何其芳、钱锺书、吴世昌等人。文人要弄点日记什么的，他这样纪事：

> 9月12日　星期六
>
> 今天起至20日，安排每天半天在红薯地看青，半天在土坯场工作。但今天整天学习九届二中全会公报。红薯地有被窃现象，加强看青工作，由我与苏秉琦同志负责。
>
> 10月17日　星期六
>
> 红薯大量收获，堆成几个小山。今天起食堂供给红薯，缴交定量粮食，不限红薯分量，吃饱为止。

夏鼐原本写过《甘薯与薯蓣》和《略谈番薯和薯蓣》的考证文章，后一篇还刊登在1961年的《考古》杂志上。他肯定想不到自己会有一段在河南与红薯亲密接触的经历。

俱往矣。今年去世的文化人，还有一位是电影导演李文化。因为说“文革”，不能不提李文化和昙花一现的电影《决裂》，是表现所谓“教育要革命”的。其中有个很可恶的羞辱知识分子的情节，即农学院的教师于课堂上讲“马尾巴的功能”而受批判的故事，表现了对知识的刻意扭曲与糟践。而最近出版的三卷本《中国历史农业地理》，是农学博士韩茂莉女士的最新著述。其中册的第八章，标题是“玉米、甘薯传播路径与地理分布”。文中是这样说的：“16世纪末，明朝后期，红薯曰甘薯从南洋引入中国，经过东南海路和西南陆路两条路径向北于内地发展。”记录红薯在国内传播的历史，闽人陈世元的《金薯传习录》和山东按察使陆耀撰写的《甘薯录》最重要。书中特别还提到了河南：“河南与山东相邻，早在乾隆八年之前河南汝州、鲁山一带即已种植甘薯。”当时的《汝州续志》明确记红薯“植易收广，堪备荒灾”。而《鲁山县志》曰：“番薯，红白两种，根茎叶皆可食。本出吕宋国，明万历间始至福建，今蔓延鲁邑矣。”通读这部书，我深叹著者功力的深厚，眼界的精到，受的不仅是农史知识的启发。

三十年河东又河西。如今科技发达，不缺吃不缺穿的人，由于现实的诱惑过多，念想多过食欲，反而啥东西都吃不出好胃口了。而红薯就地打个拨浪儿翻个身，卷土重来，跳起来自称是养生保健的头号食品。曾经离不开却又令人讨厌的红薯，现在的红心红薯和紫薯，还用小巧的纸箱装起来在店里卖，比大路货的水果还讲究。郑州街头的烤红薯，目前涨到了四元一斤，但好味道诱人，有美女带头，摊前竟排起了买红薯的队列。

。选自2012年10月29日《人民日报·大地》

周王·芋苗

《本草》一名土芝，俗名芋头。生田野中，今处处有之，人家多栽种。叶似小荷叶而偏长，不圆。近蒂边皆有一劐儿。根状如鸡蛋大，皮色茶褐，其中白色。味辛，性平，有小毒。叶冷，无毒。

救饥 《本草》芋有六种：青芋，细长毒多，初煮须要灰汁，换水煮熟乃堪食。白芋、真芋、连禅芋、紫芋毒少，蒸煮食之。又宜冷食，疗热止渴。野芋大毒，不堪食也。

山楂和山里红

眼下，北方农村的空心化问题仍然比较严重，待在农村固守土地的多是上了年纪的人，年轻人越来越不恋家。而山区和山村，这问题就更突出更厉害了。霜降一过，我们上山到南太行看红叶，在晋豫交界的大山里，看到秋庄稼丰收，玉米、谷子和油料作物收成好，而梨、柿子和山楂，却少有人采摘。重阳节到了，秋深了，山风一刮，山楂树首先落叶落光了，地下全是红滴滴的落果红山楂。

山楂这东西，原本是日子里的一点配搭，多是加工成调味或助消化的山楂糕、果丹皮、冰糖葫芦、山楂罐头等，它不像桃、梨、苹果、板栗与大枣似的，可以放开吃，枣与栗和柿，还美称木本庄稼。所以，即使是我的老家，虽然地处南太行浅山区，但多年前几乎没有山楂树，人们不种山楂。后来上边号召退耕还林，鼓励发展林果业，大家曾经尝试着种山楂，但时间不长又把它抛弃了，因为人们觉得还是柿子、苹果、核桃实用，容易实现其经济价值。周王的《救荒本草》，列举中原地区的树木果实名目颇为详细，比如桃梨花红，枣柿核桃，樱桃葡萄，石榴杏树无花果，等等，人工栽培的果木品种，远比蔬菜的品种多。但是，他没有单列山楂，却有一种山里果儿："一名山里红，又名映山红果。生新郑县野山中。枝茎似初生桑条，上多小刺。叶似菊花叶，稍团；又似花桑叶，亦团。开白花。结红果，大如樱桃，味甜。"

别有会心的读者要说，这不就是山楂吗？有意思的是，当代注释《救荒本草》的几位名家，也有人认为它就是山楂或野山楂。但我却负责任地说，这所谓的山里果儿，还真不是山楂和野山楂。固然有不少地方，习惯上常常把山楂与山里红混为一谈。是的，山楂又名山里红，也可以叫山里红，但是，作为山里果儿被称为山里红的，着实并非山楂，二者并非一物。阳历 8 月里，东北长白山地区天气还很热，果园里的山楂树，叶和果实一样青绿，可早市上有山里红似红樱桃一样，已经成熟了。山里红和山楂树的树叶模样都差不多，山里红比带点点的山楂略光滑，也不同于野山楂。不仅是东北，我在藏南地区加查县政府的院子里，9 月份遇到一棵很大的山里红树，树叶类似山楂，红果实则不全像山楂。

说来话长，老舍和梁实秋先生，都写过老北京一种传统吃食曰榅桲的，此榅桲即类似山楂的山里红也。为何老北京竟会喜欢上这一口？比如《帝京岁时纪胜》中说：“又有蜜饯榅桲，质似山楂，而香美过之，出自辽东。”据北京地方志解说，这个榅桲，已经是关外出产的一种山楂了，体形比北京山楂小，但滋味更好，即所谓的“山里红”。它不是很甜，但酸味极重，一般不直接食用，多用来入药。传说，这榅桲汤来自宫廷，庚子事变时流落民间，从此风靡开来。“榅桲汤儿拌大白菜心”，是老北京冬天和早春的一道家常小凉菜，在制作“榅桲汤儿”时，三斤“山里红”要加两斤白糖，方才压得住其酸味。但它还有变种，改拌了梨丝而味道更佳。只是“梨”与“离”谐音，过年时多不用它。梁实秋说《馋》，文中这样举例而提起了榅桲儿——

我有一位亲戚，属汉军旗，又穷又馋。一日傍晚，大风雪，老头子缩头缩脑偎着小煤炉子取暖。他的儿子下班回家，顺路市得四只鸭梨，以一只奉其父。父得梨，大喜，当即啃了半只，随后就披衣戴帽，拿着一只小碗，冲出门外，在风雨交加中不见了人影……越一小时，老头子托着小碗回来了，原来他是要吃榅桲拌梨丝！从前酒席，一上来就是四干、四鲜、四蜜饯，榅桲、鸭梨是现成的，饭后一盘榅桲拌梨丝别有风味（没有鸭梨的时候白菜心也能替代）。这老头子吃剩半个梨，突然想起此味，乃不惜于风雪之中奔走一小时。这就是馋。

此榅桲非彼榅桲。榅桲别名榠楂和木梨，其实是另外一种果实。但老北京曾经的榅桲却是不同于山楂的山里红。山楂野山楂，本是全国性植物，从南到北都有。《尔雅》曰：“朹（音求）树如梅，其子大如指头，赤色似小柰，可食……”此即山楂也。后来的《群芳谱》记载：“山樝一名山楂，一名棠梂子，一名羊梂，一名山里果，一名茅樝，一名猴樝，一名鼠樝，一名朹子，一名檕梅，一名赤爪子，其类有二种，皆生山中。”但是，我的老家，修武县西村乡北洼村的西山山岭上，曾经孤零零地长着一株不大的野山楂树，老家人把它叫孔角树。孔角这个名字，分明《群芳谱》里也没有记载。

○选自2017年11月9日《北京晚报·知味》

一地蔓菁

季节入冬的时候，下雪不下雪说不定，但大河两岸下霜是一定的。霜还有甜霜和苦霜之别，苦霜一旦落过，大地上最后的草叶都枯烂了。这时候，农家出过红薯，收了萝卜白菜，最后还要挖芥菜和蔓菁。如今蔓菁在市场上很难见到了，但每逢这个季节我总是要找蔓菁，它不仅仅牵涉着怀旧的味道和风土，而且关系着古代名物复杂的考证。

蔓菁在古书里的官名叫芜菁。可芜菁是个大杂烩，在它的名下，还乱七八糟地埋伏着芥菜和油菜等，因地域和时代的交替变化错综复杂，彼此交缠着令人头疼分不清。而我老家焦作人说的蔓菁，是正宗的蔓菁，正是《齐民要术》里讲解的。《齐民要术》的作者贾思勰是北方人，他的书有一节专讲种蔓菁食蔓菁，虽然也提到蔓菁的古名又叫芜菁，但分类很严格：蔓菁的叶子可做酸菜，圆形的根是煮食用的。而作腌菜专用的芥疙瘩，他叫蜀芥，与芸薹和芥子相提并论。接下来，轮到明代李时珍在《本草纲目》里说芜菁，蔓菁和芥菜、油菜就混成一团了。李时珍是湖北蕲州人，地属淮南，他说的蔓菁有种和芥疙瘩一样，还可以腌食曰“闭瓮菜”。至今还有人如大家王世襄生前依然沿用着李时珍的这个说法，我站在焦作人的立场上，认为那是把大芥疙瘩与蔓菁混淆了。

对此我耿耿于怀，今年春天在《文汇报·笔会》上就萝卜蔓菁的文化隐喻发议论，不料在文坛搅起了一股浓郁的古蔓菁的味道，引得好几位北方作家次第续说蔓菁，并且他们与我说的蔓菁是一样的。

小说家刘庆邦说《蔓菁是有的》，他老家沈丘县出产蔓菁最多，蔓菁不怕冻，收获最迟，“腊月的蔓菁，受罪的疙瘩。”用来切块炖粉条，切片下汤锅，都非常好吃。最有意思的是，他说因为蔓菁长缨子的地方凹了一点进去，像人的耳朵，所以当地人叫“瓯耳蔓”。我也在沈丘吃过蔓菁，店主人直接叫蔓菁，是切片放在芝麻叶杂面条里煮熟的，就着生调的白萝卜丝一起吃，很是独到。

蔓菁和大芥疙瘩形状近似分不清还可以理解，不可思议的是，包括河南在内，很多地方的确又把油菜也叫蔓菁。驻马店、商丘有这种叫法，登封人也有这么叫的。这两年城市人讲究养生追求原生态，开始流行自己采摘有机蔬菜。前不久，在郑州北郊的小河村，朋友租农家的土地分畦种青菜，那种菜的两口子也是打工的，是登封东金店乡里人。眼前青菜的品种真不少，看到有大芥疙瘩长得好，我就问她有没有种蔓菁。那妇女说蔓菁才下了种，我说不对，蔓菁都该收获了。她想了半天恍然大悟，说我说的蔓菁叫“瓯蔓菁”，她刚种下的其实是油菜。这一来我着实是听不懂了，她就比画着说农村小孩儿吃饭用的小碗叫“瓯”，还双手做合拢状比画了一下。我立刻就联系到刘庆邦说的“瓯耳蔓”了，可那是说像耳朵啊！

散文家李国涛说蔓菁当年多的是，“大跃进”的时候，太原人天天喝“和子饭”，小米稀饭里下面条，加山药蛋、豆角、西葫芦和蔓菁块。“不过这三四十年，市面上的蔓菁是确实少了，我自己就没再吃过。太原的年轻人也不记得蔓菁了……”

蔓菁真的被边缘化了。但是包括作家们在内，很多人现在还是想着吃蔓菁。听说偃师有人专门开了家“蔓菁小米汤”的饭店，分店开到洛阳市里，生意很好很火爆。文物专家崔耕先生八十多岁了，他是巩义鲁庄人，看到我写蔓菁，就说自己快五十年都没有吃过蔓菁了。我把自己从温县陈家沟弄来的蔓菁送一点给他，老人很高兴。

◦选自2010年11月25日《大河报·茶坊》

芥疙瘩

立冬前后，正是冬储菜集中上市的时节。每天早晨，郊区的菜农在萧瑟的冷风里，迎着一地落叶，将新收获的萝卜白菜大葱纷纷送入城市的集市里交易，但也有人，特别是妇女与老人，仍然坚持传统方式，走街串巷，驾着车子零星地叫卖，或守在熟悉的小区门口与街道边卖菜，不惜和城管磨牙斗嘴。这一刻在街头买菜，常看到卖菜人甚至有点求着顾客多买些菜，禁不住使人产生很多感想。过去每到这个时节，城乡街头像赶会似的正热闹，家家纷纷购藏冬储菜和腌咸菜、做酸菜。直到 20 世纪的 80 年代，大家还凭票排队买冬储菜呢。而说起来腌咸菜，不止是各种萝卜，还有芥菜和芥疙瘩等。

我们把芥疙瘩叫大芥疙瘩或大芥，它可用两种方法做成咸菜。头一种省事又耐吃的是腌芥疙瘩，类似食品加工厂的酱菜。大芥收获后，去掉缨子，芥疙瘩略微削一下，在坛子里（老家把坛子叫川或川口）一层疙瘩一层粗盐摆好，不用好久就控了水汁，取出来晾一下，再放回去，然后煮花椒大料水浸着。泡透了，五香芥疙瘩就做好了。外路人一般叫它大头菜。白萝卜也可以用这样的方法做咸菜，现在还有人这样做。

芥疙瘩又可以做成名为辣菜的另一种咸菜——辣芥丝，今日登封出产的“小苍娃”辣芥丝是也。把鲜疙瘩切丝，码在坛子里，再放料水入味。老北京说的“闭瓮菜”是也，开坛闻香且辣，吃一筷子蹿鼻子辣，可开胃而醒神。

土头土脑的芥疙瘩，闷不腾的芥疙瘩，像一个貌不惊人但肚子里极有主见的人，这家伙在江湖上混久了，到处都混了个脸熟，却把许多人都看花了眼。开口逢说大头菜者，各拉各的弦，有说是蔓菁，有说是芥疙瘩，还有说是苤蓝。这几样根茎类的菜疙瘩固然都可以腌咸菜不错，但独有蔓菁可以下锅煮着充口粮。当年红薯还没有来到中国的时候，北方人主要煮粥加蔓菁吃。黄河流域古来多灾，东汉有位皇帝汉桓帝曾专门下过一道种蔓菁度荒的诏书。《齐民要术》说种蔓菁方法，也是北方蔓菁。蔓菁的大名也叫芜菁，后来有人根据陆游的诗，考证蔓菁是宋朝才到南方的。那首《蔬园杂咏》绝句是这样说的：“往日芜菁不到吴，如今幽圃手亲锄。凭谁为向曹瞒道，彻底无能合种蔬。”在芜菁的名下，蔓菁和芥疙瘩、苤蓝等就说乱了，一言以蔽之曰大头菜。而蔓菁的本来，侥幸在河南各地尚存。周口一带，沈丘至今吃芝麻叶杂面条，还有切蔓菁片一起煮的，那是咸味；而慕名到洛阳的“蔓菁饭店”吃蔓菁饭，人家用邙岭上的好小米熬粥，随锅煮蔓菁块，放槐米和大枣，不放糖却有很甜的味道。小时候在老家吃玉米粥和小米粥，我们一概叫“甜饭”。甜是淡的同义词，专门是为了配咸菜。一早一晚要吃甜饭，有时放红薯，有时放蔓菁，但蔓菁的味道很古怪。可天生带辣的芥疙瘩，是不可以煮食做口粮的。芥疙瘩只有做咸菜和辣菜吃。汝南出一种酱菜土名曰黑咸菜的，脆的是芥疙瘩，面的就是蔓菁。蔓菁和芥疙瘩，这一双传统的宝贝疙瘩，有时候说起来似绕口令，说着说着，就把人闹糊涂了。但可以这么说，如今市场上芥疙瘩还多，而蔓菁很不容易见到了。

这几年郑州的春天和秋天明显变长了，今年立冬那几天，我在黄家庵和司家庄一带的街道和胡同里，除了蔓菁瞅不见，分别都看到卖雪里蕻、芥疙瘩和苤蓝的，连洋姜也有，无不是腌咸菜的好材料。那洋姜别处又叫鬼子姜，大名是菊芋，味道独特，和蔓菁有一拼的。遗憾的是，“重口味”的咸菜与轻盐的现代养生观念日益发生冲突，况且，大路咸菜，腌制的过程不透明。城市家庭的冬储菜和腌咸菜不兴了，而生活中还吃不吃咸菜，与城市大发展、古老的乡村大衰败，分别都成了突出的现实问题。在口味与健康、城市和农村的两难抉择中间，怀旧虽然是口头禅，可在实际利益面前，变成了很虚伪很扭捏的感情，像此刻树上零星的黄叶，风再大一点，就迎风而枯落了。

◦选自2012年12月27日《大河报·茶坊》

腌芥菜。

郑州过冬要放暖气的时候，就该把我的岳母从县城里接过来了。老人家年年应时来我家过冬，小家平添了浓浓的亲情和人气，妻子和女儿极高兴，一家人顿时感到温馨无比。可是，我还是个馋人，最喜欢岳母带来的才腌好的芥菜。

我爱吃的腌芥菜，是河南农村的一种特产。既不是黑乎乎的芥疙瘩，也不是登封和中牟产的辣芥丝，而是和雪里蕻很相似的那种芥菜。每年霜降一过，乡下就该腌芥菜了。卖菜人踏着三轮车顶着大风，大声吆喝着在县城的老街和小胡同里来回转悠，芥菜成捆用稻草系好了。岳母这时把经霜发紫的芥菜洗净了晾干，再切碎，用干净的瓷盆，码一层碎芥菜撒一遍白盐。大体上一个

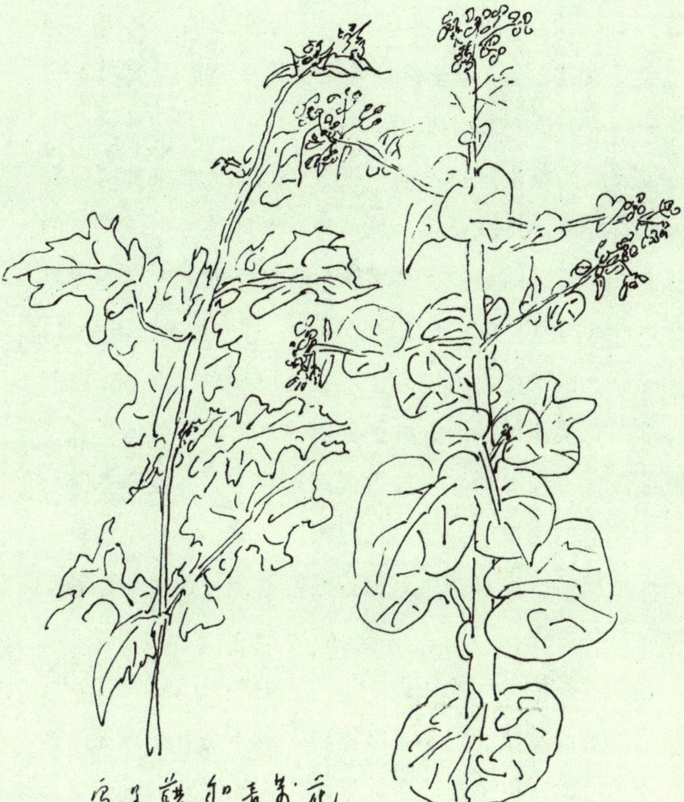

雪里蕻和青菜花

星期就差不多了，临装瓶的时候，再用新鲜的胡萝卜丝和花生豆拌一拌。这样装在罐头瓶里压瓷实，看着有红有青绿，开瓶叨一筷子吃，蹿鼻子辛辣，又鲜咸清香，是开胃的美味！芥菜腌久了，会变色，绿色渐淡味道也略酸。所以新腌成的特别珍贵。岳母刚来的头几天，我总比妻子女儿更开心一些，早晚拿热馒头就着芥菜喝粥，由衷觉得是凡人的金不换。

过去我奶奶也是持家的一把好手。冬天要来的时候，山里人要腌咸菜，腌芥菜，腌黄菜。腌咸菜专指腌整条的大萝卜，腌黄菜则是萝卜缨用滚水煠过，放入专用的大缸里沤，古人曰菹。老家是山区，缺水，种地种庄稼不种菜，过冬的萝卜白菜要靠出山到平地买，用平车即架子车拉回来。唯有芥菜却可以随意种到地边，不用浇水就能生长，很贱很泼实（皮）的。霜打过连细根铲下来，就腌芥菜。二三十年前的事情了，奶奶那时候腌芥菜，用从供销社买的大坷垃粗盐，没有花生豆，把炒熟的焦豆掺里面，芥菜生辣而黄豆脆香。

这一种芥菜，大别山里的信阳人和伏牛山区的南阳人，又叫它辣菜或腊菜。它不是雪里蕻，也不是叶子下面结芥疙瘩或苤蓝的，更不是广东人爱用来连汤煮食的大芥菜。它和雪里蕻的界限的确很模糊，条叶却没有雪里蕻生得长又大。雪里蕻也可以腌制，做梅菜扣肉，又是江南和浙东一带制作霉干菜的主原料。和雪里蕻比，这种芥菜的叶子更像冬油菜，但和油菜的季节不同。它原本就是边缘化的一种叶菜，在快速演变的现代生活中，越来越不起眼了。单凭其名字在电脑里搜索，芥菜大家族里显不出它。从历史上看，古人曾长期食用过的葵和蓼，现在连专家都难以考证清楚了，此芥菜也面临失迷的危险。

芥菜是不起眼的土东西，它是和农村、土地、井水、河水连着的，腌芥菜仿佛是我奶奶和我岳母的专利。我试图说服我的岳母，让她年年来郑州住稳了再腌芥菜。可她说不行啊！大城市的水经过药物净化，有添加剂有怪味儿，大城市吃的精盐加了碘，这就没办法腌芥菜。是的，我妻子没腌芥菜但尝试过腌香椿，可不过夏香椿就烂了。有人给她传了个方子，她把腌好的香椿倒到瓶子里放入冰箱。这样好一点，但还是不经放。

○选自2009年11月24日《大河报·茶坊》

酸黄菜。

上次说到如今不兴冬储菜。因为有大棚蔬菜和南菜北运，北方人冬天和春节吃新鲜蔬菜也很平常。而当年盛行冬储菜时，山里老家却一直延续着腌制古老的酸黄菜，或简称黄菜。很长一段时间写文章，我用字选字怕土气，就像和场面上的生人相处相遇，硬巴巴要说普通话——老家说“撇普通话”。但未经训练的焦作普通话不中听。例如这酸黄菜，以前我企图将其表述为通行的酸菜，直到读了吴状元的《植物名实图考》，固始籍贯的吴其濬做封疆大吏，普天下转了一大圈，最后到山西当巡抚，他在民间调查中，发现当地人冬春大量制酸菜，叫酸黄菜，便直书为酸黄菜。有了这个大依靠，我进而明白了俚语和土话入典的现代民俗意义不可轻视。豫北山地缺水，历来种粮不种菜，咸菜和酸黄菜是山里人冬春调味与吃菜的主角。咸菜用萝卜、芥菜和芥疙瘩腌，酸黄菜则用菜的老叶，是泛黄的萝卜缨与白菜帮混合做成的，再擦一点点红白萝卜丝放里面，画龙点睛就行了。我家经过当阳峪出了山口，就是焦作市区的墙南和恩村一带。每年秋深的时候，各家各户都要去那里买一些萝卜白菜作冬储菜，还要就地拾主人不要的萝卜缨子与白菜帮，用小平车拉回来，柴火烧大锅煠熟了，泡到大缸里做酸黄菜。酸菜曰菹，其实是沤出来的，上面压一个光滑的大石头或者小磨盘。到了翌年夏天酸黄菜才吃完，看我的奶奶要搬出来洗压缸的石头和磨盘了，就明白是又要做冬天的酸黄菜，陈年的老汤用一点点。三四十年前，大家过日子还苦，酸黄菜炒一点，就是热菜了。大多数情况，酸黄菜是下面条锅的。杂面条是白面配豆面，不是绿豆面而是白豆面，豆腥味很浓。先在锅里煮玉米糁或小米，一直煮，再下一些面条，挖上大半碗酸黄菜放进去，一大锅叫糜羹的中午饭就做成了。糜羹不是米羹，这也是在周王的《救荒本草》里保存下来的。它说明至少从明朝开始，祖先从山西大槐树移民下来，就一直吃类似现今说的糊涂面条，只不过，豫南人用芝麻叶，我们用酸黄菜。

老家吃酸黄菜还是好的，但越向北海拔越高，北方深山区的民间生活更苦寒。孙犁说冀晋交界地区，抗日时期看农家用大缸储酸菜：“每家院子里放着几只高与人齐的大缸，里面泡满了几乎所有可以摘到手的树叶。”而流放过张家口的汪曾祺回忆雁北生活：“什么都拿来酸，除了萝卜白菜，还包括杨树叶子，榆树钱儿。有人来给姑娘说亲，当妈的先问，那家有几口酸菜缸。酸菜缸多，说明家底子厚。”（《五味》）我读到二位夫子的文字较晚，但令我明白了青年远行经历中的一个疑问。中学毕业前后，遇上“批林批孔”和农业学大寨，1975年结队去大寨参观。我们在新乡上的火车，每人带的是现买的猪蹄和火烧，卤猪蹄约三毛钱一只，夜过石家庄入娘子关到阳泉下车，第二天再赴大寨。络绎不绝的大车把四方客人拉到大寨，看过虎头山上的人造小平原，中午在大寨村排队吃大锅饭，大碗烩菜是酸黄菜带肥肉片，竟然是由柳叶、桃叶与杏叶等泡成的，少许的土豆粉条白而糟。杂树叶子竟然可以做酸黄菜，先前我一直不理解。前两年旧地重游，春天在大寨吃上了米饭红烧鱼，炒包菜和土豆丝。由于退耕还林，人造小平原变成果园，大寨村还把新中国成立初期就扒去的小庙盖成了大庙，但公厕到处还是旱厕。小时候觉得不一个省就离得特别远，这时再看，大寨也是在太行山。太行山北起幽燕连着万里长城，南下过怀川拐个弯走黄河边，而大寨便在我的老家和北京之间。

“山西好盖楼，河南好穿绸。”这是老家形容山西人过日子仔细，奉行节俭。由于山势拐弯，南太行似个芭蕉扇，上面一溜是山西的晋东南，下边一圈子是豫北怀川。这厢依次是卫辉、辉县、修武、焦作、博爱、沁阳与济源，上面对应为沁水、阳城、晋城、泽州和陵川。怀川和晋东南风土地脉近似，唐代怀州曾经管领泽州。而山西得区位之势，明清之后，远比河南战乱与灾荒少。民国三十二年（1943），老家人逃荒不是经过洛阳去西安，而是先去徐州回来再去山西。晋东南的长治和晋南临汾一带，至今还有若干大村子，一色全是河南的移民。“猫肉是酸的，人肉是半个油花。”这是老人们当年常说的。但自从我爷爷奶奶下世后，便没有再吃过酸黄菜和糜羹了。现在老家人做饭，不用柴火少用煤，多用煤气灶和电磁炉，一年四季，有菜贩开车到处卖好青菜。那次在焦作和朋友说起来酸黄菜，刻下珍贵得不行，有人用塑料袋，从农村好不容易才找了一点酸黄菜提回来。但想想那塑料袋，如同郑州街头早上喝胡辣汤与豆腐脑的时候，店家把碗先套个塑料袋。唉！这样的酸黄菜和豆腐脑，不吃不喝也罢。我烦那膈应人的塑料袋。

选自2013年1月16日《大河报·茶坊》

银条甘露儿。

冬天的菜市和集市里，根茎类食材最丰富，萝卜蔓菁、山药红薯、芋头土豆、生姜洋姜，还有水生的荸荠和莲藕，等等，形形色色，五花八门，仿佛在开专场的博览会。更邪乎，莫过于生僻的银条与甘露儿了。这时去“老洛阳”面馆就餐，有凉拌银条是特色下酒菜。银条还可以做热菜吃，有次在偃师市区，一家饭店用银条烧虾仁颇出彩。偃师人因银条而自豪，夸张编故事，说是玄奘西行带回来的。

银条到底是什么东西？多年来我为银条找原始出处，曾几次在去二里头访古的途中，经过偃师城边，停在洛河两岸看农家出银条与栽银条。银条和山药红薯的生长季相同，清明之后，小麦起莛孕穗的时候，主人开始在麦垄里套种栽银条，掐育苗用的银条，一截一截埋在土里。银条生根发芽，扯秧开花，秋收经霜降种过麦，农家接着出红薯的时候，也同时要出银条。出银条远没有出红薯的场面大，眼见一个老汉用钢锨深踩翻土，把好黄土下面的银条挖出来，老妇人蹲在他前面拾银条择银条。一缕缕出土的银条似白茅根，但比野茅根还嫩。尽管没有在别处见过银条的种植与出产，但我是一个天生不迷信世俗说法的人，就刨根问底地向偃师人询问银条故事。他们如实告诉我，在北京郊区的通州、平谷一带，也出产这样的银条菜。而我的岳母是沁河北岸人，她说银条在怀川，曾经和山药、牛膝一样不稀罕，早年临河而居的南乡人，腊月里过事娶媳妇，主家提前订席面的时候，少不了指名用银条当凉菜。银条自生自灭，就长在潮湿的井台边。明明白白的，银条不是偃师才有。可《救荒本草》有一种“银条菜”，那是茎叶类野菜。彼银条非此银条。

周王也记有甘露儿。甘露儿：“人家园圃中多栽。叶似地瓜儿叶，甚阔，多有毛涩。其叶对节生，色微淡绿；又似薄荷叶，亦宽而皱。开红紫花。其根呼为甘露儿，形如小指，而纹节甚稠，皮色黪白。味甘。”这个描述很形象，甘露儿像旧年的螺丝糖，如今也有叫宝塔菜的，脆生生的，多在八宝酱咸菜里。这东西至今怀川还有，依旧叫它甘露儿。清明节看桃花的时候，在回老家的路上，武陟地界绵延不断全是桃花园。桃花之下蒲公英开黄花，家家为果树松土除草的主人，也剜一种和草莓叶子差不多的植物，刨出来就是这甘露儿。甘露儿还有“草食蚕”“草石蚕”的别名。这是一种薯芋类蔬菜，属于唇形科水苏属的草本植物。蔬菜专家说，这种原产于我国的野生植物，唐代已有了引种记录，逐渐培育为特色蔬菜。依据其产品器官的形态特征和品质特性，人们先后为它命名了两大类20多个名称。首先根据形状命名，有草石蚕、地蚕、地葫芦、螺丝菜、宝塔菜等；其次根据其品质特色结合比喻命名，有甘露、甘露儿、甘露菜、滴露子等。远在宋朝，杨万里就曾作诗吟之：“甘露子，甘露子，唤作地蚕亦良似。不食柘叶不食桑，何须走入地底藏。不能作茧不上簇，如何也蒙赐汤沐。呼我果，谓之果。呼我蔌，谓之蔌……”“蔌”即蔬菜也。

《救荒本草》同现代植物学分类虽然还有不小的距离，但是，周王将其所记录的四百多种可食用植物，依次分为草部、木部、米谷部、果部、菜部，已经有意识把同类和近似的植物，如天门冬和麦门冬，绵枣儿和土圞儿；稗子与野黍，蒲笋与芦笋；紫苏与荏子，等等，相应排列一起。仔细读《救荒本草》，紧挨着甘露儿另有地瓜儿苗一目——地瓜儿苗：“生田野中。苗高二尺余。茎方，四棱，叶似薄荷叶，微长大；又似泽兰叶，布茎而生。根名地瓜，形类甘露儿，更长。味甘。”其食用方法：“掘根洗净，煠熟，油盐调食。生腌食，亦可。”老天爷，这不正是偃师人炫的银条吗？它和甘露儿是姊妹菜，也是唇形科水苏属。银条在明朝，河南人叫它地瓜儿苗；如今在别处，还有叫它为“地藕”的。

银条和甘露儿，从野物入园圃，产量低种植不广，本来就是很边缘的蔬菜，所以不常见。而今偃师也在扩大县城建设，洛河岸边连片起楼房，陆续占用好土好耕地，银条种植越来越少了。银条和甘露儿的命运堪忧。但是，从保护生物多样性和蔬菜品种的意义上说，今天应该特意保护它们的种植。

○选自2015年2月10日《大河报·茶坊》

柿炒面

北方人吃面的花样多。馒头、包子、烧饼、烙馍、饺子和面条以外，一日三餐，直接食面的方式，还须臾离不开粥和面汤。豫北人家，见天要喝的粥曰甜饭或稀饭者，是玉米粥，分玉米糁熬粥和玉米面糊两种。面汤则是白面疙瘩汤，有的地方叫它面穗子，那是间或用来调剂一下口味的。但是，老家还延续着极古老的风俗，比较特殊的至今有元宵节夜晚喝油茶的习惯，如《荆楚岁时记》罗列："正月十五日，作豆糜，加油膏其上，以祠门户。……世人正月半作粥祷之，加肉覆其上，登屋食之……则是为蚕逐鼠矣。"由此衍生出大名鼎鼎的"武陟油茶"，它是面茶的一种。而小时候在老家，我还常吃那柿炒面。

南太行的秋色，五色斑斓的天然颜色以外，农业和农家景观也颇出奇。大量收获的白玉米和黄玉米，点缀着不多的高粱、棉花、谷子、芝麻和杂豆，再就是上上下下，左顾右盼，累累挂满红灯笼一样的柿子树了。百般装点，耐看无过玉米和柿子。村寨普遍都靠着山脚与土崖而建，半遮半掩的大小聚落，农家院有瓦房也有平顶的矸棚房或水泥抹顶的，眼下，错落舒展的一座座平顶房就是玉米和柿子集中堆放的大晒台。而霜降前后，柿子大量下来的时候，它比玉米更占地方，于是，各家各户的墙头、窗台和石头台阶的边缘，就连不大的石磨盘和碾子，边边角角，圪里缝道，也全都派上了放柿子的用场。枯树与动物休眠的季节，冬山如睡，山家迟起。早晨，太阳从东山头跳出投下光芒万丈，雄鸡高亢的叫声，隔着山坞和岔路口，可以听达方圆好几个村庄。这一刻俯瞰初醒的山村，人欢马叫的场景即将拉开大幕，而那黄玉米与红柿子交织缠绕而组成的图案，为山川山谷画龙点睛，又仿佛是红色与金黄编织的一幅图腾。

山里多柿树。温性的柿子，比外来的红薯资格老多了。山里人形容柿子的好处，说没娘的孩子，靠烘柿可以做奶水吃。人们除了吃烘柿、漤柿和晒柿饼，物尽其用，摘柿子过程中碰伤或跌落的烂柿子，还要拿来晒柿瓣或酿柿子醋，同时也用它制作柿炒面。

现在没人吃，也吃不到柿炒面了，自然也就不知道柿炒面的做法。它分两种，一是将摔破、碰伤的烘柿掺和了秕谷子和玉米不成穗子的嫩芯，拌成柿糠，晒干了磨面。

一种是将做柿饼而削去的柿皮，经数九天冻焦了再碾碎磨面。冬天的时候，家家户户都要晒柿糠，然后找个好日子，烧柴火大锅炒柿糠，炒焦了跟进磨柿炒面。不说一石两石，过日子的人家，每家备上三五斗炒面是必需的。我的奶奶是炒柿糠磨柿炒面的好手，她把炒好磨好的甜香四溢的柿炒面，小心放入小口子的面瓮和坛子里，有时也直接收入大缸储藏。早晚喝粥曰稀饭时，馍少不够吃，家里人就随手抓几把柿炒面撒在玉米粥上面，搅和着吃。稠一些干一些的，仿佛是藏人和了酥油拌青稞面吃糌粑。柿炒面还是上学的小食品和零嘴——课堂上，忽然有人会掏出一小把柿炒面，它不能猛吃，那样会把柿炒面吹飞了。有人急匆匆地喃一口柿炒面，呛得他连声咳嗽，这是童年极有趣的记忆。而最甜的当然还数那柿皮做成的柿炒面，它是柿炒面里的“纯爷们”。用八月黄柿子做柿饼，就着轮车轮柿子的时候，柿刀削掉的柿皮打着旋，一飞数尺长。然后，把柿皮集中搭起来晾着等它冻焦。过春节备年货，蒸馍煮肉的时候，也在当院的大铁锅里翻炒冻焦的柿皮，再用碾盘推，压碎了上磨。柿皮面粗粝，但特别甜，不仅可以和稀饭吃，而且是做花卷馍的优质食材。柿炒面还有个优点是特别耐放不生虫，不管它，不用翻晒，过好些年都不会坏。

口粮！父老乡亲古来这样敬称五谷杂粮和粮食，它是百姓心目中的第一宝物。口口相传有这样的故事——一场天灾骤降，山洪大水似猛兽一样扑来，一个员外带了金银上树逃生，一个穷汉带着杂面馍馍也上了树。而大水数天不退，富人最终熬不住了，提出拿自己的金银换穷人的口粮，结果可想而知。这不是胡说的，类似《一九四二》那样骇人听闻的悲剧，原本不时要轮回重演。历代地方志，志灾志异，水灾与干旱导致的荒年悲惨记录最多。老家有个真实的故事，说荒年来了，乡邻四散，少数没有外出逃荒的，仅靠吃树皮和观音土求生度日，瘦骨嶙峋地挣扎在死亡线上。唯有一家人不大有饥饿的表现，原来，他家的窑洞深处，竟然用长年积累的柿炒面打了一堵断间墙，全靠背着外人偷偷吃柿炒面度荒。于是，人们更加觉得柿炒面的珍贵了。

久远的历史里，由于庄稼常常歉收，民间就有了铁杆庄稼崇拜，说的是柿与大枣、板栗等可以充当口粮。环境考古学家发现，早在半坡文化，就有柿子的遗存。老家的柿子有多少年？家门口有棵不用嫁接而自动结柿子的“天生树”，相传生长很久了，几辈子都依靠它，至今还是风华正茂的模样，岁岁结出累累果实。自古人们都爱吃柿子，柿炒面作为一种吃食和代吃食，已经淡出了老家人的日常生活，却是曾经甜蜜而复杂的生活记忆。

◦选自2014年3月4日《大河报·茶坊》

拐枣和软枣。

我家门口多学校，有小学也有初中。常常看到学生在上学与放学的时候，闹哄哄在四邻的小摊小商店争买各式各样的小食品，红男绿女追逐游戏吃着快乐着，真一派“少年不识愁滋味”的活泼光景。看着他们令人眼气，有时就会想起过去的小零嘴——冬天的村小和乡中，敲钟下课上课间操的时候，却也不是正式的课间操，男孩子扎堆靠着墙闹“挤老干”，或各自扳起一条腿雄赳赳地“对鸡”；女孩子要跳绳、跳皮筋和踢毽子。兴高采烈头上冒汗的时候，小伙伴会从母亲亲手缝制的大棉袄的口袋里掏出一点小麻子、软枣和柿瓣、红薯片等，互相抢着食用。那时候没有人吃袋装的瓜子、焦花生，没有方便面和膨化食品。而小零嘴与小吃和方言一样，也是地域性极强的土产之类，换一个地方，你或许就不知道了。

软枣，植物学美其名曰君迁子。《救荒本草》记为黑枣。它是柿子树原种的果实，树是野生的，一般长得比柿子树瘦小，叶子也小，和冬青的叶子差不多。春来开一种小黄花，比柿花还秀小，另外还有一种开紫心小花的软枣树。有趣的是，粗笨的柿树与观花的蜡梅一样，它们都需要人工嫁接才成。蜡梅的野生种是普通的紫心狗牙梅，鄢陵人叫它臭梅，经过嫁接才有磬口黄心梅等。我老家出产丰富的柿子品种，如八月黄、老轿庭、小火罐等，无论如何，各种柿子都要靠软枣树苗嫁接而成。果树如柿子板栗大枣，自古曰铁杆庄稼。软枣和苦楝子大小差不多，但一枝一缕结得很稠。它是秋收过程里最后才采摘的，与过冬的白菜萝卜同时收获。然而并不引人重视，“大年初一逮个兔——有它不多，没它也不少。”山家把最后几担柿子挑回家的时候，随手在路边再折几枝软枣，挂在水担（不叫扁担）头上捎回来，往门头的橛子上一搭就行了。冬雪过后，风干成了极甜的果脯。可新鲜软枣也是涩的，大人吓唬不懂事的孩子，说吃了刚摘下的软枣会变成哑巴。风干后的软枣，和炒熟的小麻子一样，于是变成旧时少年贪吃的小零嘴。想想，模样似葡萄干的软枣，却远不及葡萄干好吃，它和今日五花八门的零嘴和小点心比起来，类似于鸡肋，现在老家人也很少食用了。然而我们的少年时代，美妙的细节就是通过类似吃软枣和小麻子这样的小零嘴积累的，它在我们的记忆之绳上织成永久的节点。

与柿树和柿子分布广大不同，拐枣比软枣更稀罕，北方人少见，我小时候不知道拐枣这一说。拐枣，学名枳椇。但一字之差，枳椇不是枳橘。后者也有被写作枳桔的，其实就是枳。河南种植橘子，西在淅川、内乡，东到固始，依傍着汉水与淮河流域一带。人工勉强把橘子树种到黄河两岸，它也开花结果，果实也不小，可就是酸涩不中吃。古语曰“橘生淮北为枳”，以前我认为不能吃的橘子就是枳了，不是的，枳是另外一种，学名为枳橘，民间用它植绿做天然的篱笆墙，普遍就叫它铁篱寨。而枳椇土名为拐枣者，果实并不是圆球形状，它的生长也偏爱江淮间的温暖气候，信阳一带多见。因为它长得高，和圆冠大树头的柿子、橘子树不一样，高高在上，对于它的果实，难识庐山真面目。有回在西安的回坊街，冬天的时候，在一长溜小吃店和卖柿饼大枣等干果的水果摊前面，马路牙子上，有个包着头巾的老太太孤零零挓着篮子在卖拐枣，像是放大的核桃仁一样，却又像细瘦的麻雀爪。我的同伴不识而买，吃一口受不了它的甜腻，很快就放弃了。

我虽然见过拐枣树和品尝过拐枣，但总是与它的接触有限，不能像说家乡的软枣一样，说出它开花结实的细节来。周王曾记录密县的梁家冲生长有拐枣树，说它的叶子类似构树叶，边沿有锯齿，“开淡黄花。结实状似生姜，拐叉而细短，深茶褐色，故名拐枣”。我在大别山里看到的拐枣，倒是它的叶子似桑叶。但我的家乡南太行竟然也有拐枣野生，在一本署名为济源山区办编的《太行山观赏植物及利用》的小册子里，记济源和修武山里有拐枣，土名叫“甜半夜”。这令我以善谈老家风物者无比汗颜。这样第一手的野生调查，真让人惊叹大自然的神奇和出其不意。

○选自2014年1月3日《大河报·茶坊》

山药和天花粉

入冬前后，麦苗青青人得闲，正是中原农家腾下手来出红薯、山药与剥棉花的时候，媒体报道了温县人种的好山药却大量积压无销路的消息。不仅是山药，诸多的农副产品，包括满地的水果和大白菜，当下都多得不好买。可“文革”的岁月里，农村讲“以粮为纲”，山药和花生，都很少种。我当中学生的时候，路边有人揣着杆小秤偷偷卖焦花生，一两毛钱买一点是最幸福的。还记得有人从沁阳带了一些山药回来，连夜煮熟了蘸白糖吃，大吃一顿，大家都噎得瞪眼睛。反过来，红薯是把人吃怕了。当年大面积种红薯，因为它可以抵粮食，五斤红薯顶一斤口粮。如今五十岁左右的人，一说起红薯来，有人还低头吐酸水。

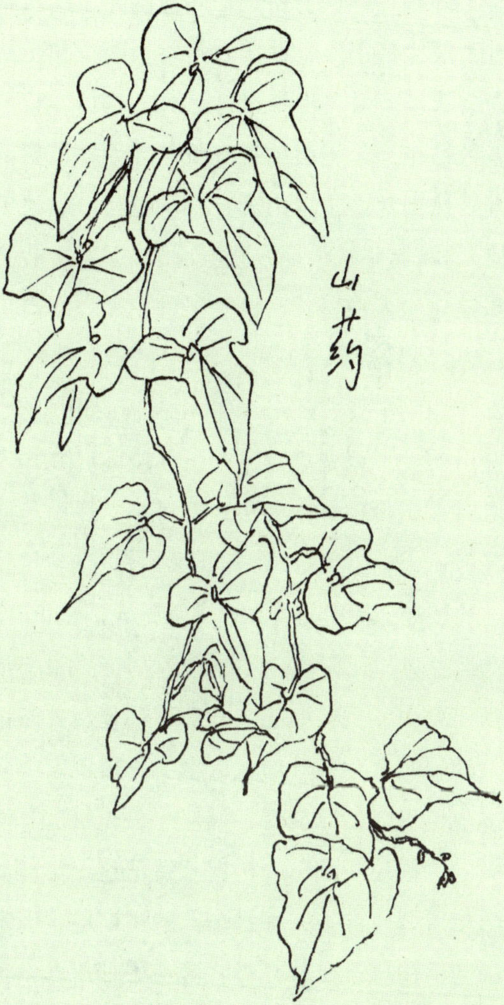
山药

这些年生活变好了，城乡人都讲究保健和养生，用山药食补很流行。山药的作用被编成段子，还有许多传说近乎于神话。沁阳是古怀庆府所在，明清的怀川商人到南方做药生意，“四大怀药”，地黄、牛膝、菊花和山药。我在上海博物馆看过外国人收藏的陶瓷展览，其中有个香炉，青花的，景德镇生产，上面的铭文就是怀商祭祖用的。因为有“山寨”怀山药冲击，山药在外国也有，我国各地都有山药种植。与河南临近的地方就不说了，远到北京、上海，甚至江西和福建，人们喜欢在菜畦里种山药。淮南包括信阳人，脆山药是水焯后炒菜吃的。包括老辈邓云乡，说“淮山”而不知“怀山药”。怀庆一带的山药何时出了名，《救荒本草》说山药：“今处处有之……怀孟间产者，入药最佳。”家乡有朱元璋杀怀川的传说，可是，怀山药那时候就已经很有名了。

根茎类的植物，淀粉丰富，自古都是人们充饥食用的。周王还说到野山药和天花粉。《救荒本草》写野山药：“生辉县太行山山野中。妥藤而生。其藤似葡萄藤，条稍细，藤颇紫色。其叶似家山药叶而大，微尖。根比家山药极细瘦，甚硬。皮色微赤。味微甜，性温平，无毒。”他说的就好像今天的“铁棍山药”。沁河入黄河这一带，温县、孟州、沁阳和博爱、武陟，都是怀药的主产地，也是四大怀药和怀山药的主产区。早几天我顺道去那里看出山药，并买山药。可那里的熟人告诉我，他们却利用双休日，到我的老家云台山一带和辉县的农家饭店吃野山药。我就和他说起了小时候在老家刨天花粉的故事。天花粉是中药名，和山药差不多。但它的学名曰栝楼，花叶野生扯藤，春天生苗，逐渐节节生长，依附着杂灌，初夏开白花，像葫芦一样的花。结圆球果实慢慢变大，秋天金黄。我们叫它壳娄蛋，也是中药。它的根深入地下，完全与山药的形状一样，只是味道不同。周王说遇荒年，天花粉晒干了人也能吃。我没有吃过天花粉，但是冬天刨过它。要是长在平坦的地方，不好挖，像出山药一样，要挖大坑。我们常常选择长在塄头上的，顺着塄堰朝下刨，很省事，一条似山药一样的栝楼根，叫天花粉的，被挖了出来。这么一来，梯田的堰塄，就像猪獾给拱过了似的，留下豁豁牙牙的烂迹。不过不要紧，反正农闲时，生产队要搞农田基本建设，每年大人们都要垒塄的。用片石和卵石砌起来，如院墙和微型的长城一样。想来和东北人发现人参一样的，可以卖到供销社。其实也卖不了几个钱，仨核桃俩枣的，是少年难忘的一种乐趣和野趣。

一代有一代的童趣和乐趣。我原以为数码时代，自己这个年龄阶段的人，有过农村生活的经历，特别是物质财富相对困难时期的乡村经历，类似刨天花粉，扳蝎子，沤着奶奶或母亲，拿鸡蛋换冰糕吃，等等，这些有趣的故事，已经成为骄人的绝响。可是有次偶然和单位的小朋友聊起来，才知道远不是这么回事。男孩甲说，漯河人深秋拣梧桐树落下的黄叶子如黄油布，奶奶会用来当蒸馍和蒸包子的垫布。男孩乙说，梧桐子落一地，可以拣起来当炒豆吃，比炒豆还香。女孩丙说，山西晋城人冬天挖药材名堂更多，柴胡、丹参都可以用来换钱。可也有人是一心只读圣贤书的，连鲁迅在百草园里捉金铃子的经历也不曾有，女孩丁在温县农村长大，竟然不知道山药蛋长在哪里。山药和山药蛋，是先有蛋还是先有山药？我说山药秧子上面结蛋下面长山药，类似栝楼藤结壳蒌蛋和天花粉的关系，大家顿时笑翻。女孩脸红过下蛋时的老母鸡。农村与乡野的闲话，让人返老还童，真是三天三夜也说不完！

选自2011年12月5日《大河报·茶坊》

何首乌

土地的神奇很容易获得证明，单就撂荒的城市隙地连年无所事事而言，任意一小片土地，在人的眼皮底下，隔一段时间它都会翻新、演义出不同的草木风景。

原本是单位的家属院，逐渐演变成社区的一个混合单元，曾经花木扶疏、井然有序的大院子，俨然变成严丝合缝、密不透风的一爿绿树坞了。不必说二十年的紫藤粗过了牛腿，试验性的香樟的幼苗分明长成大树，那特地从外地移来的乌桕和皂角树，望之好像古树翁一般。地上的杂草，单说爬藤类的吧——爬墙虎、凌霄，绞股蓝、乌敛莓，何首乌、鹅绒藤、芄兰……这错综复杂的爬藤怎么来的？清明的时候，它们陆续抬头吐蔓儿了，袅袅嫩须似蛇吐芯子一样。我栽的小柿树才发新叶还羞涩呢，便不由得两次割断何首乌对它的无理纠缠与撕扯……说实在的，费了几年功夫，我才弄清楚何首乌与芄兰的存在，以及它们的区别。

那就先说何首乌吧。地球人都知道的，古来都说何首乌是名贵药材，不仅乌发美容，而且益精壮身，可以延年益寿。至今南北山区大小风景区，总有炫耀兜售土特产包括何首乌的。百度一下网络交易，那专门针对所谓野生的“人形何首乌”的兜售，类似买卖古董。所以，一旦这身价不菲的何首乌长在了眼皮底下，便不可一世、肆无忌惮地生长，甚至冬天都不凋落，呈半常青状态。李时珍说，远在汉武帝时就有人用它入药了，只不过开初名字不叫何首乌。我逐一翻检资料，最早的《神农本草经》里没有何首乌大名。唐代孟诜的《食疗本草》，也没有记录何首乌。一直到明代的嘉靖年以前，何首乌尚未走红不火爆，朝野间未普遍应用。这中间，尽管苏东坡与他的表兄文同（文与可），交流过服用何首乌的体会，但理性的人们，普遍看他们类似魏晋名士服丹吃五石散一样，属于夸张和乖张行为。唐代是个节点——唐代与韩愈一起推进古文运动的李翱，不仅擅吟诗，并且在唐人传奇洛阳纸贵的背景下，出奇制胜，首先撰写一篇《何首乌传》。李翱虚构说，有一个名叫何首乌的人，因为获得一种本名为夜合、交藤与地精的草本植物，服食之后有奇效，老来壮身，肾水丰沛，连续得子，致使家庭兴旺。故而人们干脆将那药材的名字改为大名鼎鼎的何首乌了。

接着，北宋《开宝本草》首次记录何首乌，正式进入国家药典。明代先后两名人，间隔百多年时间，相继记录何首乌。先是周王《救荒本草》，他说何首乌的根和花，都可以吃的。所附图画，刻画了开花的何首乌，下面拖着肥大的根茎大似瓜。随后李时珍著《本草纲目》记录何首乌，比周王的叙述篇幅大，特别是转抄、保存了李翱《何首乌传》的一大段原文，意思是——首先吧，何首乌先在偏远的广西山区被发现了，其实现在无论南北哪里都有，特别是中原地带，嵩山和豫东柘城出产者药用效果最好。其次，何首乌看着有赤白两种，“赤者雄，白者雌。又云：雄者，苗叶黄白；雌者，赤黄色。”二者生长相距不远，夜则苗蔓相交。“凡修合药，须雌雄相合服，有验。宜偶日服，二、四、六、八日是也。”

周王叹：“其为仙草。”李时珍随声附和：“真仙草也。”《救荒本草》初版本问世和金陵本《本草纲目》出版间隔 137 年，二人共记前人传奇如下，字句略有增减出入：

五十年者如拳大，号山奴，服之一年，髭发乌（青）黑；一百年（者）如碗大，号山哥，服之一年，颜色红悦；（一）百五十年（者）如盆大，号山伯，服之一年，齿落重（更）生；二百年（者）如斗栲栳大，号山翁，服之一年，颜如童子，行及奔马；三百年（者）如三斗栲栳大，号山精，服之一年，延龄，纯阳之体，久服成地仙（也）。

周王特地补充一句：“其头九数者，服之乃仙。”

而《本草纲目》强调："凡诸名山、深山产者，即大而佳也。"

既然根与花可以食用，李时珍也说何首乌无毒——苦涩，微温，无毒。"能养血益肝，固精益肾，健筋骨，乌髭发，为滋补良药。不寒不燥，功在地黄、天门冬诸药之上。"同时他也指出："此药流传虽久，服者尚寡。嘉靖初，邵应节真人，以七宝美髯丹方上进。世宗肃皇帝服饵有效，连生皇嗣。于是何首乌之方，天下大行矣。"历代皇帝老儿多迷信长生不老药饵，有明一朝，宫廷最为荒诞，服丹服药，壮阳健身，迷信道士甚至番僧，直至闹出荒诞连续剧来。

何首乌的故事，延续讲述到后来，直到晚清吴状元，他在《植物名实图考》里说何首乌，说法与前人不同了——

吴其濬不怎么重复引用之前现成的叙述，不复执迷于传奇。鲁迅在《六朝小说和唐代传奇有怎样的区别》一文中说得明白——与六朝小说只记人事显著不同，唐代传奇呢，神仙人鬼妖物，皆可以随便驱使。其文笔精细而曲折。"作者往往故意显示这事迹的虚构，以见其想象的才能了。"李翱的《何首乌传》，分明属于唐代传奇的神怪篇。吴其濬明显针对着前人的夸张和荒诞而言，于实地调查后说："滇南大者数十斤，风戾经时，肉汁独润，然不闻有服食得上寿者。三斗栲栳大，号山精，滇人得之，不必有缘，唯博善价籴谷事育耳。"他认为夸大何首乌为虚妄："服食求仙，固为妄说，节嗜通神，药乃有效。醉饱中而乞灵草木，南辕北辙，相去益远。"与此同时，吴状元还直言不讳指出围绕何首乌，各地中药市场的作伪问题："近时价日增而药益伪，其大者多补缀而成。”看看，几百年了，至今人工或药物辅助何首乌的“人形”形成，还在老调重弹。

何首乌的“肝毒性”问题，直到新世纪以来才被明确揭示。2006年，英国药品和健康产品管理局首先发布了关于何首乌不良反应的有关信息。此后，大剂量应用何首乌制品屡惹风波。“肝功能不全者和肝病家族史者”用之不宜，这已经形成了共识。专家说：“研究显示，何首乌中的有些物质，可能会对肝脏带来直接或间接损伤风险……肝毒性的发生，大多是由于长期超量服用何首乌，特别是未经炮制过的生何首乌所致。”

原本个别人家养育何首乌，以其藤架赏玩表示风雅。但这几年郑州逐渐变多变滥，野生而不受羁绊生长，或许和秋天开花结籽，随风飘散有关。我的隔壁院子有架何首乌，顺墙向阳攀缘，直上五层楼台。春节前后，我与他的主人聊起来，他用手指着地上的一个瓦盆，何首乌即发育于此，而其根茎大若球状半裸露着，生长历史不过五六年光景。问他何不服食，回答只是植绿而已。他还弄来草本一品红，这在两广地区野外生长者，如今在郑州竟然冬枯而夏荣，生长也颇茂盛。

我继续搜索何首乌资料，仔细查阅对何首乌使用不加说明的专业批评。我的朋友，搞药理与中药研究的不止一人，虚心向他们咨询。我明白，我尚不具备专业评述何首乌功过是非的水准。但是，从横行无忌的何首乌侵略，以及冬而不凋的情状来说，它倒是气候暖化明显的例证。

选自2018年5月18日《南方都市报·大家》

楂子树不结山楂。

《救荒本草》果部，有梨树、木瓜，等等，紧挨着木瓜的，还有一种名樝子树。樝的今体字和简体字为楂，那么它指的是山楂或野山楂吗？不是的。周王曰：楂子树，“旧不著所处州土，今巩县赵峰山野中多有之。树高丈许。叶似冬青树叶，稍阔厚，背色微黄；叶形又类棠梨叶，但厚。结果似木瓜，稍团。味酸甜、微涩，性平。”救饥，“果熟时采摘食之，多食损齿及筋。”

由于古今差别，土名和通用名字的差别等，名物考证历来是很困人的，弄不好就会掉进学术的陷阱里去。关于这个明代出产于嵩山地区的楂子树，今人在认定过程中同样看法不一，有人认为是木瓜，有人认为是木瓜的近亲榅桲。写意图画不是照相，似是而非的地方不少，对于某个细节，有时候越认真就越错得远。说个插曲，日前陈子善先生来郑签售他的新著《签名本丛考》，演讲中谈到自己在国外，曾看到胡适当年赠送庄士敦的《中国哲学史大纲》初版本和签名本，顿时颇为激动，遗憾的是，不能像今天一样用手机即时拍照并微信传图，这样比文字描述更有说服力而亲切。周王撰《救荒本草》，插图有专门绘图之人，但不是每一张都精准精确，个别甚至有差池，这样便为后人的研究留下了疑难之处。

木瓜与榅桲到底是怎么回事？老北京的榅桲，前面我们说过梁实秋写的榅桲不是山里红嘛？——是挺费劲的，那榅桲不是这榅桲。爱新觉罗氏，清朝皇家与贵族曾经食用的榅桲，与后来民间所谓的榅桲不是一种，是老北京把榅桲弄串了。宫廷里的榅桲，是近似于木瓜的果实榅桲真榅桲，但北京地区并不出产，流落演变到民间之后，旋被山里红李代桃僵了。

说榅桲并非故弄玄虚。它是一种很古老的果树了，又名榠楂或查。李时珍在《本草纲目》果部，逐一叙说与木瓜相近似的果实，他列举陶弘景之说："木瓜，山阴兰亭尤多，彼人以为良果。又有榠楂，大而黄。有楂子，小而涩。"至于木瓜和榅桲，他认为是两种貌似相同其实不同的东西。"榅桲盖榠楂之类生于北土者，故其形状功用皆相仿佛。"再引用苏颂的著述说榅桲，"今关陕有之，沙苑出者更佳。其实大抵类楂，但肤慢而多毛，味尤甘。其气芬馥，置衣笥中亦香。"李时珍厉害，他不依不饶，逐一手工"百度"

而穷根究底，又引《庄子》：楂、梨、橘、柚皆可于口。复引《淮南子》：树楂、梨、橘食之则美，嗅之则香。而远在南朝的时候，《南齐书》和《宋书》分别记载了一个有名的故事——景胤，小名查。父邵，小名梨。他们都是朝中大臣，宋文帝戏景胤曰："查何如梨？"景胤答曰："梨是百果之宗，查何敢及？"这一则掌故很风趣，的确，拿酥甜之梨与酸涩且艮的榠楂比较，当然食梨更适口。

榅桲接着出现于著名的《东京梦华录》里，其中说汴京街头的"饮食果子"，便有河阴石榴、河阳查子、查条、沙苑榅桲、回马孛萄等。仔细搜索网上资料，发现两宋时说榅桲还真不少。例如文同和梅尧臣，都有咏榅桲之作。文同《彦思惠榅桲因谢》，梅尧臣《得沙苑榅桲戏酬》："蒺藜已枯天马归，嫩蜡笼黄霜冒干。不比江南楂柚酸，橐驼载与吴人看。"宋朝人说榅桲，皆曰榅桲来自西域或遥远的北方。

现在市面上的水果，名目繁多，应有尽有，然而榅桲远离了我们。我家门口，有一爿信阳人开的茶叶店——董家毛尖茶，女主人小董，卖茶推介茶，还泡木瓜酒。快过年的时候，我发现小店门前放了一堆似乎是木瓜一样的东西，更像砀山梨，疙疙瘩瘩挺粗糙的。我向她请教，小董谈到她信阳老家有两种木瓜，药木瓜和水木瓜。这种模样很粗糙的就是水木瓜，它不是南方的番木瓜，却和云南人吃酸的酸木瓜相同。我急速搜索脑子里的记忆，忽然明白这个水木瓜，就是楂子树结的榠楂，又名榅桲。又称木梨或铁梨的，或者可叫它土木瓜。吴状元也是信阳人，他在《植物名实图考》里说榅桲：“榅桲，《开宝本草》始著录，今惟产陕西。形似木瓜又似梨，多以饤盘。有携之京师者，取其香气置盘筲中，以熏鼻烟，不复供食。”这个记载，从侧面提供并纠正了一个事实，老北京皇宫里食用榅桲后来被民间用山里红所取代，它并非传说中的辛亥革命引起改朝换代所致，而是早在道光年间，榅桲就演变成宫廷里闻香所需的清供与香果了。李时珍和吴状元，他们都熟读周王的《救荒本草》，是把榠楂、木梨与木瓜合二为一说的。而俞德浚的《中国果树分类学》，将榅桲和木瓜分列，榠楂和木梨，是榅桲的别名。这样看来，周王记载的楂子树，便是榅桲无疑了。

选自2017年12月5日《天津日报·满庭芳》

红果绿籽大小年

秋冬的落叶，每年要迟至元旦交腊月的时候方才落完。辛劳的环卫工人逐日早起，要一遍遍打扫落叶，约摸费时两个月。同时，他们还要爬高上低，奋力为休眠期的花木剪斫老枝臃条。白蜡、银杏和栾树，年年先黄先落，利索又整齐的落叶，再以纷披的枯枝如黑白木刻似的简劲示人——白蜡树的树冠极好看，活像一把朝天横起的大扫帚一样，遒劲而不失细节的优美，大大方方地叠印在街市空隙的天幕上。杨树，分加杨、青杨和白杨树等，它们落叶用减法，一层层不疾不厉缓缓落去。而最难落叶的要数悬铃木和槲栎之类，这一类落叶最磨叽，要待新芽次第萌发，才陆续将老叶拱去或顶掉。这一刻大地收腹，霜雪轮番浸染草木，朴素的原野和城市空地上，杂树落叶树的风姿，如果以思想者、艺术家和明星来比喻，有的似鲁迅先生大义凛然，“两间余一卒，荷戟独彷徨。”更多的则似秦怡、田华、黄宗英一样，“美人如玉剑如虹”之后，呈现给观众是别样的暮年从容、高贵之美。

正因为自然节奏的变换与轮回，平时不察觉、被忽视的东西，例如，枯树上的果实忽然变得打眼而奇异了！眼前，不说喜鹊和灰鹊联袂在树头上争吃红柿子，寒雀觅食啄蜡梅和枇杷花，而香椿树结的籽，好多人原本就不知道的，这一天，童书作家肖定丽在微信里传图片来，问这种兰花瓣模样的串果可是桐树的籽？暗自发笑的我，很友好地回复说，这是香椿树结的果实——香椿籽美称曰“香椿铃”。草木果树，春华秋实，可它们开花结果，也分大年和小年。老家我大哥的院子里，现在已经很稀罕的一棵国光苹果，前一年果实稠得把树枝压断了，而去年它罢工，几乎一个秋果儿也没有结。有的年份，怎么找都看不到香椿树开花结籽，但去年香椿树普遍开花稠，花开了结果也多。丙申才入冬，“小雪”节气遇大雪纷纷，雪化天晴，香椿树叶狂落而裸，房前屋后，到处都有瘦硬的枯树香椿树，一枝一杈，打着一串串褐色的香椿铃凌空飘拂。

“小孩小孩你别馋，过了腊八就是年。”祭灶的小年紧接着便是除夕和大年初一，欢腾的城乡，山里山外，大小聚落里祭灶的鞭炮、祭祖的鞭炮和大年夜、大年五更的鞭炮，一阵紧过一阵，流水一样响个不停，大动静震撼天地也荡涤大地，同时催醒树木早早发芽，呼唤春天早来。

草木也不甘人后——月季、蔷薇和爬墙虎，已经悄悄萌生了水痘一样的小红芽。枯树的树梢间，喜鹊做的窝，这一刻显得特别大，大似柴堆和麦秸垛。啄木鸟在空洞的树干上捉虫，喙起喙落，敲梆子一样回荡着一连串很大的声响。成双成对的乌鸫鸟，开始追逐交配。它们的身子比乌鸦小，过去很少能见到的，人们认不准它们是八哥还是黑卷尾，惊诧惊叹，怎么初夏来的“叉鸡”黑卷尾提前来这么早？腊月里，老百姓家家户户连日备年货，老老少少尽情享用丰收的年货。文人则要冲寒折取干枝梅花、天竹果做瓶插，画家忙着为客户画“岁朝清供图”，将冬天的红果实金黄果实——南天竹、柿子、佛手、木瓜、香橼、橘子，兼了竹子松柏蜡梅水仙，择取入画。一向手不识闲的白石老人，1950年春节画《岁朝图》立轴迎新——古艳又时新的笔触，大笔如椽，画了高挂的大红灯笼之下，一尊窈窕的古观音瓶里，插着盛开的牡丹花配南天竹经霜的红果，富贵而不失有节和清高。环绕一边的果盘里，老人还刻意将北京地区的特产——四枚熟透的磨盘柿子，缠了一挂火鞭。总体题跋曰：“古稀婴儿长寿　庚寅九十白石。”

这些年，北方和中原地带的城市植绿，品种越来越多。三九严寒时节，大地回阳而冬春交替进行，城市里各种精巧晶莹的红果实，墙篱上的攀藤蔷薇，一岁一花古称为荼蘼者，枝梢上的红籽，如椒如豆；地栽的丰华月季，果实稠似山里红；还有枸骨、火棘、南天竹的红果，无不果实累累，像红玛瑙也像红珊瑚。这天我在雾霾间歇的一个清晨散步，忽然发现院子枇杷树的碎花里，已经有灰绿的小枇杷暗暗坐果了。而碧绿的桂花树，层层叶腋之下，逐级正结出一簇簇的新籽——是女贞子一样的果实，有青绿小果实和微微变紫的果实两种色相。去年吧，对于香椿树来说，开花结籽是大年，桂花却是小年，中秋和国庆节来后，郑州的桂花迟迟才满满地开，但仅仅只开了一茬花。八月桂花，往年至少要开两次花的，想不到它去年开花吝啬，但在冬寒里迎春结籽大方。“桂子月中落，天香云外飘”的景致在春节前出现，曰亦真亦幻正是。

选自2017年1月11日《人民日报·大地》

过年的慈姑和荸荠。

春节临近的时候，老家人要备过年的喝酒菜，就是凉菜。其实过去不怎么喝酒，每户人家就是在供销社买一两瓶光肚子白干，小酒盅和如今饮功夫茶的杯子大小差不多，象征性的，但是个喜庆的意思。要喝酒，凉菜至少四样，红白萝卜丁，猪头肉，其中的莲菜和芹菜是少不了的。这些年，吃的东西，价格有涨有未涨，猪肉和羊肉，涨了许多倍。还有当年的带鱼，三毛钱一斤，如今十来元。但好莲菜两元左右相比就不算贵。20 世纪 70 年代开初，有一年都大年二十九了，叔叔带着我在集市上备年货，只有一个卖藕的，不大的藕瓜，要五毛钱一斤。这年没有大年三十，眼看着下午一过，就没有卖菜的了，没办法，五毛钱一斤的藕，只好买二斤。过年没藕不行啊！

水慈菰·剪刀草

因为是山区旱地，老家人觉得水生的东西特别稀罕和稀奇。现在茭白几乎是四季常吃的菜了，特别是秋天的时候，不仅南方来的，就是河南本地也出产。但是，由于小时候没见过，总想看看它怎么长的。在江南几次和池塘里的茭白相遇，都记不住。早两年，中牟雁鸣湖吃大闸蟹很热闹，去过几次，河沟与湿地里生长着草非草的东西，人家说是茭白，到底也没闹清。西晋的张翰说，“人生贵得适意尔”，急着回家吃鲈鱼和茭白，茭白古名就是菰者。比着后来才吃到并喜欢吃的茭白，荸荠可是从小就吃的。北方每到冬天和开春两季，除了卖山楂糖葫芦的，市场上还有卖荸荠的，是一个个带泥的泥蛋蛋。费力剥掉泥，洗过才看得清，有黑色和紫褐色两种。文物学家说汉代流行的漆器，是荸荠色，很形象。和茭白一样，我至今还闹不清，水生莎草科的荸荠，长的苗叶是什么样。

慈姑和荸荠是一双分不开的小姐妹。凡有稻子的地方，总有野生的慈姑。三角形的绿叶子，很调皮的模样，开小白花黄蕊，似水仙花。但是，好像遍地有野慈姑，信阳人也不吃的。而东南苏州和江浙人，秋来吃茭白的时候，还要吃慈姑。它像小芋头，却是白黄色。荸荠叫地栗，慈姑叫白地栗。梅兰芳是苏北人，他的家乡泰州人，用嫩蒜苗炒慈姑素吃。其实它和茭白一样，荤素都可以。我们在太湖边，发现有卖慈姑，买了许多。回到农家饭店，老板说用咸肉烧。烧成一大钵，比上海名菜腌笃鲜还有味，仿佛是土豆烧牛肉的翻版。

或许是两个挨得近，荸荠与慈姑还可以串着说，周王的《救荒本草》里有藕有荸荠，还有慈姑。他说慈姑叫“水慈菰：俗呼为剪刀草，又名箭搭草。生水中”。而荸荠叫“铁葧脐……亦名茨菰，又名燕尾草。《尔雅》谓之芍。有二种，根黑皮厚肉硬白者，谓之猪葧脐；皮薄色淡紫肉软者，谓之羊葧脐。生水田中，叶似莎草而厚肥，稍又长窄”。而清朝末年上海的《图画日报》有街头挑担卖荸荠的写真，配诗曰：“铜箍荸荠上口好，铁箍荸荠太觉老。荸荠能销金与铜，食后可知性质燥。”总称水生菜。北京人过年，喜欢买些荸荠，谐音是“备起”；上海一带人弄慈姑在祭灶的时候，连着灶糖曰糖瓜的，慈姑叫“是个”，又粘灶王爷的嘴巴，又糊弄他“是个……是个”别胡说。清人有《上海县竹枝词·岁时》：“柏子冬青遍插檐，灶神酒果送朝天。胶牙买得糖元宝，更荐慈姑免奏愆。”诗后有注：“二十四日送灶，用酒、果、粉团。又谓灶神朝天，言人过失，用饴糖胶牙。俗为元宝形，名‘廿四糖’。檐插柏子、冬青叶，取寒夏长青。慈姑，取音如‘是个’，与胶牙糖同意。”

○选自2012年2月28日《天津日报·满庭芳》

跨年而遇稻槎菜

“正月七日为人日，以七种菜为羹。”南朝梁元帝一朝，任过吏部尚书的南阳人宗懔，撰《荆楚岁时记》一卷传世，赖此，后人得以知晓那时的岁时节令与土风民俗。关于人日食七种菜或曰七种草，之前我认为只要是彼时冲寒而生的新草与青菜，任意选七样或七种就行了，不料它还是有讲究的——柳宗民的《杂草记》开篇就说“春之七草”，他笔下的七草粥成分很具体——芹，或者水芹菜；荠，即荠菜或曰七草荠；鼠麴草，又名黄花草和母子草；还有繁缕和稻槎菜，稻槎菜又名田平子。另外，再加上古名为菘的白菜和萝卜，一共七种。

如果不是日本人在书里屡屡提起新年的七草粥，如果不是我喜爱日本人的文字与学术，稻槎菜，小小一种野菜，等同于杂草的野菜，恒河沙数之一的野草，正如尘埃草芥，它并不在我的景观视野和文字视野里。为什么？黄河两岸与我的家乡没有它，无论旧年打猪草还是现在吃野菜，我们从不知道稻槎菜。后来，虽然我认真地关注杂草与野菜了，但时下的《河南野菜野果》里没有稻槎菜，周王的《救荒本草》也没有记载。因为它是江淮地带下湿地的出产，于是，吴其濬吴状元的《植物名实图考》卷之六，却明明白白，极深情而风情地明文记录有这个北方人觉得很冷背的稻槎菜——

稻槎菜生稻田中，以获稻而生，故名。似蒲公英叶，又似花芥菜叶，铺地繁密，春时抽小莛，开花如蒲公英而小，无蕊，乡人茹之。

雩娄农曰：江湖间多野蔬，而地卑湿薀蘖生蛆，又虺蜴所径窦，故挑菜者有戒心焉。稻槎菜生于稻之腐余，其性当与谷精草比。吾乡人喜食之。《救荒本草》所列皆山野中物，采录亦弗及。每忆其黄花绿茎，绣塍铺陇，觉千村打稻之声，犹在耳畔。

植物学者，日本人柳宗民和吴状元一样，皆说稻槎菜是稻田下湿地的物产，但东瀛名物，称呼与中华各有不同，稻槎菜习惯被呼为田平子或佛之座。

柳宗民说——

早春时节，在还没有翻过地的水田里经常能看见一片片的淡黄色小花，那就是田平子。想是因为常能在田野上看到它们平整繁茂的样子而得名的。田平子的花很像单瓣的蒲公英花，只是要小一圈。春天一来就伸出十厘米左右的茎，粗粗分出几枝，枝头开花。它还有个名字叫“小鬼田平子”，大约是因为比它的近亲“鬼田平子”矮小得名。不过鬼田平子与它不同属，管叫它“田平子”就可以了。

田平子也是“春之七草”之一，七草歌里称它为“佛之座”。但植物学中学名“佛之座”的是一种唇形科植物，和田平子并无关系。好多人就是因此把这两种植物记混的。

……

做七草观赏混栽时，荠、母子草、繁缕这三种草随处可见，很容易采集，最难找的就是田平子了。它只在水田生长，但又不是随便什么水田里都有，水太多不行，只有那种每到冬天就枯涸的田里才能生长。它还挑剔土质，喜欢黏土，黑土地和适宜它们生长的黏土质旱田也不是总能见到它的身影。经常是在这片水田里看到一丛，邻近的田里却一株也找不到。长田平子的水田里每年都会长，不长的就永远见不到一株。为什么呢？大概田平子是一种极为敏感的植物，能够感知极其微妙的环境变化吧。在做七草观赏混栽的那几年，为了寻找田平子，我将车停在一片又一片水田边，那费尽周折的情景至今难忘。

旧时吴其濬，今之柳宗民，还有梭罗的《野果》，等等，他们细致地记录与状描一种杂草，一种野菜，一种野果……不约而同，都会忘形而情不自禁地抒情与尖叫，不是无病呻吟的那种。从此可见，仅仅是植物学家，或冠名教授与研究员者，出自他们之手，那些海量的同时又冷若冰霜的技术性著述，最终无奈被束之高阁。

话说我曾经多次过江南而游虎丘，但我从来没有走过虎丘的西线。西线环山是茶园竹林，前几天深冬跨年之日，竟然有爱俏的女子毅然脱了棉服，换上了薄如蝉翼的彩色汉服，在虎丘的竹林里拍照纪念。这一刻，苏州的蜡梅花开得很好了，但是还有枫香树的残叶殷红，银杏落叶才完。柳诒徵书写南社领袖陈去病的墓碑一侧，高高在上的冷香阁，白墙灰瓦月亮门，瓦坡上平铺着枯黄未淡的银杏落叶。触景生情，有苏州大学的女学生是博士者说，她的同学原本要以金黄的银杏为背景，穿汉服秀古典文学而留影的，可是，恰巧那几天老老师范伯群先生去世了，有人参与治丧，故而本次没有将汉服活动搞成。

说跨年，迎新年，丁酉鸡年将逝，戊戌狗年不是呼之欲出了吗？我远走四方，我就是狗！我像一只不畏风霜，不知疲倦，奔逐不停，寻寻觅觅的猎狗一样，陌生的地方，总要抬腿撒一泡尿来作为纪念——用笔画几幅草木小图用于纪念。苏州大学新校区在东郊独墅湖边，元旦的早上遍地浓霜，人才走不远，鞋子就半湿了，我的眼前是退缩的湖水，浅水边是腐朽而落的莲蓬，而刚刚被刈去老茎的菖蒲，又新生拔节，参差互见。大草皮边上的绿篱里，隐藏着的一年蓬和苦菜大似萝卜缨了，而草地的边缘次第分布着鼠麴草与稻槎菜、荠菜等。你不是没有见过稻槎菜吗？是的，但是我无意中遇到它，一眼就认出它来了，我一点也没有犹豫，不用犹豫，它分明就是稻槎菜——日本人叫的田平子也！

稻槎菜在此两个模样——霜打的稻槎菜平铺是米蒿形状，叶片冬缩蜷曲；而绿篱里长得舒展开来，仿佛是没有抽莛开花的花叶蒲公英，或者像花叶荠荠菜。“踏遍铁鞋无觅处，得来全不费工夫。”工具随身带着，我即兴对景写生，俯身描画它，并且将一左一右，一双附地菜点缀其两边。画成我起名《霜打稻槎菜》，且作简单的跋文一则：《荆楚岁时记》说上古中华风俗，人日吃七种草。此俗至今保留于东瀛。日本改元之后，正月初七移于元旦新年元月七日。是日，家家食荠、繁缕和稻槎菜、水芹等。2018跨年于苏州，得月楼食松鼠桂鱼和水芹菜，观前街见卖绿荠红橘，苏州大学东校区草地边缘见稻槎菜。

◦选自2018年2月5日《南方都市报·大家》

吴状元·稻槎菜

稻槎菜生稻田中，以获稻而生，故名。似蒲公英叶，又似花芥菜叶，铺地繁密，春時抽小茎，开花如蒲公英而小，无蕊。乡人茹之……稻槎菜生于稻之腐余，其性与谷精草比，吾乡人喜食之。

梅花和竹笋

元旦在苏州观前街，来到得月楼老店点菜的时候，要过了招牌菜——168元的松鼠桂鱼，还有荠菜草菇与荠菜冬笋两道菜让我略有些犯难。坦率地说是价格权衡。我这个年纪的人，固然后来染上了好吃的毛病，可毕竟是从困苦生活中过来的人。当年我在老家读人民公社的寄宿中学，每个星期回一次家，返校时大家背的口袋面布袋，类似古人用的钱褡，一头是面粉，一头是蒸馍、黄面馍或火烧，玉米面加萝卜丝葱花和咸盐，也可以打火烧。同时再提个罐头瓶装着咸死人的咸菜，芥疙瘩切丝或萝卜条。受过那样的罪，故而一直在吃喝方面还是有所顾忌的。而得月楼的菜谱按时令区分，刻下，荠菜冬笋88元，荠菜草菇48元，我犹豫一下，最终选择了荠菜草菇。莫非天道酬老饕吧，

梅花·竹笋

料不到其间上来小份的莼菜银鱼羹，莼菜似妇女戴花一样属于妆点性质，与藕粉粉芡混为一体食之无味，倒是觉得里面有细如姜丝的新鲜笋丝，极为松脆而清香——分明是冬笋之丝啊，因为土膏味原始风味十足。

元旦又是江南蜡梅花和茶花盛开的日子。人到江南走一转，才知道冬天的蜡梅花开的算是一个好。蜡质花，花蕾恰似大小不均的黄药丸，用缤纷二字不恰当。尤其在茶园竹林与古塔石碑错落有致的大背景里，于阴湿而清洁的空气里闻香看蜡梅花，狗牙梅淡白紫心，磬口蜡梅嫩金黄，还有种黄里透青绿的，远不止书本里说的两三种。中原和北方人，哪个不是把蜡梅开花看得无比金贵？而南方人处处卖折枝蜡梅花，他们说，蜡梅就是要勤折枝才长得好，像我们北方人春天够香椿，院子里哪一棵香椿树不是节节疤疤、曲曲折折，很沧桑很悲壮的？

春节立春到惊蛰的时候，再赴苏州看梅花，梅花主角变换，不是蜡梅了——“香雪海”梅花如雪，荠菜马兰头加新笋。与金黄皮壳似牛角一样的冬笋不同，春笋长长的略带紫红，是姜芽红，如美人的手指。苏沪杭今曰长三角，春日处处可赏梅花，而春笋出自浙江居多。吴昌硕老家安吉，茶与竹笋名气最大。有一本台湾正中书局出品的老书，《三句话不离本“杭”》，撰著之人阮毅成，曾经留学法国巴黎大学，回国做过民国浙江省民政厅厅长，去台湾还任过“中央日报”社的社长。晚年他回望故乡，深情地写江南风土，书里有篇《湖上春深》

的小品专谈吃笋——

> 西湖多竹，因而多笋。湖上寺庙，照例供应素斋。而素食之中，总离不开笋味。春笋切成转刀块，拌以麻油酱油，鲜美无比。如果想吃荤，则王润兴饭馆的春笋鱼，最为可口。但无论素吃荤吃，所用春笋，皆须新出土如指尖大小者，才能显出其鲜嫩。诗人余樾园先生曾对庙中方丈说："法师餐餐请我吃笋，真是吃得我胸有成竹了！"可见湖上笋味的普遍。

我没有去过位于河坊街的王润兴酒楼吃春笋鱼，但未能免俗，楼外楼的西湖醋鱼和油焖笋却吃过不止一两次。还没有高铁的时候，有一年春天，我从上海南站出发，本意是去湖州看梅花的，但晕不唧地上错了车，结果一站就到了杭州。清明前杭州花正好，苏堤桃花如梅花，午后时分，人在放鹤亭朝西斜望着对面的黄宾虹故居，后山有藤花明艳，如瀑布一样挂着，波光潋滟的真是精彩。总之，冬笋与蜡梅，梅花和春笋，论吃口，论赏花，独让江南人占尽了风光。

而我的老家也是产竹子的，古河内后来曰怀庆府的，这一带素称"太行山下小江南"。其中博爱县地界生长好竹子曰"清化竹子"，因为有丹河之水浇灌，远在汉代就已经出大名了。"文革"期间，《人民日报》还专门报道把这里下水磨村出产的竹子和嫩竹笋，定时运到北京动物园让大熊猫吃，是国宝大熊猫的“特供”。直到现在，全县还有一万多亩连绵不断的竹园，号称是北半球纬度最高，而面积最大、历史最久的竹园。但清化竹子出笋晚，迟在谷雨立夏之时。这时麦子都秀穗了，野刺玫也叫刺梅的篱上花，粉红色的野花开满了竹园四周，南太行出现不逊于江南的美丽风景。和江南不同的是，这里的人们舍不得吃好竹笋，专门吃塌笋。因为嫩笋被虫子咬了，很快就会烂掉，最初的标志是，当竹园主人迎着朝阳四处巡视的时候，如果发现哪一棵新笋的笋尖没有挂着露珠，就说明它已经受伤了，便把它砍下来拿回家吃掉。而剥笋去掉的竹箨，大叶片又是端午节包粽子的好材料。此地距离洛阳不远，洛阳水席和它的头道菜牡丹燕菜天下有名，而博爱水席里惯用玉兰片，配了水发海参和猪皮假鱼肚，风味颇为独特。玉兰片用江南或南方来的，四季可食。时令名吃，则用土鸡蛋和本地竹笋打卤吃捞面，一年就这半月左右可让人解解馋。

◦选自2018年2月1日《北京晚报·知味》

周王·竹笋

……苦竹亦有二种：一种出江西及闽中，本极麤(粗)大，笋味甚苦，不可啖；一种出江浙，近地亦时有之，肉厚而叶长阔，笋微苦味，俗呼甜苦笋。食所最贵者，亦不闻入药用。《图经》云：竹笋味甘，无毒；又云寒。

清供里的木瓜

春节过年，岁岁年宵花大盛，如今不独为花城广州所有。买花摆花，城市人用鲜花来代替陆续被禁放的烟花爆竹，在家里竞相陈列寓意吉祥的各种花果，逐渐已成为南北各地的新民俗了。但清高的文人不甘于流俗，风雅的北方文人过年要折取干枝蜡梅做瓶插，画家则多画《清供图》应酬。开封老书家桑凡先生还在世的时候，每年自农历十月初一开始，他在自己位于大相国寺隔路尚没有暖气的旧楼房里，要应时取出家藏的钧窑鼓钉洗，把这大敞口的古器物擦亮，精致地摆上三五枚品相好的黄木瓜做清供自赏。得了人气与文气氤氲浸润的木瓜，越放越油亮，活色生香，直到过春节来人多还香气扑鼻。摆果闻香，这是宫廷和贵族的传统。闻香总离不开木瓜、金橘、佛手、香橼等。

木瓜

旧年木瓜挺金贵的。我的老家属于古怀庆府，山区邻着名胜云台山，是“竹林七贤”笑傲山水并流连忘返之地。但“文革”风暴中，曾在山村大路口，经历过敲锣打鼓迎接芒果的热烈“巡礼”情景。不久，我在姑姑家得到了这样一枚充着芒果而用过的木瓜，姑姑对我说，把它放到床头柜子里，可以为你的衣服和书本添香。这个木瓜，放了好长时间，一直还是黄而香的，干缩变小了它还不烂。那时候，老家并没有木瓜树，得到个木瓜纯属“偶遇”，这是我少年时的宝贵记忆之一。

木瓜树忽然就变多了。城市总是在变大变洋气，建设者不停地毁绿又植绿，绿化带变身景观廊道，常青树与落叶树混合着，高低有序，将好些种树木夹杂在一起做景观。远方的木瓜树到此落地生根，春华秋实，果实从小变大，由绿变黄，初冬的时候，成熟的木瓜落地很多，人们都捡不尽。木瓜树不为人们察觉的一个特点，是其树干树皮美似白皮松，斑斑驳驳，皮色类似流行的迷彩服。经过霜打之后，其树叶变红，红叶黄木瓜，果实累累，很是美观壮观。木瓜不稀罕了！每年从夏末秋初，我先是摘葫芦当作书斋清供，然后再用木瓜。一个月多一点，葫芦就生出霉斑变烂，木瓜则可以放两个月多一点，七十天左右，但也相继褐烂，总放不到春节过年。人在暖气房里过冬是舒适了，但木瓜摆放的时间短了许多。

木瓜古老，且种植广泛，它又名药木瓜，南北各地都有的。但李时珍却说：“木瓜处处有之，而宣城者最佳。”

胡适虽然是皖南人，却不像留心故家风土的鲁迅与周作人一样，他不曾留意过家乡一带出产的好木瓜。《胡适之先生晚年谈话录》是一本有意仿造如《论语》一样的书，挺有趣的。也是春节之前，1959 年 1 月 24 日，午饭后的水果是木瓜。先生问:《诗经》里“投我以木瓜，报之以琼琚”，是不是就是今天吃的木瓜？胡颂平回答：这种木瓜好像只有南方各省才有，台湾也有。但“卫风”是现在河北省大名县及河南省卫辉、怀庆两府一带的地方。这些地方生产的木瓜，怕不是我们今天吃的这种木瓜。胡适不罢休，随手在书架上抽出《诗经》来看，仍然不得要领，便嘱咐胡颂平找《植物大辞典》来，替他摘录其中的要点。药木瓜、番木瓜，木瓜难为住了大学者胡适。但他“知之为知之”的虚心，的确也类似孔子学稼的典故。

◦选自 2018 年 1 月 19 日《成都晚报·三人行》

水果木瓜番木瓜

上文《清供里的木瓜》，说到人皆称博士的胡适之先生，“君子远庖厨”的胡适，唯独闹不清药木瓜和水果木瓜二者的关系，因此而“上穷碧落下黄泉”，在故纸堆里很寻了一番关于木瓜的知识。如今，用不着我的解释，读者诸君都知道，胡适先生餐后的水果木瓜，不过就是普通的番木瓜。番木瓜科番木瓜属的这种木瓜，因为刻下人流、物流的便利，如今内地人也很熟悉。各地多有大棚种植热带水果之番木瓜和火龙果，甚至连“河西走廊”的张掖市，农家利用新技术，大棚种植番木瓜大获丰收，专供春节的西北市场——哈密瓜与番木瓜倒过来了！

胡适的父亲，传记曰“铁花先生”者，甲午战争在台湾率军抗日而病故。然而在他之前，清代道光进士，苏中宝应籍贯的王凯泰，同治六年（1867）迁升广东布政使，翌年上任福建巡抚，后来，于光绪元年（1875）渡台处理台湾事务，因病而逝于台湾。王氏撰有竹枝词《台湾杂咏》，也曾说起木瓜和番木瓜："珠湖美酒最芬芳，乡味难忘是半醺。闻道此邦有佳果，不堪投报诵诗云。"其注曰：台湾人好食木瓜，其臭可恶。言下之意，番木瓜作为水果，根本没法和他家乡出产的药木瓜所酿造的木瓜酒相媲美。乡曲之见，无非一种成见而已。

番木瓜，别名番瓜、乳瓜、奶匏和万寿果，乃常绿性软木质小乔木，原生南美洲和拉丁美洲，中国南方引种者，来源于夏威夷与南洋各地。海南不说了，我在两广和云南的西双版纳，厦门的鼓浪屿，处处遇见番木瓜树开花结果。就是藏东南的墨脱和察隅两地，按风土而言，也应该并可以出产番木瓜的。我在那里看见野蕉满山绿，边民村寨，有蕉园橘树槟榔树，青柠的果实大过香橼和芒果。旅行写生，匆匆画异地的奇花异草，不求工整，总是多了一重形象的记忆吧。一般来说，高直而蓬勃，羽状裂片的叶子，几乎一律呈几何图形的番木瓜，最堪入画也最好画，它和海边的椰子树差不多。轮到这番木瓜，其沐风栉雨的树干上，那一道道沧桑的横纹，树头下面叶条落过的点点疤眼，都十分醒目。它开花，是下垂圆锥花序，花柱短，柱头是流苏状一簇簇披散着，乳黄色的嫩花，用笔勾勒着颇出效果。

番木瓜何时引种来华？从"百度搜索"寻找番木瓜，关于它来华的历史，有两种说法——清朝的《岭南尽杂记》

记述番木瓜种植，说明它至少已经有300余年的种植历史，这和果树学家、植物学家俞德浚的著作《中国果树分类学》说法一致。但有人发现，宋朝人先前著的一本《唐语林》，钩沉辑录唐人轶事的专著，说唐朝时候内地人就见过番木瓜。《唐语林》曰，湖州郡守某为其友人饯行，有人巴结太守而送来一只番木瓜。因为稀奇，酒席上的人们相互传观赏玩，而在座的太监把这尤物收了起来，说宫中尚无，当先进贡才是。郡守为此十分懊恼，生怕皇上怪罪下来。这时，一个官妓宽慰太守说不怕，估计那木瓜很快就会被抛弃水里了。果然，送太监回京之人归来向太守报告说，木瓜次日就烂了，即被太监抛入无情流水中。

这一则掌故并不简单，说明海上丝绸之路，东南沿海与海外接触早。如此先例还有，后汉年间在洛阳建筑白马寺之同时，连云港就有了孔望山摩崖佛像刻石。唐代时经南海和东南沿海，番木瓜漂泊而来，完全是可能的。见过番木瓜，与番木瓜的种植是两回事，类似的考索求证，很令人头疼，却也引人入胜。

◦选自2018年2月5日《南方都市报·大家》

岁腊草木三题

小寒，一候梅花

廿四节气的小寒，固定在阳历的 1 月上旬，有时候还没有来得及进入腊月。但迎春之人急着说花信，数花信，开口第一个便说梅花。清代的《小山画谱》，撰著者是身为宫廷画家的邹一桂，他讲“各花分别”先说梅：“梅：白花五出，枝叶破节，冬春间即开，得阳气之最先者也。”天地轮回循环，“冬至而一阳生”也。小寒紧接着冬至，尽管梅花比蜡梅和山茶迟开，但因为花秉阳气最早，故而百花点名，必先说梅。

“廿四番花信，梅花风打头。”国人赏梅的风习，蔓延到两宋，终成为朝野两界共同的时尚。林逋在杭州演绎

“梅妻鹤子”的风流，开封这厢，宋徽宗赵佶工笔画蜡梅又为白梅写意。文人骚客轮番吟咏梅花，争相用梅字招牌，命名自己的书斋和文集。范成大首撰《范村梅谱》一卷且自序：“梅，天下尤物，无问智贤愚不肖，莫敢有异议。学圃之士，必先种梅，且不厌多，他花有无多少，皆不系重轻。”他的潜台词给俗世以错觉，仿佛是说，人在凌寒而开的梅花面前，霎时获得清气满乾坤，什么金银、美女、官位、江山，一切都可以不在乎。

中华的爱梅、惜梅之风，熏陶和感染四邻，日本至今还有人爱梅成癖。一生追求中日友好的前辈，连篇写过《天平之甍》《楼兰》《敦煌》《杨贵妃》和《孔子》等历史小说，那已故的作家和学人井上靖，他曾在阳历新年的开头，急切期盼着梅花开放：“我喜爱这种等待春天的心境。住在东京的我，尽管是很少，但也能捕捉到一点春天的信息。今晨，从写作间走下庭院中去，只见一棵红梅和另一棵白梅的枝上长满牙签尖端般小而硬的蓓蕾。……梅花，对于我，已经成为特殊的花。”（《春将至》）

新世纪以来，气候暖化更加明显。郑州紫荆山公园一片不大的梅林，依着高大的银杏树和圆冠紫玉兰，十余年树龄的绿梅和红梅，落地生根，现已蔚然成林。元旦来临的时候，枝条上的梅蕾已经满鼓椒眼，紫蕾嫣红，绿梅凸起了白苞，梅花今年又将早开！——因为刚刚转身而去的2015年，乙未春节前的1月15日，公园的盆景园里，多的是看花和拍花人，看一株正在发力的红梅，低处先开了一朵玉蝶花，满树孕育着粉色而饱满的花蕾。那玉树临风的气势，宛似宋人汤叔雅笔下的《梅花双鹊图》。

柳和杨

鲁迅的“老虎尾巴”——“在我的后园，可以看见墙外有两株树，一株是枣树，还有一株也是枣树。”

甘草居北墙外，一株是柳树，一株还是柳树，但其中一株绿柳之上是高高的青杨。

原本我是要把书斋改名为“依柳居”的，正犹豫改不改的时候，前两年的某一天，那迎风婆娑的大柳树忽然就没有了，顿时空出一片天。我没有后园，墙外过不去，自然也无法弄清这柳树被砍头的原因。柳树遭际无常，在急嗖嗖的拆迁与建设中很平常，倒是提醒了我自己，对于已经认定的事情，例如书斋之命名，不止关乎趣味，它既然有名了，用了很久了，不可再三心二意。我的年纪已不再年轻。

秀高且好风姿的青杨树，也是速生杨的一种，它从剩下的小一点的柳树树荫里朝上长，高过了旁边的五层楼，直参天际。天冷西风凋碧树，青杨树才落完叶并不服气，一层一杈的枯枝，依然头角峥嵘。逐渐冬寒冬深，日益霜雪逼勒，曾经活泼和不屈不挠的杨树，眼看着病骨支离，干瘦似一把芦柴，冬日的阴晦与灰霾下，它瘦高的枝丫上卧着呆头呆脑成双的斑鸠。但是柳树比杨树坚韧，市区的垂柳，往往是要迟过元旦才完全落叶。经历一次次寒风，柳树被风吹散了还有残绿。柳树围着白骨嶙峋的瘦杨，稀疏的叶片映日泛绿，仿佛给裸着上身落魄潦倒的杨树，勉强穿了件透明的草裙子。一岁之间，柳树休眠迟而醒来早，我由衷感叹柳树勤敏。

柳和杨虽然是两种树，但柳杨的名实之辨，各有把戏。有的地方合二为一，有的地方指鹿为马。大名鼎鼎的扬州，其别名为“绿杨城郭”。有道是“烟花三月下扬州”，隋炀帝因此开大运河，沿途轮番让美女宫娥为龙舟拉纤，不胜苦力。遂有臣子进言，不妨沿河植柳，既美化风景，还可为女子庇荫，炀帝便将自家姓氏赐予柳树。唐代即有“绿杨城郭是扬州”的美名，宋代安阳籍贯的韩琦出任扬州太守，他做《维扬好》，其中写道：“二十四桥千步柳，春风十里上珠帘。”绿杨非杨，正是柳也。

而在豫鄂交界，湖北人呼杨为柳，柳则杨也。有年春天，我在豫南罗山县的何家冲，这里因“最美乡村”的称号而大名远扬。清明前夕，柳树蓬勃大绿，速生杨的嫩紫叶迎风变色。隔着弯弯曲曲一道溪水，南岸是湖北大悟地界，临水刈草的老汉，果然曰柳为杨。而我特地指着旁边的杨树问他，回答是“冲天柳！”《木兰辞》说：“阿爷无大儿，木兰无长兄。”深入来到湖北腹地，江汉平原的汉川、仙桃人家，古来皆喊爹为爷，呼爷为爹爹。

天下事，真的是无奇不有。

刺玫与月季

柳和杞早发芽有名，可“莫道君行早，更有早行人”。中原地界，花木萌动自冬至开始，最早发芽的却是刺玫和月季。

我们每个人或许都有自己的草木“朋友圈”，但时光里的漏洞无处不在。吊诡的是，生活中原本过于熟悉的人，我们倒是极容易忽视他藏而不露的某种本领。我关注柳树和枸杞久了，觉得它们春来发芽最早，却忽略了眼前更为亲近的刺玫和月季。霜冻时节，麦冬草就地披靡，花坛里的白三叶和红花草，还青绿碧绿。月季在立冬时开出最后一茬花，花色还未失新艳，为了让它养精蓄锐，园工果断地给它斫枝。这一刻，粗壮的月季茎秆，三角形的针刺，老刺与嫩刺之间，参差生出疹豆似的红蕾粒，个别的竟然发育出紫蓝色羽状的新叶，默默地伸出给关心它的人看。而刺玫，野性十足，冬来了，袅袅娜娜的披藤，碧绿油亮的枝条，似戏曲演员头上的野鸡翎，弹性好，结着晶红鲜亮的籽粒。它早生的新芽不输月季，与老叶的枯落一并显示，生动诠释着自然的生生不息，阴阳交替。

庭院植绿，曰“蔓木四种”者，乃紫藤、凌霄、忍冬、葡萄。我家门前依着东墙，花坛内外，有紫藤、凌霄、葡萄，没有忍冬、金银花而有刺玫。古老和原生的刺玫，它的含蓄和奔放，与人工嫁接过的蔷薇和月季不同，一年只开一次花。紫藤先花后叶，藤花大开的时候，凌霄、葡萄才生新叶，刺玫像绿蛇一样，敏捷穿插在诸藤之间，争到阳光，开一簇一疙瘩的重瓣花，秀而紧小的粉色花，颇为精致。接下来，全年它只是一蓬绿，碧绿油亮。冬至的时候，要数九了，翠绿的刺玫呈半卧倒状，一边枯叶落叶，一边萌芽发芽。春节来临的时候，刺玫的芽叶变大，一簇一节，似过节的儿童装饰发髻的一个个朝天的小揪揪。《荆楚岁时记》引谚语："腊鼓鸣，春草生。"刺玫月季是也！

◦选自2016年1月14日《河南日报·中原风》

跋

国庆节一过，今年整个10月，张月阳编辑与我在微信里互动，说这本书的进展，说着说着，书的校样就来了，进展挺快。与此同步，正值深秋时节，我在郑州这边一连参加了两次有意思的活动——先是10月中旬，去中岳嵩山脚下参加一个老槐树的挂牌仪式，地点在巩义市回郭镇的芦医庙村，村在郑西高铁和陇海铁路交织之间；而霜降过后临大河野水、古渡芦花，10月底在黄河花园口，众文友凭借一爿菜园子，举办一场带着游戏的文学分享活动。很有趣啊！我因这两次活动而开心，并有新的发现——虽然城市变绿，绿满都市，但是，艺术家与作家，并不满足于现代化城市的美容式绿化，还要任着自己的才气和本真撒娇与逃逸，兴冲冲冲出城市的包围圈，到野外和农村去！大家拔萝卜、出红薯，歌咏古树，歌咏庄稼，又采野花、拾野果，等等，一眨眼这一群人，即刻变成了任性的姑娘和淘气的大孩子，其中包括留着时髦白头发的李佩甫先生。面对自然，人的真性情彻底释放。

在活动中，从朋友们对土地、草木和蔬果的热爱，我深受感染和鼓励，差一点当场大声说出来，你们这样就对了呀！——因为我行将面世的新书美其名曰《蒿香遍地》，就是一本关于山野田野、农村农事、蔬菜野菜、花木果实之书，我的宗旨，原本就是为大家重返自然而喝彩的！

十余年来，打2008年开始，我接连出版了《看草》和《杂花生树：寻访古代的草木圣贤》两本书，连获“中国最美的图书”美誉。次第又结集出版了《见花》《茶事一年间》，一双小品文、散文集，其中的草木气息是一脉相承的。这些年，我能寻找到适合我的写作主题，并且源源不竭坚持下来算我幸运。在给出版社的文字说明中，我说《蒿香遍地》——作者是20世纪50年代人，以燕口拾泥的精神，不弃细微而用心写作，文章以黄河两岸一年四季的野菜和蔬果为记录、考证和抒情对象，普及久远古老的博物知识传统，兼及乡愁。它不止怀旧，也是一份反映土地、社会和景观变迁的另类记录。

使我受到启发的作家，还有素不相识的张承志先生。在谈及大变化波及内蒙古牧民和牧草的关系时，他说了这样一番话：“谁也没有料到，当这里被铁丝网划分为以户为单位的私营用地以后，亘古的牧草居然不够吃了。一页已经呼啦翻过，一切都迎来了质的改变。愈是目击古今，我就愈是惊讶不已——居然我们是最后一代见识了古代的牧人。”（《十张画》）我懂得他的话并心领神会——对于现在已经发生了巨变的田野、田园，我于我的家乡，及旧时的农耕方式，等等，也是“最后见识了古代”之人。而中国式“杂草的故事”之一，明代的《救荒本草》，编撰者朱橚是朱元璋的儿子，被封藩在开封而简称周王。他和自己团队的采集范围，包括南太行地区，那一带正是我的老家所在。他书里林林总总的野生植物和蔬果，生生不息依旧存在，而当代的年轻人对之已经陌生了。就是与我的年龄差不多的朋友，也渴望重新温习。而从小很熟悉这些的我，觉得与《救荒本草》的现代对接是件有趣有意义的事。

另外，张承志还是一个亦文亦画之人。

“画者，文之极也。”肯定与开放以来的精神面貌获得大解放有关，现在的作家和文人，爱作画、信手作画，并且画得一笔好画的人比过去显然多了。我自己出版的书，有的也附有我的小画。而这一次我对编辑说，要为这本书集中再做一遍插画，让插画多些醒目些。我是半路出家，情不自禁用写字的硬笔画花草的，面对着所钟情的对象，描画出同样一棵野菜野草，于春夏秋冬不同季节的不同形状，是我对花木花草最好的致敬，它使我与草木、土地贴得无比亲近。白石老人作画表现出的“蔬笋气”“泥土气”和“草木香”，一直令我神往。

旧的本草著述，如《救荒本草》与《植物名实图考》的插图，曾引起过域外的现代关注。但是，周王和吴状元，没有区别作文和绘图之人，著作权边界是含糊的。当代日本人的《杂草记》，一人撰文，一人插画，明明白白是分开的。我要一身二任，既作文又作画。张月阳编辑师出名门，她不仅热情接纳这本书，而且容许我注明自己的插画版权，对我是个莫大鼓励。我这样做，只是为了让读者喜欢我的书我的创作，增加亲近和亲切感。

特别要感谢的人，是成都中医药大学年轻的教授王家葵先生——他是文人气十足而十分可爱的本草专家和书法家，这些年担纲注释《救荒本草》《植物名实图考》等本草经典，小品文字与专栏文章也机智过人。近年，我读他的书受益不少。这次，应我的请求为本书题签，使我十分欣慰。

是为跋。

2019年11月9日于郑州甘草居

图书在版编目（CIP）数据

蒿香遍地 / 何频著绘 . -- 合肥 : 黄山书社，
2020.6
（慢活书系）
ISBN 978-7-5461-8866-9
Ⅰ . ①蒿… Ⅱ . ①何… Ⅲ . ①散文集 – 中国 – 当代
Ⅳ . ① I267
中国版本图书馆 CIP 数据核字（2019）第 301640 号

蒿 香 遍 地

HAOXIANG BIANDI

出 品 人　贾兴权
策　　划　张月阳
责任编辑　张月阳
扉页题字　王家葵
装帧设计　私书坊 _ 刘　俊
出版发行　时代出版传媒股份有限公司（http://www.press-mart.com）
　　　　　黄山书社（http://www.hspress.cn）
地址邮编　安徽省合肥市蜀山区翡翠路 1118 号出版传媒广场 7 层 230071
印　　刷　安徽新华印刷股份有限公司
版　　次　2020 年 8 月第 1 版
印　　次　2020 年 8 月第 1 次印刷
开　　本　880mm × 1230mm 1/32
字　　数　200 千字
印　　张　10.75
书　　号　ISBN 978-7-5461-8866-9
定　　价　49.00 元

服务热线　0551-63533706
销售热线　0551-63533761
官方直营书店（https://hsss.tmall.com）